人蟲

汪建輝
著

什麼是人蟲？

人蟲，指先富起來的人收買嬰兒在與世隔絕的環境中飼養，供吃給喝，只提供單一的文化教育，讓孩子按照自己設定的方向生長。等到孩子十六、七歲……身體基本發育成熟，再將其帶出去，丟棄在一個完全陌生的環境之中，任其自生自滅。

人蟲類似於人寵。兩者區別是，飼養人蟲不帶絲毫的感情色彩。目的只是為了觀察將其丟棄之後的命運軌跡。

人蟲飼養者認為：人蟲是一門科學。對於人蟲的分類，存在兩個流派：一類說人蟲是自然科學；另一類說人蟲是社會科學。

持自然科學觀點者從人蟲身上看到的是「動物性」——人在適應社會時的主動轉變，由此判斷一種文化的優劣；持社會科學觀點者從人蟲身上看到的是「社會性」——人在社會中的被動轉變，由此判斷一個社會制度的好壞。

反過來，閱讀這部小說，如果認為故事中人物的命運是她自己的問題，那麼你就是自然科學者；如果認為她的命運是社會造成的，那麼你就是社會科學者。

推薦序　通往真相的虛構

一

閱讀這部小說有點難度。幻與真，虛與實，真與假，過去與未來，錯亂的時間飄忽不定……。作者到底講什麼呢？變幻不定的新奇景象及情節吸引你，也帶領你，漫遊一重重奇異的迷幻，最後呈現出完整的故事。哦，原來是這樣。閱讀它是個智力的挑戰，它誘使你讀下去，破解這個迷案。就像打遊戲，它的難度誘使玩家非要贏不可。

進入後現代，信息傳播日新月異，新技術新創造層出不窮，人的智識空前提高。這對小說創作是大挑戰，小說還能不能寫？怎麼寫？如果寫，作者、作品也就需要有比讀者更高的智識，更廣闊的想像，更豐富的創造力。這是這部小說撲朔迷離的原因。

作者隱於鬧市，這讓他成為清醒的觀察者，犀利的批判者。看似娓娓而談，實則刀光劍影，作者在不動聲色中，將「當今中國」這個光怪陸離的怪物解體。讀者或許會讚揚作者是高手，驚歎他的智慧。但是這份智慧乃來於他的絕望；可以說那是置身世外，「立地成佛」的智慧。

二

這是個殘酷而恐怖的故事。但在這個故事中，有個優美的「伊甸園」內核——大海邊那對純真的女孩、男孩。「她在這個地方住下。他在這個屋子住下。每天她都要到沙灘邊緣耕作播種，每天他都要到海潮退下的地方揀拾貝殼。」、「太陽看到了另外一個世界，一個潔淨得無法藏匿欲望的世界。太陽展開了眉頭。空間更加清澈，透明得像一面能夠照見自己的鏡子。」

在這個殘酷、恐怖的故事中，這枚珍貴的內核，始終與體相隨，閃出善良、貞愛、美麗。「她的美是孤獨的，因為她永遠只是一個人站在街的盡頭，望著太陽升起的地方，看著剛剛從海水中沐浴過的太陽，濕淋淋地，含羞帶霧地升起。」、「此刻她明白：孤獨不只是藏在一個人的身體裡，而也存在於人的同一處境中」、「回憶使他想起了她——『媽媽』——那張如母親般慈愛、如妻子般溫情的臉……」。在這個故事中，芳鄰就是這個內核的延伸。作品中，作者的悲哀、鄙視、譏諷、犀利的批判，乃至絕望都來於這個光亮的內核。

與《聖經》的伊甸園不同，大海邊的「伊甸園」沒有上帝。芳鄰是為了抵抗虛偽的社會，逃到海邊，在那裡與一個小男孩偶遇，建立了「伊甸園」——「一個沒有人傷害人的地方」。創造女孩的是特定「文化」，而創造男孩的則是自然——自然生命。這構成「伊甸園」的內在矛盾：如果遵循自然生命驅動，「文明」的界定最終將被沖毀，他與她會成為獸的關係；如果遵循「文明」界定，那麼她和他的自然生命關係即被間隔，二人即不能親密無間地生活。於是「伊甸園」告終。作者感歎，「在世界的每個角落，文化的桎梏，道德的桎梏，總是在追捕它的逃犯」。人不能自然地生活在一起，必需經「文明」界定；但「文明」界定則是對人自然生命的限制與異化。這是人類文明不可克服的悖論。

海邊「伊甸園」解體後，女孩、男孩按「文化」與「自然本能」，背向回歸社會。什麼是當今的社會呢？即作者所說「由利益鏈條構成的世界」，「在每一個鏈條的背後都隱藏著一個獲益者，而付出者得到的僅僅是活下去。」在利益社會中，人或者成為利益之徒，或者被消滅。男孩——自然生命，按照叢林原則成長起來，他「抓住兩個字——狠、奸；放棄四個字——良知、誠實」，而成為「狼」，但他最終迷失於重重疊疊的厚黑陷阱。女孩——善良、美麗的芳鄰持守「文明」，但是為了丈夫、孩子，卻淪為妓女，並最終遭殘殺。在這個故事中，「文明」及天真的自然生命，最終都被殘酷的利益社會所吞噬。

三

一般而言，文明國家，其文明秩序與教育同構，教育之目的就是將孩子——自然生命，培養為文明人，將其送入社會。而當代中國則不然。一九四九年後，毛奪得國家政權，以國家暴力全面澈底地摧毀中國既有文明，從精神、思想、道德、文化，乃至語言文字，建立毛版「一九八四」。毛後，「黨」一方面延續「一九八四」，另一方面又利益薰心，實行權貴經濟，上行下效，於是「狼、奸」、「厚黑」成為全民哲學。在中國，天真的自然生命會變為「狼」，「文明人」或者被改造為厚黑，或者被消滅。

「女孩」和「男孩」走回社會，他們回到中國的「一九八四」。什麼是中國的「一九八四」？在「中國」的大門口有塊巨石，上面刻著五個大字「看，這個人民」。作者辛辣地用了「個」這個量詞，顯示該國家之荒誕。作為極權國家，「人民」是「黨」的法寶，其一切暴行——詐、掠奪、屠戮、戰爭，都以「人民」的名義進行。但什麼是人民？誰是人民？「人民以國家為單位時——它存在著；人民具體到個人時——它消失了」。男孩的「一九八四」啟蒙者，那個出賣芳鄰戴變色眼鏡的女同桌，教育他：「在這裡，只有兩種人：人民或敵人。」、「人民是一個模型，只有符合這個模型才能成為人民」，而「這個模型就是我定的！」當她引誘男孩性交後，說「你現在是人民中的一員了。」

在這個「人民」的國家，每個人都戴著變色眼鏡，都將門關得緊緊的。大家共在一個大陷阱中，彼此監視，彼此告密，彼此互挖小陷阱，但大家又都是「同志」——窺測的同志、告密的同志、互相出賣、挖陷阱的同志。作者說「同志是所有落入同一個陷阱裡的人稱指代詞」，「同志的同志是掉在一個大陷阱裡又落進了一個小陷阱裡的人；同志的同志的同志是落入了小陷阱又墜入了一個更小的陷阱裡的人……以此類推……外延不斷收縮，最後只剩下一個孤獨可憐、被所有人拋棄的個體。」

瘦子老師，給「眼鏡女」挖陷阱，讓她監視芳鄰，收集她的材料，向他彙報；但「眼鏡女」卻又暗下給瘦子老師挖了陷阱，收集他的材料，向上級彙報，於是瘦子老師「被一棍子打翻在地」。瘦子老師奸了「眼鏡女」，眼鏡女奸了男孩；男孩受瘦子老師的挑唆，收集了「眼鏡女」的欲望，「抖落在大街小巷」使之成為街談巷議的素材，於是她也「被一棍子打翻在地」。「陷阱只是一個入口處，陷阱底下網狀地交織著地道，地道與各個陷阱相連，這就等於陷阱藏在陷阱之中。」這正是「領袖」所期望的，否則怎麼統治這麼一個龐大的國家？就是要讓「人民」都成為同志，彼此互鬥、互挖陷阱。這是更深一層的中國式的「一九八四」。

無論這個國家怎樣玩權術，但最終「領袖」、「黨」的統治所依仗的是血腥暴力。作者象徵性地記述「紅色的落地窗簾，紅色的家具，紅色的地毯，紅色的鋪蓋，紅色的牆紙。他感覺落入了血的海洋中，一陣陣血從四周向他湧來……那個女人過來扶住他，解釋說『我們的現在是用血換來的。紅色象徵著生命離去，而我則踏著屍體向前進。』」

中國的「一九八四」遠比奧威爾的《一九八四》、索爾仁尼琴的《古拉格群島》黑暗、恐怖、敗壞、殘暴得多。

四

毛死後，共產魔咒破產。一場政變，「黨」宣布：放棄革命，財富是新時代的新「真理」。路線變了，「一九八四」有了新編，但「黨」仍然是「老大哥」。紅色權貴原本就是流氓無產者，終於見到了財富，紅了眼，要翻倍地撈。「眼鏡女」曾教育男孩「共產，就是將所有的物資集中起來；主義，就是由我們統一分配。」從「黨」的各元老家族，到部長、地方大員，其二代三代，乃至村長、支書，他們拚命將國產民產「分派」給自己。此《一九八四》新編，是人類從未經歷過的，奧威爾遠遠落伍。

「黨」豎起腐敗大旗，全黨、全國、全社會、全民奮勇前進，大則盜國，小則圈地，或占、或貪、或搶、或腐、或坑、或騙，假將軍、假銀行、假科技、假大學、假奶粉、假疫苗……，最不濟的，小民還能撈地溝油、做假雞蛋。中國，仁義道德早已剿滅。「老大哥」打頭，全民造假、「狠、奸」，互蒙、互坑、互騙。整個中國成為一個龐大黑社會，善良、止直成為被消滅的對象，惡人飛黃騰達，好人難活。以往人們對極權的認識，多在其黑暗、殘暴；而極權統治最深遠的禍害，則是對文明的徹底摧毀，讓社會爛掉，全民黑化、流氓化。他們徹底毀掉了中華民族。於此，國人遠遠沒有認清。

自歐洲文藝復興，文學、藝術即是人類人文精神的旗手、先鋒。但是在中國「一九八四」新編中，藝術墮落為「下半身」、排泄物。當代中國藝術大師、前中央美術學院副院長徐冰，曾創作一著名作品《文化動物》，將一對豬，刮淨鬃毛，母豬全身寫滿漢字，公豬全身寫滿英文，讓其交配。這是「新中國」新時期的一個代表作。

「一九八四」新編中，「黨」——「老大哥」一方面仍然壟斷話語權力，嚴控思想文化，將敢講真話的人或困死，或投入監獄；另一方面在鐵牆上開個洞，既透點外面的光亮，又給「文人」、「藝術家」一個出路，只要從這裡爬出去，即可名滿天下，榮華富貴，還可以入夥做官，攀上「老大哥」。

這部作品中有個情節，縣文聯主席邀請作家「本本」吃飯，「本本」則順便叫上了草根作家「我」。主席說：「不談政治。文學應該遠離政治，回到文學上來吧。……你認為適應現在的文學文本是什麼呢？」本本接過話說：「這還用問，當然是下半身寫作嘍。」我說「在民主國家，作家的寫作方向除了性之外，還有另一條路可走——就是發現社會的問題，這種寫作才是對社會有貢獻的。」主席說：「我就是想寫什麼就寫什麼，而這些文字想要出版也是沒的問題的。我反而覺得審查的目的是為了讓作品內容有更大的提升。」

對這個時代，作者憤慨地譴責，「那是一個最壞的時代」；「這是一個精神比矮的時代／比一比／誰更矮／跪下，並盡可能地匍匐下身子／像狗一樣／還可以／更矮／烏龜、老鼠、蟑螂、螻蟻、蛀蟲……／只有這樣才可以在那些存在於現實裡的孔洞及縫隙中鑽營」；「這個時代唯一的出路就是墮落」，「越墮落越快樂」，越成功。

梅子和鬱是情人，藝術學院的學生，求知，進取，朝氣蓬勃。但為了出名，梅子用自己的身體收集十三個男人的精液，代表耶穌的十三個門徒。將它們放在精緻的骨灰盒裡，然後找來一大幫人，搞個公開儀式，埋在校園內橄欖樹下。題目是「末日審判」。而且那十三個男人也都來參加了這個壯烈的儀式。梅子成功了，「一炮走紅，成為藝術圈子中的焦點人物」，還去了威尼斯，參加國際藝術節。藝術啊藝術，墮落得「低過了地平線，彷彿已經進入了地獄，觸摸到閻王爺冰冷的額頭。」

鬱憤憤不平，搞了個真壯烈的行為藝術。他背上一袋穀子，跑到北京天安門廣場，將金燦燦的穀子撒在廣場上，說中國是農民大國，在天安門廣場上曬穀子可以體現農民的中心地位。那是一九八九學生灑過熱血的廣場。結果，穀子沒撒完，他就被武警抓了起來，送進監獄。鬱終於明白：好的藝術都要觸及政治，而「政治這東西是不能去碰的」。他要向梅子學習，徹底改變自己的藝術道路，「由上半身的思想轉向下半身的欲望」。

五

十一月五日，都江堰中興鎮老橋橋頭髮生了一起令人心寒的事件：一名弱女子深夜遭遇歹徒追殺，發出撕心裂肺的呼救，整條大街的居民聽到了呼救，卻無人開門制止；唯一還開著門的店主居然馬上拉下了捲簾門！這名女子最後在絕望中被暴徒毆打致死……

看似這是起搶劫謀殺案，但在「後記」中，作者透露「首富滅口家庭教師，是為了掩蓋他們的罪惡；有關部門滅口芳鄰，則是為了掩飾這個社會的惡症。」

《人蟲》這部作品的故事荒誕不羈，但於當今中國卻真真切切。作者說「在接觸不到事實的真相時，虛構就是通往真相的唯一路徑。」很少有人懂得，在沒有言論自由的國家，虛構之文學往往比紀實報導更真實。——有人譏諷說「中國官方的新聞除了名字是真實的之外，其他都是虛假的；獨立作家的小說則除了名字是假的之外，其餘都是真實的。」世間的事情往往不能照實說，即使在自由的美國，說是真實報導，實際已有了事前的選擇，或許多的隱瞞。人越不能說真話，虛構即越有意思與意義。作為小說家，當今中國是天堂，世界上哪裡還能找到如此豐富奇異荒誕、無窮無盡的故事呢？當然，這是就個人寫作，而非就出版而言。寫作的意義與言論自由成反比，越不自由，寫作便越有價值和意義。道理很簡單，因為在暗中，人們才更需要看清周圍。不錯，文學是虛構，而重要的是，其是怎樣的虛構，它通向哪裡？特別是，在全民造假的中國，它是否通向真相？

嚴峻的事實是，如果中國作家決意走向「真相」，他就會成為這個國家的敵人，因為國家要「掩蓋」、「滅口」。因此，作家選擇通向真相，就是不識時務，自取「滅亡」，或囚於大牢，或逃亡，或困死，總之讓你永生永世不得出聲。這是「一九八四」存在之保障。

汪建輝先生是獨立作家，傑出的小說家，自絕於體制，儘管他寫了幾十年的小說，但至今在中國默默無聞，作品始終不能在大陸出版。但這是他的榮譽，一份比諾獎更高的榮譽。他犧牲一生的名利，而履行作家的真責任與使命。中國仍有這樣的作家、詩人，這是中國文學的希望。他們是中國文學的脊樑！至於汪先生小說的成就，我這裡借個參照吧，中國有兩位作家獲得了諾貝爾文學獎，而汪先生的小說成就實高於他們。讀者不妨可以讀讀汪先生的另一部長篇小說《中國地圖》。

汪先生告知我，《人蟲》將是他最後一部長篇小說，老了，寫不動了。「這個世界也就這樣了。我們本想努力讓它變得更好，卻發現它越來越壞。越努力，它壞得越快。而如果不努力，至少自己的生活不會變得更壞。在這個國家如果沒有能力使壞人變好，那就只有等到它在壞人的手上爛掉。」他是真正絕望了。我聞之默然神傷。他寫了一生，每部作品均秉心而寫，嘔心瀝血，而國內少有人讀到。我盼望讀到《人蟲》之後的第二部、第三部長篇……，但是我開不了口。我祝願他健康！

二〇一八年八月二〇—二六日　於伊薩卡

目次

上篇：虛構的女人

一部現實之外的手稿

那一天早晨醒來，我進入了一個很奇怪的時間之中。在那個時間裡歷史消失了。因為我看見了一種很單純、幾乎沒有現實痕跡的文字。

事情是這樣：這一天早晨，我正在睡夢之中，猛然間電話鈴聲響了，照以往的經驗判斷，多半是推銷電話，賣保險、賣房或者是投資理財的圈套。我躺在床上不想理它，等待著那個鈴聲在什麼時候停止。比如說就在下一秒鐘。可是電話鈴聲卻執著地響著。鈴聲停了一陣，緊接著又再次響起。那人一定知道我在屋裡。那人一定有什麼重要的事。我不得不起來接這個電話。一個完全陌生的聲音，濃濃的鄉土口音。但是卻準確地叫出了我的名字。

我問：「你是誰？」

他說是我的一個遠房的親戚。可我還是全然不記得我還認識這樣一個人。於是他說出了一個名字，是我們村首富（也是村長）的名字。

我在電話這頭點點頭說：「這個人的名字我聽母親說過，他是靠賣豬飼料發的家。我母親常說養豬的人沒有發，而賣飼料的卻發家了。為什麼賣豬飼料的富了，養豬的卻沒有？因為他控制了豬的糧食……」

我正想表明母親對村裡首富的不滿，進而再表達出「誰控制了誰的糧食，誰就控制了誰的一切」。那人卻打斷了我，壓低著聲音說：「你快開門吧，我就站在你家的門口。」

我打開門，一張黃土一樣的臉上貼著一隻土黃金色的手機，就像是臉上多長出了一塊東西。看到我，那人將臉上的手機移開，對我露出了微笑。說：「看看，看看，一看就像是藝術家的樣子。」

我說：「快請進吧。」

在屋裡，等他坐下來，我問：「怎麼不敲門？」那人答：「我是怕別人聽見了，知道你家來了客人。」聽到這，我對他產生了些好感，說：「對的，從敲門聲音的大小及喊門的口音，鄰居們可以斷定你是從鄉下來的——因為農村的房子普遍的都比較大、門板也比較厚實，如果不用力敲門、喊叫，主人家是根本就聽不到的——由此他們可以得出一個推論，我也是來自鄉下的。而現在，根本就不會有人知道我家來了客人。因為我們的交流是一對一的，沒有第三者在場，也沒有第三者知道。這也就是現在社會人逐漸變得孤獨，而人與人之間的關係也慢慢地變得淡漠的根本原因吧。」

那人說：「你真有文化，光敲門就說了那麼一大堆的道理。看來我是來對了。」

接著我們一起聊起了我們村裡的首富。要說明的是，不是因為我喜歡富人，而是因為這個首富是我們唯一可以進行交流與溝通的媒介。

那人說：「前些時候首富死了。他兒子繼承了他的遺產，當然也包括村長的位置。」

我說：「村長死了，村裡人怎麼評價他？」

那人說：「村裡的人都很高興，有人還為此放起了鞭炮。沒有想到他兒子暗地裡將放鞭炮人的名字都記了下來。到公安局去舉報說這些人鬧事，目的是為了搞西方式的民主選舉。將他們以尋釁滋事罪抓了起來。」

我說：「村一級不是在搞民主選舉嗎？」

那人說：「你很小就離開了，沒有在農村待過。農村的選舉都是假的，投票之前都會開一個動員大會，明白地告訴你選誰，如果不投就斷你家的水電。農民當然就不敢不投他。」

「我還以為只有城裡的選舉是假的，而農村的農民早已經過上了民主的生活。」

「在中國，越小的地方越封閉、越落後——越沒有王法。」

我沒有想到這位從鄉下來的親戚有如此見識，便說：「在中國，大家都以為上面政策是好的，壞的是下面的小官。其實上面也是很壞的。」

「對，上樑不正下樑歪。唉，不說那些了。說多了容易犯錯誤。」

我這才想起，他來的主要目的是什麼？便說：「光顧著說閒話，忘了問你來的目的是什麼。真不好意思。」

那人說：「你還記得麼，首富有兩個兒子？」我點點頭。那人接著說：「首富死得時候手上抓著一疊稿子，抓得可真緊，他二兒子將他五根手指中的三根掰斷，才將這些稿子拿下來。喏，就是這些。」一說著他從背著的包裡面拿出厚厚的一疊稿子，「都在這裡了，是一個很美的故事。每一個看的人都哭了。但他的二兒子卻認定裡面藏著一個天大的祕密，足可以將他的哥哥送進監獄。」

「弟弟是在跟哥哥爭財產？」

「是的。就是他委託我來找你。你是村裡唯一的一個作家，希望就寄託在你的身上了。希望你找出這個故事背後的故事。」

我大概翻了一下稿紙，問：「你為什麼要幫助弟弟？首富的遺產誰繼承對於你來說都是一樣的。」

「不一樣。哥哥是政府指定的村長候選人，弟弟是自己參選的獨立參選人。」

「哦，這麼看來……是有本質的區別。」

於是，我讓那人將稿紙留下來，待我細細讀完之後，再告訴他我讀到了些什麼。

那人還給我提供了一個關鍵的信息：首富在貧窮的時候是一個文學愛好者，後來下海經商，打算賺到錢之後再重新搞文學；大兒子從小就跟著父親做生意，而二兒子從小學起就在省城讀書，學校放假了才回家。

之後，我送那人出門。還沒有到一分鐘，電話鈴又響了，電話裡他低聲說：「還是我，你再開一下門」。進門後，他就站著說：「還有一件事，本來不想告訴你，但想了想，還是給你說吧。據傳首富曾買過一個女嬰，但奇怪的是從來沒有人看到過這個孩子。」

「這個女嬰與它——」我指了指稿紙，「有什麼關係麼？」

「哦，我想、我猜……唉，我也說不清楚……我是怕，這個信息萬一有用呢。」說完他輕輕地將門拉上，隨著「啪」的一聲撞鎖聲，他就像是被夾斷了一樣不見了。

下面就是這部小說。我仔細地讀了一遍，總體上可以判斷這部小說的內容不可能發生在現實之中。故事是一個現代版「世外桃源」式的構想；一個想將人性「看透」的天真之舉。是一部「天真」之作。

它究竟揭示了人性中的哪些祕密？我不敢妄加評論。只有將小說附在書中，請讀者自己來看一看這個故事：

〈那個人〉

上篇——如果要認識人，就必須離開人群

她早醒了，甚至可以說她剛睡時就已經醒了。她整夜沒有睡，但整夜閉著眼睛。她把眼睛睜開，把心裡積蓄的憂鬱，釋放出來，頃刻小屋漲滿了一片黑藍的顏色。她從窗外看出去，星星一眨一眨地閃爍著。

漸漸地天就亮了。她起身穿衣服，沒有一絲倦意，頭腦異常清醒。她感覺到那團將腦袋填得滿滿的思絮，經夜縮成很小的一團，沉落於記憶深處。她搖了搖頭，腦海如海洋般蕩漾，而那團浸透著水的思絮只是懶懶地蠕動了一下，像一隻肥胖的蠶，扭了幾扭又不動了。

她站著不動，凝視窗外。淡藍的一片，沒有星星。太陽也還沒有升起。淨，靜得陰澀。

屋子靜極，她如雕像般聳立。這時，從屋角轉來一個聲音；這聲音如一把使舊了的鈍鋸子，從屋子另一頭生生澀澀地拉了過來：

「……就走嗎？」

屋子某處的塵土開始駁落，鋸木屑般撒落下來。

她顫慄了一下，縮著脖子，感到身上一陣奇癢。

「嗯。」

那聲音停了一陣，接著是一陣急喘。就像每天早晨，爺爺起來做飯拉風箱的聲音。今天她就要離開他了，而他也同時不能離開他的那張木床。厚重而僵硬的棉被多年未拆換，它蓋在爺爺的身上，硬的像是門板——這門板加上身下的床板組成了一副棺材。她望著爺爺，眼睛澀澀的、一切都在晃動。是流淚了，冷淚。木床、木窗、爺爺及那張矮小的放在灶前的小凳子，時左時右、時近時遠地晃動著。

她側過身子，淚從眼眶流出，直奔嘴角。眼淚是鹹澀的，猶如過去的生活。

爺爺沒有聽見她哭泣。沒有看見她臉上的淚。賭氣般將喘氣風箱似的瘋狂地「呼啦」、「呼啦」拉了一陣之後便停止了。

再也沒有一點聲音。

爺爺老了，老得再也老不下去了。

爺爺向她仰著那張數不清楚皺褶也洗不乾淨的臉，死了。她看見爺爺緊閉的雙眼是臉上最深刻的兩條皺紋。

在爺爺去了之後，她也走了——與死亡一同上路。

她出了門，小心地將門反鎖起來，像是怕驚動爺爺。這屋子從此就是爺爺的墳墓了。她墓碑般在爺爺的墓前聳立片刻之後便轉身離去。

從家裡出來，順著一條小路一直向前走七公里便是一個岔口。

太陽還沒有爬出淺淡的雲層，那葉駛來的帆船的帆影越來越大、越來越大……最後她發現駛來的並不是帆船，而是一個日子。一個決定昨天過去，今天來臨的日子。

路邊的樹越來越密集越來越高大，她感覺有一些透不過氣來。回頭望了望，樹梢的頂端，幾縷越來越粗也越來越鬆散的炊煙高高地豎了起來。她的嘴唇動了動，彷彿嗅出了一絲淡淡的粥味，有點甜，但更多的是柴煙味。

突然，她站住了，停在一個岔路口。面前兩條路閃著神祕的光，樹長到此處停止了，眼前是一片開闊的荒原。不知道有多少年沒有人到過這裡。她回頭望去，走過的路如一條廊道曲折。

路崎嶇地在腳下延伸，如一個疲倦的人伸著懶腰。她感覺伸懶腰人的舒適轉移到了自己的身上，輕鬆隨意。站了一會，她聽見左邊的那條路響起了窸窣的聲音，漸漸遠去。

爺爺走了，隨風飄散——那張老臉模糊成一團，她怎麼也調不好目光的焦距。

她不願跟爺爺走，遂向右邊去。陽光越來越熱，腳下的路也越來越嶙峋。死一樣的荒原，那些半死的榆樹，樹皮脫落，露出牙齒般堅硬的骨頭，對這個世界展示死亡的後果。它們撩著牙的樣子極為頑強，在任何環境下都不退縮。而她卻不能。她從學校逃到爺爺的身邊，而後又從爺爺身邊逃走……來到這兒，沒有人跡的荒原。

「學校、學校、學校……」

那個人站在講臺上，宣講著真理的聲音。不知道為什麼，每當看到那個瘦長、戴著變色眼鏡的人時，她便會聯想起一根長長的魚杆——盡頭是一個彎彎的帶著回刺的鐵鉤子。只要上鉤，便再也掙脫不了。

瘦子站在講臺上，那副變色鏡使他的目光深淺難測。在變色的玻璃片下面一定有一個陷阱。她產生了一種奇怪的想法：在一個原始的森林裡居住著一個山裡人，他與野獸一起生活，既無法馴服它們，它們也沒有辦法將他撲倒。人與獸平衡地相處。有一天森林裡來了一個文明人，文明人教山裡人在地下挖陷阱，偽裝好，文明人便走了。山裡人守在陷阱旁，等著一只只野獸掉下去，輕鬆地將它們殺死扛回家中。於是，人便有別於其他動物。由於捕殺的獵物太多，吃不完，人便將它們懸於屋外的梁上晾曬，以便儲存。

「胡瞻爾庭有縣特兮」

瘦子在講臺上講著，窗外的太陽鑽出雲層，直射在他的臉上，茶色的眼鏡開始變黑，阻擋著別人視線進入。「眼睛是心靈的窗戶」，他關閉了這扇窗，外人如何看見他的內心？她對同桌的同學說：「老師的眼睛是兩個陷阱，我們正在往裡陷。」同桌警惕地望著她，她看到同桌的眼睛也被人挖了兩個坑——只是還沒有來得及蓋上偽裝。

瘦子老師站在講臺前，目光掃過一張張面孔，像一條骯髒的抹布擦來拭去。無論是酸甜苦辣還是油漬污穢，學生們從不提出疑問，這使他很滿意。齊腰高的講臺恰好遮住了他的下半身。他的目光停在一張乾淨的面孔上，這是一張沒有被污染過的臉。「這就是傳說中的單純？」瘦子老師將目光的抹布在她的臉上曖昧地輕抹著，卻發現她驚鳥一般飛奔出教室。

在她的筆記本上，留著一行字：「走自己的路……」

她被瘦子老師叫進辦公室是兩天以後——當她怯怯地走進教室，在凳子上剛坐定時，便從門口便傳來了一個聲音——這聲音先是在空間中支撐起一個巨大的幾何體，漲滿房間，然後從中抽出了一條細絲鑽進她的耳朵——「到我辦公室來一趟……到我辦公室來一趟……到我辦公室來一趟……」尋著聲音，她便到了老師的辦公室。

「喜歡——我——的課嗎？」他有意將「我」字拉的很長。

「嗯……」

「喜歡什麼？」瘦子老師將臉湊近她。

「魯迅。」她似乎答非所問。

「魯迅？」瘦子老師引導著她：「魯迅娶了自己的學生。嗯……學生愛老師、老師愛學生……師生戀是世間最美的愛情。」

她看也不看他一眼：「不是。」

「那麼，你喜歡他的什麼？因為他是男人嗎？我也是男人呢！男人也許並不一樣，但是有一個地方卻都是一樣的呢。」說著他就想拉下自己的褲子拉鍊，來證實自己所言不假。

「你為什麼說的是一套，做的又是一套呢？」她儘量不使自己再多說一個字，以便早一些離開。

「因為我是你的老師呀。規則的制定、解釋者，真理的掌握者。」

她沒有聽完他的話，就甩門出去了。

他感到沮喪，從桌子上拿起變色眼鏡，戴上。走出辦公室，一朵雲適時地遮住太陽，他的心情忽然好了起來，太陽並不那麼刺眼。「世界原本就是陰暗的。」他對自己說，「最後的勝利往往在最後的糾纏之中。」

他看見所有的人都浸泡在變色眼鏡營造出的灰暗色調之中。瘦子老師興奮起來，兩隻細腿筷子一樣在空氣中一下一下地夾著，他要將陷入陷阱裡的人一個個夾起來吞入肚裡。

「真爽！」瘦子老師的喉節咕嚕咕嚕了幾下，乾脆、利落。那個與她同桌的女生，會將她的祕密都告訴我。她會成為我盤中菜的。

現在，告密時間又到了。他轉過身子，看見目光盡頭出現了那張忠實的告密者的面孔。忽然覺得有些口乾舌燥，身體在頃刻間膨脹著，他將手插在腰上形成兩個對稱的三角，緩緩地向她踱去，在距離兩尺遠的時候，他們都站住了。

他努力讓自己顯得不在乎：「她最近的思想怎樣？有沒有什麼反常、反動的傾向？」

「……」

除了瘦子老師，其他的人聽不到。

「放學後，找幾個人教育教育她。」瘦子老師下了鐵一樣的決心。

「是。」

接到指令後，她的同桌就轉身離去了。望著她遠去的背影，瘦子老師像電影中那些老套的表演一樣點了點頭。是讚許，也是肯定。他決定，在必要的時候也可以在她的眼睛蓋上一副蓋子——變色眼鏡。然後他快步地回到家中，將門反鎖。搖了搖、推了推、拉了拉，確定門關嚴實了，才放心地將背靠在帶有黑色血漬的牆上。喘息片刻，他戒備地打量了一下牆角、床底、櫃側、桌下，確定沒有異常後他拉亮了電燈：屋內裝飾得很別致，一張像圓桌一樣圓的大床，床上貼滿了她的畫像，床頂端垂下一根軟軟的繩索，油膩膩的，很能承受重量的樣子。他將繩索打了一個活結，摘下眼鏡，將眼鏡套了進去，狠狠地勒緊——他感覺有些透不過氣來，用力地將繩索一甩——眼鏡秋千般來回蕩著。一陣眩暈，他倒下了，像狂風中熟透的麥穗一樣伏在她的身上。身體抖動著，像是極冷的樣子。兩分鐘之後，瘦子老師吶吶地說：「哦、哦……來了、我來了。」隨後身體在猛烈地抽動了幾下之後便不動了。而此時吊在床上面的眼鏡也剛好停止了晃動。

雖然「感覺身體被掏空」，但他卻感到了另一種滿足。就像氣球只有在洩氣了之後，才知道自己原來的樣子。

「下來。」瘦子老師對著眼鏡狠狠地說。眼鏡不動。

「下來。」他大吼起來，眼鏡顫慄了一下，又不動了。

瘦子老師猛地站起身來，將眼鏡取下，戴在臉上，拉開房門匆匆而去。

瘦子老師在風中行走。風很大，他不能控制自己。飄著、飄著……太陽被烏雲遮住了，鏡片的顏色隨著陽光變暗開始變淺，陰暗中他看見一個大大的陷阱，陷阱裡的人，有一個竟是他自己。他自己的目光忿恨地直直射向他——如寒冬掛在天空的太陽，白白的亮亮的卻沒有溫度。瘦子老師加快腳步，逃離自己。

此時他很慶幸有風。

「遠了……」他對自己說。「遠了……遠了……」他此時就是風中一枚翻滾的落葉。

「遠了……遠了……」他覺得自己越來越空虛。越空虛就越失重。

「人總是要死的。死了就什麼也沒有了，因此要及時行樂。」這是他對死亡的唯一理解。

他看見：公園中那棵扭曲、僵硬、也是最古老的樹上插著萬般無奈且疲憊不堪的太陽。老樹的枝丫插入太陽中，使太陽像是破裂了一般。流出的鮮血，浸染著天空。太陽終於沉了下去，即便是那棵老得骨頭錚錚的樹也支撐不住這載滿著苦難的太陽。因為沒有誰能承受太陽看見的悲劇。

太陽看見：放學後，她的同桌帶著幾個人圍住她。僻靜的小路，凌亂的環境。數隻手，點著她的額頭，說她不識抬舉。說她這不該、那不該。她向後退，直到沒有退路。一面牆堵住了她。古老的牆長著青苔。苔厚處還有一株綠色的植物，弱弱地生瘦瘦地長。她躲閃著，滑倒在地上，樣子可憐、難堪。沒有人同情她，眼前的囧態引得人群哈哈大笑。直到她們倦了，覺得無聊，才哄笑著離開。

她帶著傷痛回家對爺爺說，要離開這裡，到一個沒有人傷害人的地方。

「沒有那種地方。」

「有。陶淵明就找到過。」

「我活了那麼久，只明白了一個道理：這個世界沒有平等。只要有人群，就沒有平等。」

「如果真的是那樣，我就找一個沒有人的地方。」

「好，你走。去尋找你的理想世界。最終，還是會弄得滿身泥濘……」爺爺氣得呼呼地喘著粗氣，直到氣不夠用。直到只有出氣，沒有進氣……

爺爺走了，離開了這個沒有平等的社會。在那個世界——鬼會傷害鬼嗎？

腳下的小路彎曲著向遠方伸出它的身軀——像一隻蟒蛇，遊動著突然停住，不動，趴在那兒死了。小路旁邊是一叢叢綠得發黑的車前草，它們總是生長在人來人往的路邊，似乎是喜歡與孤獨的路人做伴。偶爾也零星有幾棵草頑強地將根紮在了路中間，展示著它凌亂而飽受踐踏的身軀。草黑土黃。它們伏在地下，擔承著路人的腳步，還有牛、羊的蹄印。「腳」和「蹄」，這就是人與動物的區別——不僅在外形上，還在語言上；多美的「腳」啊，多美妙的「腳步」，這證明了掌握語言的重要性。這世界本就是不平等的……

不久便走出這僅有一米寬的黃土小路，眼前豁然開朗。寂靜中一條小溪如銀帶般穿透死亡的原野，向遠處的大海拋去，彷彿是它將這荒原綁縛在地球上，否則這路、這樹、這大地，都將飄向浩翰的宇宙。

她徑直地前行，腳下的大地被分為左右兩邊；太陽騰空而起，將陽光垂直地對準赤道灑下來，將地球分為南北兩半球。

拐過一個彎，她看到路旁的土堆上矗立著一塊石碑，布滿灰塵。石碑四四方方，似一個巨大方印。在石頭的左右兩邊各生長著一棵長青樹。樹筆直挺拔，如兩支蠟燭聳立在荒原之中。沒有一絲風，沒有一點動靜，她站在巨石的前面，孤獨而自立。這石頭就象徵著她：她的沉重、她的孤單。同情的感動使她撲上前去抱住石頭，手指在粗礫而冰冷的石頭上撫摸著。她感覺指尖下有一片積塵在脫落……塵土落盡……她看到石頭的正中刻著五個精緻的小字：

瞧，那個個人

「我就是那個個人」。十五分鐘後，她離開了這塊方形的石頭，繼續向前去。太陽在天空中，注視這個旅人，注視著她身邊無盡的荒原。她輕鬆地走著、跳著，如一只真正屬於天空的雲雀。壓在心頭的石頭不見了，她在飛……在空洞的大氣裡，充實地前行。

她來到小溪的入海處。在閃亮如銀梭的小溪邊，在被水沖得滑滑的被歲月熬得黑黑的岩石上她看到了一個男孩，他仰面躺著，流水一樣的風在他的身上徜徉，在他弱小的身體上劃出了一道弧影。她的血管膨脹了起來，血氣翻湧，使她暈眩不定。在這遠離塵囂的地方，兩個孤獨的個體遇見了。小溪銀白，石頭褐黑，膚色蒼黃。

她站在男孩面前，俯視著他頭頂上烏黑而細柔的頭髮，用手輕輕地撫摸。男孩用力地昂起頭望著她。兩個生命在交融：她看見他的臉掛著兩串夾豆般的淚珠；他看見她臉上滾動著兩行雨點般的淚滴。此刻她明白：孤獨不只是藏在一個人的身體裡，而也存在於人的同一處境中。她蹲下身，雙手捧住他的臉，安靜地注視一會之後，雙手向他的腦後滑去，將他擁入懷中。他們的淚浸濕了彼此的肩頭。在這靜謐的時刻，他們聽見了心靈的聲音。這是在人群中無法體驗到的。

她領著男孩，向椰林的深處走去，身後留下四行月芽形的腳印。有時腳印成了兩行，那是男孩走累時她將他抱著走時的足跡，這足印很深，像兩排渴望的眼睛。一枚貝殼被踩在了腳底下，她感到有一種很鈍的力量從腳底向頭腦擠壓而來。她一緊張，將男孩放下，牽著他的小手，幾乎是一陣小跑，兩雙大小不等的腳印向前伸延……

太陽在落下去的一瞬——與大海與天空與椰林連成了一體。眼前的一切都在組合著：先是海與天連成了一體，後是海與沙灘連成了一體，再後來是沙灘與椰林連成了一體。

萬物因模糊而成為一個整體。

天完全黑了，她在椰林裡向外望去，星星在天空中閃爍，遙遠而醒目。海潮一波一波艱難地爬上沙灘，還來不及歇息片刻便又退回去；沒等它們完全退盡又有一排潮水湧來。潮水聲佔領著黑暗中更顯空虛的空間，很快夜空便被擠滿了，讓人窒息。她揮一揮手讓空氣鼓蕩起來，於是潮水聲便從宇宙的漏洞——星星的眼裡鑽出，「滋滋滋」地如高壓鍋蓋汽閥上噴出了蒸汽。

她坐在細柔的沙上，背靠一棵椰樹，摟著男孩，進入了夢境……

——爺爺從山裡回來，推門進屋，在屋內便蕩起了綠葉和紅花的漣漪。她向爺爺迎去，爺爺捧起她的臉端詳著，彷彿看著逝去的日子。而她從爺爺的臉上看到了自己的未來……

——她記不起父母的模樣，即便夢見也是一次一個模樣。爺爺說父母在她剛斷奶時便丟下了她，跳進海裡，游向大海對面的自由世界。

——月光溶溶地沉在大地上，膠水般地從椰樹葉的間隙滴下，黏黏糊糊的。太陽照耀著月亮，月光印照著大地。月光把大地弄得淡淡漠漠的，如一個將忘卻的記憶。偶爾月亮鑽入雲層，眼前的灰白景物模糊起來，如很近地去看一幅水墨畫。不一會月亮又鑽了出來，發狠地將月光傾瀉下來，堆積在地球上。「月光如水」，地球彷彿浸泡在水中。在這朦朧的氛圍中……地球飄起來了。地球與月亮越來越近……一躍便可邁入月亮中。她拉著他在月亮上奔跑，身體輕盈如飛燕。突然一座高聳的山峰噴出了火紅的岩漿。她拉著他逃離，可是岩漿將他包裹住了。他在岩漿中掙扎呼救，她縱身躍入岩漿抱住了他……

接二連三的夢使她很早就醒了。今天是一個好天氣，天空光溜溜地一片清靜。太陽正在升起，她將手臂鬆開放下男孩，直起身望著天空。

陽光掃帚般將黑夜向西邊掃去。

新的生活開始了，少女孤獨地站立著，陽光灑在她白皙且平靜的臉上。海水拍打著雪白的沙灘，一隻隻在潮水回落時顯露出來的貝類在陽光中閃爍出眼淚般的光澤。

剛從人群中走出。這裡太靜了，靜得可以聽到自己的心跳，靜得讓人想對著大海大喊一聲。對著剛剛站起來正要垮下去的一朵浪花，她發出了叫喊。空曠的天空經過了一陣震動之後歸複了寧靜。寧靜中她看見那個男孩向她走來，在她的身邊站住，昂頭望著她，眼睛露出早晨剛睡醒時的迷糊。像是被濃霧包裹著的太陽。

「這個小男孩神奇地出現在我身邊，我要撫育他。要像母親一樣付出愛。」

「我要好好地待你。」她貼著他的臉喃喃地說，覺得自己是世界上最幸福的人。

她砍倒了幾棵椰樹。樹汁溢出傷口向下流淌，順著刀柄流在手上，黏糊糊的。她感到周身蕩漾著清香及苦澀的氣味。

她有些想吐，感覺肚子裡的氣味在翻江倒海般地搖晃。

她用樹皮搓成幾根粗粗的繩子，繩子蛇一般在腳下盤旋。她的手被磨擦得通紅，紅漸漸地彙集到一個點——那裡開始鼓脹、發紅。血泡越來越黑，手掌越來越紅，皮膚越來越透明，彷彿看得見血液在血管裡流動。血泡破了，血滴落在沙上、印染在繩索上。她的手臂微微發麻，手掌上如針刺的痛楚電流般刺向心裡。

她選擇了四棵距離相等的椰樹，將砍倒的樹幹用剛搓成的繩子捆綁在上面，搭了一個方形筐架。再將椰樹葉蓋在筐架的頂上，遮住筐架的四周。一個封閉的空間形成了。她走進屋子；走出屋子。這是同一質量的兩種不同形式——屋外的空間是沒有限制的，而屋裡則體現了一種規矩。在這個規矩的後面站著一個字：家。

她在這個地方住下。他在這個屋子住下。每天她都要到沙灘邊緣耕作播種，每天他都要到海潮退下的地方揀拾貝殼。

很快，那塊地已經鬱鬱蔥蔥了，她站在地邊，心也像禾苗一樣，綠綠地生滋滋地長，風吹過來，禾葉歡快地跳動。她伸展手臂叉開十指，呈現出丫字形，像是一個稻草人。一隻鳥飛來在她的肩頭落下，「咕咕、咕咕」地望著她，她輕噓一聲將手遙遙指向屋頂。鳥在她頭頂滑過，落在了屋頂上，向著她「咕咕咕」地叫……

海潮湧上來了，男孩隨著海潮向上跑；海潮退下去了，男孩跟著潮水向下奔。他不時彎腰將貝殼拾進臂彎挽著的竹籃中。

正午，陽光更加強烈，蒸發出來的濕氣匯聚成液態的臨界點。他們返回椰屋，躲避烈日。腳與沙子摩擦響起了「沙沙沙」的聲音。沙灘在太陽的炙烤下熱得燙腳。兩行腳印從沙灘兩邊向椰屋靠近。上面，是藍藍的天空白雲飄；下面，是被太陽烤得發黃的沙粒；中間，是兩個自由的個體在漸漸地靠攏。

不久，從椰屋中升起了一柱炊煙，嫋嫋地在空氣中扭動、上升……炊煙上升到一定的高度慢慢散開——變淡，而後與天空連接成一體。

太陽注視著這柱升起的炊煙，與屋裡的這一大一小、一女一男兩個「個人」：「他們不是在人群裡，而是在人群外。他們不覺得孤獨，不覺得命運的寂寥。這是什麼原因？」太陽皺了皺眉頭。瞬間，天空就陰沉了下來。男孩跑出屋子，抬頭望著太陽額頭上的那片陰影，從他眼睛裡流出的純淨目光中，太陽看到了另外一個世界，一個潔淨得無法藏匿欲望的世界。太陽展開了眉頭。空間更加清澈，透明得像一面能夠照見自己的鏡子。

日復一日，月複一月，年復一年。

一年、二年、三年……十年……

廣闊天空下，季節改變著大地上的顏色。草青草枯、花開花落，麥苗青、麥穗黃，而他們也一直成長，完成著身體的發育成熟。男孩長大了，健壯而結實，而少女也愈加豐滿、成熟。在這二個人的世界，愛情悄悄地降臨到他們的身上。

有時，他站在地裡低頭沉思：像是一棵特大而成熟的麥子。思考使他的頭低垂下來，烏黑的頭髮垂落在眼前，使看見的東西或隱或現在一個簾子的後面。

有時，她站在椰林中望著他的身軀：感覺自己就是一棵成熟的椰樹，而雙乳正是裝滿了汁液的椰果。她的目光椰汁般流淌在他的身上，使他的身體閃閃發亮。她感到甜蜜與苦澀交織著……像是椰果汁，又像是椰樹汁。

她流下了兩行淚水。

左眼流下的是椰果汁──甜的；右眼流下的是椰樹汁──澀的。

他在麥地揮動著鐮刀，麥子一把一把地在鐮刀下伏倒。麥粒沉甸甸地點頭，發出「沙沙沙」的響聲；他的腳踩在麥桔杆上發出斷裂的「卡卡」聲。汗珠在額頭、手臂、肩膀、身上流下──墜在地上，摔碎。她跟在他的後面將割倒的麥禾碼成堆。他在麥地裡Z字形移動──收割，她在麥地裡N字形奔走──撿拾。

生活潮水般向他們湧來。

時間潮水般向後而退去……

她懷抱著麥子，麥芒紮著臉頰，癢癢的；麥葉割著手臂，辣辣的；麥梗紮著胸，酥酥的。這一切都經過了他的手，他粗大有力的手剛才還握著它們。她感覺到他手上的余溫，聞到他身上的汗味。她感覺這就像是他的手在她的臉上、身上、胸前撫摸。她的臉紅得像太陽、熱得像火焰。麥堆越來越高，像是成長著的少女的豐滿乳房。麥地空了、麥垛滿了，一邊失去、一邊獲得。她選擇了失落的感受。

她高聲唱起了一支從前唱過的情歌：

我的愛情呀，在天上
天上的雲
飄呀飄
想要抓住它呀，掂腳尖

風更大了，麥子迅速地跳動、撞擊。沙沙、沙沙的聲音連成了一片。灰色的鳥在空中飛翔剪掠，編織著無數條無形的網。她接著又唱：

我的家鄉呀，在遠方
遠方的風
吹呀吹

想要抓住它呀，伸指尖

他直起腰，看見她太陽一般的殷紅臉龐，臉上露出迷茫與不解。一隻蒼鷹低掠著從他的眼前飛過，而後又高高地升騰著飛去——

我的情人啊，在眼前
眼前的他
行呀行
想要留住他呀，口難開
哎哎喲……
什麼時候呀白雲倚上枝頭
什麼時候呀枝葉搖成風帆
什麼時候呀風帆鼓在船頭
什麼時候呀船載我駛向你
哎哎喲……
一朵插在少女頭上的花

回憶著開在枝頭的日子

這一天太陽灼人，熱情似火。他轉過身，脊背如一塊堅硬的石頭。陽光照在她的臉上，一片暈紅，像是被太陽燒紅的晚霞。她陶醉在情欲之中，被一股熱潮托起，身體輕輕飄搖。突然，她聽到一個聲音，如清澈的山泉從她的耳朵流進了心田，「媽媽……你，這是怎麼啦？」她打了一個寒顫，一盆無形之水從頭頂澆下。

她看到他迷惑地站在她面前看著她，眼睛裡被蒙上了一層薄紗。

他看到她的臉瞬時由紅潤變為蒼白，默默地將眼睛望向了別處。

她想起在沙灘上教他認字。她用樹枝在沙上寫著：「媽媽」。一陣潮水湧來，將字擦去，在海潮退下去時她又寫著：「孩子」。他在旁邊跟著念跟著寫。海潮席捲著他們寫的字，剛退了下去，他們又寫上了字，潮水又湧上來將這些字卷去。

她告訴他：「媽媽，就是孩子的媽媽。孩子，就是媽媽的孩子。」

「媽媽！」我是他的母親嗎？從生活的模式來說，她是的；從過去他對她與她對他的情感依賴來說，她是的；從世俗對母親含義的理解來說，她是的。

他是在那個陽光明媚的日子裡叫她第一聲「媽媽」的：

天空僅有幾絲白雲。雲朵在天空擦了幾遍之後，仍舊潔白如洗。於是，雲朵無趣地散去。他在浪潮中奔跑著拾海螺。在浪潮退下去時，他看見在細柔的沙灘上留下的一堆濕漉漉的物體。那物件在沙岸上趴著，無比孤獨。他向它奔去，將它拾起。原來，這是一個和他身上穿的一樣形狀的東西，只是它更大些。他抱起它，向椰屋奔去，興奮地對她說：「你看……」她的目光先是停留在他手裡抱著的衣服上，而後轉向他身上穿著的早已短小得捉襟見肘的衣服，心底湧起了一陣傷感：這衣服在外面的世界是很普通的必需品，而我卻不能給你，我只能給你我全部的愛。你不知道什麼叫需求，更不知道什麼叫滿足，你的世界簡單得沒有任何東西可參照對比。

你幸福，是因為不知什麼是幸福。

如果你接觸到了外面豐富的物質，你會怨恨因閉塞而造就的封閉的你嗎？你會怨恨我沒有給你講過還有一個外面的世界嗎？你怨恨我沒有給你指出過那一條通向社會的道路嗎？她的胃突然痙攣起來，泛起了一股酸液，緊接著眼淚流了出來。她背轉過臉去。

由利益鏈條構成的世界會影響他的單純。對物質的興趣，會破壞人的質樸——在每一個鏈條的背後都隱藏著一個獲益者，而付出者得到的僅僅是活下去。

他是失去了很多，可她又懼怕到了外面他變得貪婪而勢利。她流出了淚水，決心要盡自己的一切能力來補償他的損失，她對他說：「來，孩子。讓媽媽給你穿上。」

「媽媽……」他叫著她。

「孩子……」她感覺身體就要被化開了。

望著閃爍著金黃的麥穗，聽著潮水在沙灘上爬行的沉重歎息。他望著她，她無法忍受他詢問的目光，將臉偏向一邊。靜，靜得雲失去了支撐而從天空中墜下來，軟軟地鋪撒在麥地裡。於是一切都變得曖昧起來，於是天與地黏合了起來。在天地交合的一瞬，他的心裡猛然亮起一道微光：那是愛情？

「不，應該是親情。」她沉重地垂下了頭。

在世界的每個角落，文化的桎梏，道德的桎梏，總是在追捕它的逃犯。這一切都源於理性？當淚水充滿眼眶而又強忍住的時候，她的眼角便爬上了一絲淡淡的憂愁。

椰樹在風中搖曳。她的長髮飄揚，是在向誰招手？他來到了她的身邊，下體頂著一個高高的帳篷，似一隻藏在林中的猛獸，隨時有可能撲出來。他指著褲襠裡凸起的部位對她說：「媽媽，這裡腫了。」她意識到，他們像現在這樣在一起生活的大限到了，她說：「孩子，你是大人了。」

她明白，用不了多久他的獸性就會壓過人性，那時她想要保持的純潔將被打破。如果這些都自然而然地發生了，那麼她過去的反抗還有什麼意義？

浪潮沖上岸來、退縮回去，又沖上岸來、又退縮回去……如同一個悲劇永久地輪迴著，無論怎樣努力也擺脫不了。

這是無法面對的現實，也是無法承受的未來。她承受不住了，還是放棄這個理想國吧。她對他說：「走罷！孩子，我們回去……」

他們踏上了荒原中那條嶙峋的小路。

回到社會。

下篇——如果要認識人，就必須進入社會

他們上路了，誰也沒有說話，空氣潮濕得彷彿天空與大海合成了一體。他用力地行走。水分的密度極大，使行走的人雖步履飄浮卻又極為吃力；如繫著一根細繩被小孩握在手中的氣球。他們緩緩地、小心地向前行走，彷彿一用力，就會浮起來。

不知什麼東西在樹叢裡竄動，拋下了一根與線一樣細長的聲音。空氣抖蕩了一下，還是一陣沉寂。她注視著他頭髮後面一棵舞動著枝枒的枯樹，伸手輕輕地將他翹起的頭髮撫平。那棵樹在他的背後張牙舞爪，傾著身子像是隨時會撲過來。

他們沉重地在荒原中行走，空氣越來越濕，像是在走進海裡，他們感到身體越來越輕飄。她抬頭望了望天，太陽從雲層中短暫地露出臉，艱難地將陽光的手伸進濕濕的大氣，模糊地留下幾堆昏暗的影子。驀然地，他們感到一片嘩啦啦的聲音傳來，身後彷彿有雨陣在奔跑。

一滴大而飽滿的雨砸落在他的臉上，他感到一陣寒冷。接著雨劈里啪啦地打在了他們的身上，包圍住他們。天地白茫茫的一片。雨滴打在枯死的樹的枝幹上發出「嗒嗒」的聲音，打在沙土上發出了「沙沙」的響聲，整個雨聲混合著發出一片巨大的「嘩嘩」聲。

好似命運交響曲在蒼黃的荒原中，在充滿了死亡的躁動中，隨著雨粒的大小起伏波動：

「請一直走下去，不要回頭。不安分的靈魂流浪在枯枝敗草叢中，被荊棘刺得滿身傷痕，『嘩啦啦啦』枝葉晃動著，發出人們聽不懂的聲音，是迎？是拒？沒有人聽得明白，沒有人敢在不明不白中停留下來……

濃濃的炊煙黑紗般飄向天空，為流血的夕陽擦洗傷口。被炊煙擦過後的天空一片漆黑。漆黑中星星閃爍出來，使迷茫的青春找到了方向。在星光下，你離開了炊煙彌漫的小村莊、離開了沙灘上孤獨的椰屋……」

他們在這一片雨聲中匆匆行走。豆大的雨點在眼前炸開，如枝頭上跳躍的小鳥。荒原中的凹處頃刻間便積滿了雨水。一些枯枝承受不住雨點的擊打斷裂著，墜於地下，雨聲裡便又夾著一陣摧枯拉朽的聲音。

初夏的天空，雨來得快，去得也快，明亮的太陽從雲層中露出臉來。空氣中的濕氣彷彿隨著這陣大雨流走，而變得清爽起來。

他們來到了巨大的方形石塊前。兩棵筆直的常青樹上掛著的雨珠，在與陽光的撞擊中迸發出了光芒——形成兩支綠色的炬焰。綠光中，方形石頭熠熠生輝。她看見在巨石的這一面刻著的五個字，被雨水沖洗得濕潤、醒目而粗爆。

石頭上刻著彷彿要將整個平面漲滿的大字：

看，這個人民

在巨石的後面，枯死的老樹伸出枝丫，向天空中展示著憤怒，像是對著蒼天呼號。她想起了曾經讀過的詩：

人民是什麼？
是一個還是一群？
它僅僅是一個抽象的詞嗎？
……
人民以國家為單位時——它存在著

人民具體到個人時——它消失了

自然，他們來到了那個岔口。在岔口，他們沉默地注視了一會兒之後，一個向左、一個朝右，踏上了自己的路。兩個越來越小的灰點漸漸不見了，如炊煙彌散在空氣中。

他們沿著各自的路一直往前走下去……相互離得越來越遠。

他來到了一個城市，在街道的十字路口站住，那麼多人，不停地來往。人們的臉上浮動著艱辛而老練的微笑。他不知道從哪裡一下子冒出了那麼多人，他們從哪裡來，要到那裡去？寬寬的街道中央有怪物河流般地爬行，發出「哼哼哼」的使力聲。在怪物的底部不時有白色或黑色的煙冒出，就像冬天從嘴裡哈出的熱氣。

「它們一定很冷。」

「這也許就是媽媽告訴我的汽車。沒有想到汽車能拉這麼多東西，比我的肩膀還有勁……」汽車從他的眼前滑過，像是大海上漂流的帆船。帆船在接近海灘時便又調頭回去——進入海與天的縫隙裡——總是這樣，來了、快到了、便又轉頭回去了。他問：「它為什麼躲著我們？」她說：「船是怕擱淺了。擱淺了，就回不了家。」

一輛長長的汽車駛來停在路邊，在車的側邊突然開了三個大洞，從洞裡湧出了一些人來。此時站在街邊閒聊的人，突然興奮起來，爭先向洞裡擠去。一陣捅擠、吵鬧之後，大洞「滋溜」一聲被堵上了。之後轟轟地哼了幾聲，抖動著身軀向遠處滑去。

他看見從汽車上下來了一個和「媽媽」相仿的人。只是她的眼睛遮著兩塊時淺時深、時明時暗的蓋子。他注視著她臉上的兩塊玻璃片，目光透明，像清澈的溪流。當他目光流淌在她的眼鏡上時，她顫抖了一下，接著她的鏡片開始加深黑度，變得像是沒有星星沒有月亮的夜晚。他無法理解這一現象。一陣陰影籠罩過來，他陷入了黑暗之中，被黑色的氛圍包裹。

黑暗中她對他說：

「同志。你從哪裡來？到哪裡去？」

「同志？同志是什麼？」

「在這裡，只有兩種人：人民或敵人。這樣說吧：同志就是人民；不是同志的，全部都是敵人。」

「人民、敵人……我是誰？是人民還是敵人？」

「和我們一起奔向共產主義的就是人民同志。你願意和我們一起嗎？」

「共產？主義？」他又問。

「是的。共產——主義。」她解釋說，「共產，就是將所有的物資集中起來；主義，就是由我們統一分配。」說著她用食指指了指自己的臉，表明「我們」中包含著她。他由此明白，集中起來的資源中有一部分她可以任意支配。

「統一分配？」他問，「想給誰多少就給多少？」

「不，理論上我們是講平等的。」

「大家分得都一樣多？」

「理論上來說是的。」

「理論……？」他還是有些想不通，「怎麼樣才能保證在現實中『你們』分配給『我們』的東西都一樣多的呢？會不會有人分得更多呢？」

她捏了一下他的臉說：「只要你聽我的話，虧待不了你的。」說著哈哈哈地大笑起來。笑的時候，她鼻子上的眼鏡像蛤蟆一樣跳動著。

他知道，只要順從她，就可以獲得比別人更多的物資。

「平等。理論平等？現實卻不平等？」他的思緒有些亂了。

「你想得太多了。」她嗯了一聲，像是在等待什麼詞匯的到來：「共產主義模式講的是『各盡所能、按需分配』。各盡所能，就是要不留餘力地工作；按需分配，就是需要多少就分配多少。『按需』，明白嗎？每一個人的需求都不一樣。每一個人需要多少，由我們制定。」在說到「我們」時她又指了指自己的鼻子，以表明「我們」中有她。

「可是，誰不想自己得到的比別人更多呢？別人有的，我要有！別人沒有的，我也想有！」他搜索著「媽媽」在海邊潔白的沙灘上給他講的社會常識，使勁地睜了睜眼，想看清她的真面目。然而，他失敗了，眼前還是一片漆黑。

聽到他想要比別人多，她就笑了起來：「想比別人多？這容易，只要聽我的話就行。」

他似乎聽懂了她的這句話，避開那兩束會變色的目光，孤獨地向前走去。一邊走，一邊想著媽媽在大海邊對他說的話：「社會」製造出來的人都是一樣的面孔，所以她才逃到了天涯海角，尋找「自我」。什麼是自我？媽媽說：就是不要為了從別人手中得到什麼，而放棄了自己的真性情。

前面有一排燈光，直直的，長長的。那是城市的主幹道，是城市的形象，只有那條道上亮著路燈，其他的街道為了節省電，路燈都關著。

偶爾，路旁樓房的窗子裡也會亮起一盞昏暗的燈，伴隨著悠遠的一陣「滴滴噠噠」的小便聲音之後燈就關閉了。城市樓房的牆在黑暗中像是一個個巨大的平臉怪獸。它們臉上長著許多方形的眼睛與嘴巴。哪個是眼睛？哪個是嘴巴？亮了、而後又暗了的一定是眼睛。

他向亮著路燈的街道走去，眼前越來越明亮，最後他確定自己站在了路的中間才停下來。向前望去——長長的光明看不見盡頭。光明穿透黑暗徑直向前去，它不害怕麼？正想著，一輛汽車從他的身後駛來，避過他，直直地向黑暗深處紮了進去。一種巨大的虛無感就在這時猛地充滿了他。

虛無？準確的說應該是「空虛」。從他的身體深處傳來了一陣陣「咕嚕嚕、咕嚕嚕」的聲音。他停下腳步仔細地傾聽，那是從肚子裡傳來的聲音。他這才想起已經整整一天沒有吃過東西了。此時，他的雙腳一軟就倒在了街邊。

天朦朦地亮出一點白色，街上的燈在這時恰好關閉了，像是一次演習，時機正好。街道上的亮度絲毫沒有發生變化，以至幾乎所有的人都感覺不到街道邊的路燈熄滅了。

隱隱地、遠遠地，一陣香味使他醒過來。

他站起來，尋著香味夢游般地向前走。味道越來越濃。他微笑了一下，方向是正確的。他繼續向前走，味道更濃了，他在心底又笑了一下……

一條小巷。進入小巷、深入小巷——

潮濕，狹窄，並雜亂。

加上空洞的回聲……

一起包裹著他。同時，還有一陣更濃重、更強烈的香味進入了他的呼吸，他使勁地吸氣，像是一隻正在被充著氣的氣球，越來越不受自己控制。他伸出手去，抓住了一根剛炸好的油條。幾乎是同時，四周響起了一片聲音：「小偷」、「抓住他」、「別讓他跑了」、「打，打他，打死他」……一下子，他的身邊就圍滿了人。拳頭雨點般地落在他身上。

他雙手被人反擰到背後。固定。塞入一個小且堅固、封閉的鐵匣子裡。匣子猛地震動了一下之後發出「嗚哇、嗚哇」的怪叫聲。他的周身一陣清涼，風在耳邊呼呼地響——與海邊寬厚的風相比，這裡的風卻是狹促的。有的地方風撕裂著翻動，有些地方則安靜得像小孩的呼吸。他在空氣中滑行；不，不是他在空氣中滑行，而是空氣在他的臉上滑過。

他感覺臉皮像是被剝去了；當車停下時，他發現自己成了一具麻木的肉體。臉皮沒有了，「是別人不要我有臉皮？」還沒想清楚，他便被兩個人夾著拖過長長的走廊，不時響動的叮噹、咣噹聲，令他的心不停地顫抖。後來，他知道那叮噹聲是牢房的鐵門，是為了防止被關押的人逃跑的有效工具。一般地門是為了防止外面的人「進來」，而這裡的門則是為了防止裡面的人「出去」。這裡是一個顛倒了的世界。

他已經習慣了這聲音。甚至，在孤寂時會將它們整理成動聽的音樂——「叮噹、咣噹，叮噹、咣噹」——於是他便會忘記現實，而沉浸在一個聲音的海洋裡。他會隨著叮咚的聲音，升上空中漫無目標地蕩漾。

他被架進牢房，隨著叮噹聲門鎖上了。當聽到遠去腳步聲漸漸消失之後，他悄悄地睜開眼睛。眼前彷彿有白霧飄動，霧漸漸聚在一起，形成了一個汽糊糊的小太陽，射出發黴般的光。這就是電燈了。過一會兒，他看清了，這是一間長十六步、寬四步的房子。屋頂很高，在前後牆上，約三人高的地方開著兩個小小窗戶。這窗戶不是為了讓屋裡人向外看，而是為了屋外人向裡看而開的。因為屋外的窗下懸空有一條長長的走廊。長廊連結著每一間屋子的窗口。走廊上不時有穿著綠色衣褲，肩上背著一根棍子，像是植物的人走來走去。後來他知道那些植物人叫武警，他們身上背著的棍子叫槍。槍口可以射出子彈。聽說，子彈頭比拳頭要厲害一萬倍，他不明白「厲害一萬倍」到底是多厲害。

牢房內靠牆一字排著半腿高的通鋪，上面坐著十餘個人，他們盯著他，眼睛紅紅的，充滿著敵意。這與「媽媽」截然不同的目光令他恐懼並厭惡。他感到噁心，這時其中的一個人走來，抓住他的衣領提起他，對著他的小腹就是一拳。他感到小腹受到一陣巨大力量的擠壓，肚裡的東西裝不住了，哇地一聲吐了出來。拳頭雨點般落在他身上，他抱著肚子在地上翻滾……就像荒原中的暴雨一樣，說來就來，說停就停……他突然感到一陣寧靜，一個臉色蒼白的人扶起他，悄悄地在他耳邊說：「哥們，夠硬，一聲也不哼。這是這裡的規矩，別往心裡去，以後我們相處的日子長呢。」說完隱秘地一笑。他看見這笑很難看。「以後的日子還長」，有多長？他越想越疲倦，後來就睡著了。他夢見自己在一艘小船上，船隻比他的身體大一點；他隨著船在大海上蕩漾……

一切都暫時停止。

除了時間……

那些適於在黑暗中滋生的東西會藉助暮色的掩護爬出來——他正在海上漂蕩，一陣巨浪掀起，船翻了，將他壓在下面，他感到海水灌進他的嘴裡，鹹鹹的、腥腥的、黏黏的。他喘不過氣來，海水從各個方向擠壓過來，他越沉越深，周圍的壓力越來越大，身體也越來越緊越來越小……最後變成了一隻魚……「魚，是閉不上眼睛的。」他睜開了眼睛，昏暗的燈光中他看見：白天那個扶他起來的人正壓在他身上，將嘴對著他的嘴，正往裡面吐唾沫。還將舌頭伸進他的嘴裡攪拌著。他想要嘔吐。伏在他身上的人卻又將手伸向他的下體，使勁地揉抓，他感到又痛、又癢、又漲，一陣難受，本能地——他用力將雙手向外推出。

他強健的自然賜予的臂力，使那人向上彈起，呈現出一個美妙的弧線……擊在牆上。那人背靠牆立了一會兒，便如煮熟的麵條癱軟在地。

第二天早晨天還沒亮，他正迷迷糊糊地睡著，從窗外走廊上傳來了一陣急促而響亮的腳步聲和粗暴的吼叫聲：「起床……起床……起床……」同時還有放風場鐵門開啟時的撞擊聲。放風場只有睡覺房間的五分之一，四周是灰色的牆，像怒極了的人的面孔；他抬頭望瞭望天空，看見放風場上面是指頭粗的鋼筋織成的網。鐵網上端稀疏的星星微弱地閃著，彷彿在暗示著什麼。星星在被鋼筋分隔成一格一格的天空中佔據著各自的地盤，一動不動。昨夜他就夢見自己變成了魚，可惜無法藉助那機會從網眼中游出去。再試一試？他閉上眼睛，想像著自己變成了魚，可無論怎樣眼前都只是一片漆黑。魚在哪兒？他睜開眼睛，看見自己還是人。他逃不出這張網。

黑暗的故事暫告一段落。他在放風場中來回走動。昨夜那個壓在他身上的人站在一個角落用小心的目光注視著他，目光很微弱，就像是剛才天上消失的星辰發出的最後一點光亮。他向他走去，那人的目光越來越微弱、越來越蒼白，最後就要像星星那樣消失了。他拍了拍他的肩，友好地笑了笑，那人的目光忽地從垂死中爆閃了一下，之後就變得正常起來。

鐵門外的走廊傳來了輕輕的腳步聲。腳步在這個房間的門口停下，他正懷疑有什麼事將發生。這時「咣當」一聲鐵門上突然出現了一個正方形的洞，從洞中擠進了一句有棱有角的話：「新來的」。他疑惑地向四周望了望，為什麼這句話和牢房的質地如此的相同？

那人推了他一下說：「叫你呢」。

他來到正方形的洞前：洞裡充填著一張沒有任何表情的國字臉。這張臉上的眼睛嚴厲地盯著他，緊張地注視了十秒，便拿出來一張四方形的紙攤在他的面前。又是四方形，他厭惡了起來，這社會竟有如此多的相似。

「把這填了。」臉上最大的洞——嘴巴——開了、又合上。話，簡短有力。

「……」他呆呆地望著國字臉。

「你他媽，裝傻呀。」國字臉上最大的洞——嘴巴——又開了開。話，充滿忿怒。

「填什麼？」對比之下，他覺得自己矮小起來。

「寫上你的名字。」國字臉不耐煩了。話，有些無奈。

「我沒有名字。」他想起了大海、沙灘、椰林、麥地及在那裡生存著的兩個人。

「你媽是怎麼叫你的，你就怎麼寫。」國字臉開始由潮紅轉向鐵灰，「媽的，耍滑頭，老子給你銬起來。」

他望望灰色的國字臉，又望望灰色的牆。這兩者重合在了一起，四周的牆都以臉色的顏色注視著他。

在海邊「媽媽」就叫我「孩子（海子）」。他拿起筆歪歪扭扭地寫下「海子」兩個字後望著國字臉。他搞不清究竟是「海子」呢？還是「孩子」？

國字臉沉默了一下，又變魔術般拿出一個鐵盒。打開蓋子，露出了一方血的顏色，指著說：「壓個手印。」他將手伸出鐵窗，用食指在血中沾了一下之後，在那張四方形紙的右下角按了一個指印。在白紙黑字的紙上便留下了一點血紅。過後，有人告訴他那是「收容審查通知單」。

鐵門上的小鐵窗「咣」地一聲關上了，國字臉在這一瞬間消失於鋼板之外。

腳步聲遠去。犯人們又圍了上來，他想退，可鐵門頂著他。他們離他越來越近。其中一個黑黑的，塊頭很大的人在最前頭。驚慌中他看見昨夜壓在他身上的那個人向他使了個眼色，就像是壓著他時的那種眼神；同時示範似地向前推了推雙手，就像昨夜他推出那人一樣。

於是，他伸出雙手向前一推，有兩個人便直線般向後射去撞在牆上，然後像熟麵條般軟下去。他又伸出雙手一推，又兩個人向後射去……圍著他的人四散驚逃，但被牆阻擋著。他們背靠在如鐵青著臉色的牆上，臉色鐵青地望著他。眼裡充滿了恐懼。一分鐘……三分鐘……五分鐘……整整七分鐘，那個黑黑的漢子向他走來，摟住他的肩頭說：「哥幾個服了。這牢頭，讓給你坐。」犯人們向他湧來，用恐懼的目光望他。他知道渙散的目光是沒有危險的。

坐在牢頭的位置上，自在而自如。他才有機會細細品味離開天涯海角前「媽媽」給他總結的「社會經驗」：抓住兩個字──狠、奸；放棄四個字──良知、誠實。

在海濤聲的伴隨下，「媽媽」憂慮地對他說：「每一個媽媽都是愛自己孩子的。我是怕你走上了我的老路，才對你說這些。唉，也許這是在害你。但確實是只有這樣，才能夠成為那個社會中的人上人。」

現在，他體會到第一個字：「狠」的威力……「奸」呢？他尚且簡單的頭腦想不下去了。走一步算一步吧！

在一個關犯人的地方來認識社會，比在一個偽裝著愛、善良的社會中來認識人性要直接得多。他站在牢房裡交抱著手臂冷靜地看著犯人們「搖」新「杆子」，欣賞著新杆子發出的慘叫聲。這聲音如海浪，一陣一陣地湧入耳朵，使他感覺到一種快感在這起伏的聲音上漂浮。腳下沒有土地，也不需要土地。他享受著極度放縱的快樂。突然一陣更為尖利的女性的聲音將他拋至更高的峰頂，心在一陣空虛之後踏實下來——尖利的叫聲不斷地響起，將他拋上一個又一個高峰。就像是在坐過山車。為了能更加真實地體驗尖利的叫喊，他喝令男犯人停止搖「新杆子」。「新杆子」的慘叫聲停止了。這時旁邊女牢房中傳過來的尖利的搖「碼子」的聲音將他帶入到更高的雲霄，像一隻雲雀，他在聲音的波濤中翱翔。

牢房裡把男犯叫著「杆子」，把女犯稱為「碼子」。把老犯人「教育」新來的犯人所採取的強硬手段稱之為「搖杆子」、「搖碼子」。「杆子」對「碼子」有著天然的興趣，反之亦然。這就是異性相吸的原理，自古如此，由不得個人任性。

他在雲端翱翔，無比輕鬆。就要脫離地球的引力了，可就在這關鍵的時刻，尖利的喊叫聲嘎然而止。彷彿失去了舉托，他從雲端直直地墜落下來，臉頰被空氣磨擦得火熱，彷彿要燃燒起來。轟地一聲，他墜到地上——骨頭、肌肉、皮膚，包括血液像攤大餅一樣迅速變薄；最後紙一般鋪在大地上。待緩過氣來，他運用思維將身體歸類、整理、還原。他發現：我已非我。

為了尋找自我，他閉上眼睛，努力讓記憶往回走——

——回到海。海水在足下飛濺；沙灘上翻動著紅嫩的雙足與濺起的白色水珠。背景是一片深藍而無邊的海。白色的水珠落入海中，又變成了藍色。他用手掬起一捧海水，海水在手中晃動，一圈一圈擴大，又一圈一圈縮小，像是大海在向他眨著眼睛。

她站在小河的入海口，捧起剛剛混合起來的即鹹又淡的水一片一片地澆在身上，河水清清，輕輕撫著她發燙而光滑的肌膚。銀色的月光灑下來為這一切鍍上一層微亮的外衣，瑩瑩地，如一尊曲線玲瓏的塑像。偶爾從樹上落下兩聲鳥鳴，在沙灘上瞬間便找不到了。

他回憶起——她胸部上兩個圓圓的球滾動著轟轟隆隆地向他而來，劃出兩道閃光的弧影。他的血液加速流動，臉色潮紅，下體開始勃起，如充足氣的氣球，令他暈眩飄忽。再也回不到那個簡單的過去了。恍惚中，他伸手向前抓去。卻聽見了「嗞嗞、嗞嗞」的氣球洩氣聲——他在空氣裡猛震猛竄了幾下，然後便垂直地墜落到地下。他看見自己，就是一副乾癟的空皮甕。

他癱倒在大鋪上，裂開的皮甕如飢餓的嬰兒吮吸著犯人傳授給他的經驗。漸漸地他又膨脹起來，站起身，伸了一個扭曲到極點的懶腰。感到已經脫胎換骨，變成了另一個人。欲望之花，在現實社會結了惡果。

果實沉重的像是成熟的麥穗。他低下頭，感到被生活的海洋淹沒了。牢房裡圍攏又散去的人向他傳授著社會經驗——怎樣行騙、怎樣偷竊、怎樣殺人、怎樣釣妹子……怎樣通過「打飛機」來解決生理問題。他在這裡接受教育改造，而後重新做人。

每次「解決完生理問題」，理性便短暫地回歸了。他為如此淫穢地想著「媽媽」而感到羞愧。他將這世界上唯一的潔淨玷污了。她站立著，猶如一個光明體，純淨透明。起風了，她來到海邊呼喚他，風吹拂起她的頭髮如一面飄揚的旗幟。這面旗幟向他召喚著，快回來吧孩子。他向她奔去依偎在她的懷裡，她撫摸著他的頭髮像默念著一個曾經的往事——她接過他手中的籃子，他們在風中奔跑，豆大的雨點砸在他們的臉上、身上。

她背對大海，望著遠處，眼睛裡流露出淡淡的鄉愁，想要回到過去；他面朝大海，望著海天連接處，眼睛裡飽含著希望，想要邁進未來。

生活，頃刻間被洞穿了。

監獄裡是看不見太陽升起的。直到快中午時太陽才猛地站在了頭頂上。從牢房看出去天空很小，方方正正。投射進牢房的陽光被鋼筋切成一格一格，規規矩矩的。連陽光在這裡都如此守規矩，在天之下，監獄竟發揮出如此之大的作用。讓人心生恐懼。太陽在天空中燃燒著空氣，空氣燃燒著鋼筋。想要溶化它們。然而一切都是枉然，鋼筋在陽光中發出幽微的黑光，更顯現出強硬的氣質。

就在這銅牆鐵壁中，他突然聽到「咣」地一聲，大鐵門上的小鐵窗開了。洞中貼著那張國字臉，這張臉透過鐵窗向牢房裡四周看了一遍之後，又隨著「咣當」小鐵窗關閉的聲音消失了。鐵門外響起開鎖聲。鐵門開了，明亮處站著一個肥胖的身軀，身軀上扛著一張貌似認真的國字臉。身軀上的手指了指他，國字臉上的嘴開口說：「你，出來，把碗和你的東西拿上。」、「要釋放我？」這並不讓他驚喜，因為他一直是被收容審查，並且三個月來一直沒有人來提審過他。根據同室犯人傳授給他的經驗這就是他沒有犯罪。送他來這裡，只是想讓他這個因「無知」而「無畏」者嘗一嘗專政的滋味，讓他知道「有畏」。正好滿三個月，一天不多一天不少，正好符合刑事訴訟法規定的關押期限。他的心裡升起了對「法」的崇敬之情。

他走出鐵門，突然大起來的天空使他有些恐慌。陽光也太炫目。好大好大的天空，好白好白的陽光，這裡的天空及陽光都沒有格子、沒有被切割，而是徑直地完整地傾瀉下來。

突然，眼前炫目的陽光和空泛的天空陰沉下來，他看見那個戴變色眼鏡的女人正看著他，目光陰暗得讓他難以猜測出她的喜怒。「是我擔保你出來的，是我讓你獲得了新生。」她得意地對他說。她向他示意了一下，他便跟著她走，前面越來越黑，越來越潮濕，越來越逼仄，他感到自己正在爬進一個陷阱。

「啪」的一聲燈亮了。他的眼前一亮，發現自己飄浮在一個溫暖的海洋中。他的目光隨著柔和蕩漾的燈光在屋子掃視了一周——紅色的落地窗簾，紅色的家具，紅色的地毯，紅色的鋪蓋，紅色的牆紙。他感覺落入了血的海洋中，一陣陣血從四周向他湧來，他晃了晃、搖了搖正準備倒下去，這時那個女人過來扶住他，解釋說：「我們的現在是用血換來的。紅色象徵著生命離去，而我則踏著屍體前進。」

他感到女人的胸像火一般地燃燒、發熱起來……不斷地升溫。他們相互融化了。互補、嵌合。

「我中有你，你在我中」。她閉著眼睛大叫起來，「用勁、用勁……到了、到了。」而他的眼睛卻在四下搜尋。完事之後，她對他說：「同志！你現在是人民中的一員了。」

「人民？」

「對，人民是一個模型，只有符合這個模型才能成為同志。」

「模型？」

「是的，模型。你剛才不是被套在了模型之中嘛！」她為自己幽默有趣的放蕩哈哈、哈哈……地大笑起來，「這個模型就是我定的呀！」

他享受著滿桌精美的食物對她說：「我從來沒有吃過這麼香的東西。」她得意地點著頭，彷彿是一個施捨者。他感到噁心，就像看見荒原中在墳頭上靠吸食死人血水生長的小花在風中輕輕地擺動。那是美麗誘人的偽裝，風吹來時花兒搖花兒香。

陷阱邊沿開滿的鮮花，形成了一個花環。在這個被鮮花掩蔽的陷阱裡他遇見了瘦子老師。他們默默地交流著目光，當目光分不清你我時他們便成了一個戰壕的戰友。「同志，」瘦子老師叫了聲。「同志」他也回應道。兩雙手緊緊地握在了一起。至此，他知道了「同志」的含義。同志是所有落入同一個陷阱裡的人稱指代詞。

同志有著共同的處境。同志的目的或許不同，但處境必需相同。同志意味著——永遠有敵人。同志產生於一種存在的對立面。

同志的同志是掉在一個大陷阱裡又落進了一個小陷阱裡的人；同志的同志的同志是落入了小陷阱又墜入了一個更小的陷阱裡的人……以此類推……外延不斷收縮，最後只剩下一個孤獨可憐、被所有人拋棄的個體。

瘦子老師對他說：「現在養你的這個女人是我原來的學生，她曾經出賣過她的同桌致使那同學至今下落不明。」瘦子老師懷念地說：「那可是一個好姑娘，清純乾淨。可是在這個骯髒的世界，純潔成了稀缺的珍寶。每一個人都想占為己有。」瘦子老師深深地吸了一口氣，彷彿要撈起記憶深處的石塊：「雖說近水樓臺先得月，可伸出手之後卻發現月亮不見了。我看到的是一個虛幻的世界。」

是的，她走了。為保持她的純潔。

瘦子老師將他撈起的鹽鴨蛋般的石頭仔細把玩著，像懷念著過去美好的記憶。這蛋因醃得太久而變成了石頭。如果醃得恰到好處，它將會是一個值得咀嚼回味的故事。

他的眼裡含著鵝卵石般的淚光：「她的出走，是因為我想讓她陷入我的陷阱；可是我每次將陷阱放到她的腳下，她清純的目光便將所有的偽裝照射得一清二楚。於是我讓她的同桌監視她。她的同桌在向我彙報情況的同時也偷偷記錄下我的罪證。在她失蹤之後，「上級」下來追查原因，她將這些材料交了上去。於是，我便被一棍子打翻在地，再踏上一隻腳。」瘦子老師幽幽地歎了口氣，翻了翻眼睛，額頭上的皺紋如捲簾般堆起。

恢復了平靜的瘦子老師說：「沒想到那個眼鏡女還能在我設的陷阱中又為我挖了一口陷阱。她已陷入了我的陷阱，卻又能讓我陷進她在我的陷阱中挖的陷阱，我一直想不通，後來是一部電影給了我啟示。當我看了電影《地道戰》後，便明白了——陷阱只是一個入口處，陷阱底下網狀地交織著地道，地道與各個陷阱相連，這就等於陷阱裡還藏著陷阱。」

「陷阱中藏著陷阱……陷阱裡還有陷阱？」他被繞糊塗了，抱著頭蹲下身子。瘦子老師彎下腰將嘴貼在他的耳朵上說：「你也可以在她給你設的陷阱裡為她挖一個陷阱，讓她陷進去。」瘦子老師做了一個砍人的手勢，「以其人之道，還治其人之身。」聲音很低沉、很冷酷、很尖利，一直向地裡鑽去。

彷彿是受了陷阱的影響，這社會上的一切存在物都在以挖地洞的姿式下墜。他開始在她設置的陷阱裡為她挖設陷阱。

床劇烈地晃動了幾下之後，便沉靜下來，如一艘船沉到海底。戴眼鏡的女人依偎在他結實的胸脯上，一隻手沿著他的肩胛向下撫摸著，像一棵水生植物隨著海潮搖擺。

她說：「只有你能餵得飽我。」

她說：「我喜歡你將我抱起來，雙腳離地，像騎馬一樣地做愛。」

她說：「你就像原始人一樣，粗野、有勁。而在現在的男人越來越像女人，精緻、沒勁。」

當她對他說，她就愛他這原始而健碩的肌肉時，她就陷進了他為她挖設的陷阱裡。她深感自己必須回到野蠻狀態中，才能使自己恢復成一個真正的女人。從他的身上她嗅到了一股原始的汗臭氣味，「這才是真正男人的味道。」她對他說，剛遇見他時她就嗅出了那種氣質。她沉默地從煙盒中抽出一隻香煙點燃，吸了一口，像是進入了遐思。火星被紅色屋子中泛出的紅色波浪淹沒了。

望著那被紅色的潮水淹沒的忽明忽暗的煙頭，他就知道自己勝利了：她還有著愛——哪怕是愛自己的欲望。

他將她的欲望收集起來，抖落在大街小巷。看到的人在街頭三五成群地竊竊私語，臉上露著曖昧的笑意。這很快就引起了「有關部門」的重視。更有「向組織靠攏的積極份子」將它們上交給了「公家」。更高的領導人將這些欲望放在辦公桌上，用一種名為「統一思想」的度量衡進行度量，得出了「該同志作風腐敗」的結論。於是經組織研究決定，免去她的領導職務。在這一連串的因果關係中他再次迷糊了。但可以確定的是，她陷入了他的陷阱。

街道上人們匆匆地行走，像風中翻滾的落葉。他無法左右自己，飄呀飄，飛呀飛，兩邊的景物迅速後退，他暢遊在時間的海洋裡——過去、現在、未來——他要丟掉現在的一切。在現在中他向過去振臂回游，「啪啪」的擊水聲伴隨著「嘩嘩」的海潮聲。他奮力追趕著那即將消逝的帆船。突然他感到一陣劇烈震動。觸礁了。礁石如握緊的拳頭，狠狠地擊在他身上。我會死麼？遠遠的天邊：太陽跌落在海上，濺起紅紅的血光。那葉帆船逐漸被血色印染、同化後不見了。

永恆的時間無意義地從軀體上流過，像一條河從冷硬的岩石上淌過。明天升起的還是昨天的太陽，而今天的太陽還會在明天升起；昨天的紅帆船連同沉沒的他，則永遠地停留在了昨天。

歷史從此定格——

在海底，暗礁群中，溺水者腐化成一堆白骨；在進入地獄之時，回憶使他想起了她——「媽媽」——那張如母親般慈愛、如妻子般溫情的臉絞割著他的心。可她在哪裡呢？在他真正認識社會的時候，在他真正懂得生活的時候，「媽媽」你在哪裡啊！

他想起了這個社會之外的世界——兩個人的世界；想起了幸福的愛、痛苦的愛、彷徨的愛。他想要簡單愛。

他想起：分別時她向東方而去……脊背堅實如斧背，臉龐瘦俏似利刃……切入了一個叫作「社會」的體制之中。

補記

（從字跡上看，下面的文字是後面加進去的。墨蹟清新，與前面的相比較，像是寫於兩個不同的時期。作者注）

在太陽升起的地方。一個小鎮的邊上坐著一個孤獨的女人。整個夜晚她都坐在那兒，不動。清晨，一束從東邊射來的陽光，斜斜地照在她的臉上。乾淨、純潔、明亮、蒼白，猶如一面透明的鏡子。一個背著畫板的青年畫家，路過她的身邊時停了下來，仔細地端詳著這個面部嬌美而憂鬱的女人。

那種單純與乾淨是他只能在夢中見到的，他像是進入了夢裡。就讓他為她進入夢裡吧！

他問：「姑娘，你沒有家嗎？」她點點頭。

他又問：「你願意來我家嗎？」他停頓了一下，望著她長長的黑髮補充說，「我的家裡除了藝術，什麼也沒有。」她猶豫了一會，然後又點點頭。

她跟著他去了，她不知道自己是否幸福。沿著溪水，她跟著他向下行走，那是一個初夏，小溪邊開滿的鮮花幾乎將河面遮住。偶爾有幾片波光穿透草叢清輕地撩撥著她的眼睛，但她絲毫也沒有反應，只是跟著默默地走。

她跟他去了，在他的身後她拖著疲憊的步子。腳步聲脆亮地在溪水邊迴響著……順流而下，聲音與溪水一起流入了大海。那裡，大海邊，那兩個「個人」已經離去，匆匆地返回了人群；那裡，重回空無之地——沒有人、沒有記憶，沒有歷史。那個兩人的世界，在海潮一次次的沖刷中逐漸淡漠成細沙。只要有風吹草動，細沙便飛揚起來，模糊著記憶中的內容。

日出三杆時她來到了他的家。天亮後小鎮的人都活躍起來，人們穿梭忙碌著，誰也沒有注意到小鎮多了一個人，更沒有人問她是從哪裡來的。

她的美是被人淡忘的，因為她很輕、很雅。她的美是孤獨的，因為她永遠只是一個人站在街的盡頭，望著太陽升起的地方，看著剛剛從海水中沐浴過的太陽，濕淋淋地，含羞帶霧地升起。她的美是黑色的，除了她喜歡穿黑色的衣服之外，與白色相反她總是不給人留下隨意塗抹的可能性。

要認識到她的美是很難的，因為沒有人願意進入黑夜深深的內部。那一絲絲涼意從心底襲來，乾淨、無菌、寂寞。那種環境不用說人，即便是細菌也無法生存。

於是，年輕的畫家迷上了酒。晚上夜很深了才回來，因為只有在夜裡他才敢面對她，面對她黑色而憂鬱的世界——對著她沉睡的美麗的臉龐輕輕地吻一下說：「我愛你！」

她聽不見，因為她睡著了。因為她夢見了海，夢見了沙灘，夢見了那個兩人的世界。她的嘴角掛著微笑。只有看著她這純淨的笑容他才覺得自己是深愛著她的，黑暗中他默默地發誓一定要做一個好丈夫。可是每當天一亮，看著她站在街頭望著太陽時被陽光包圍著的身影，他又能很深地感覺到她不是屬於自己，而是屬於太陽的。那種潔淨是沒有人可以進入的，因為作為人在那裡面根本就無法生存。於是他就只有又出去喝酒，直到夜深了，太陽沉入到深深的黑夜裡時才回到家中，在她的額頭輕輕地吻一下，而後和衣在她的身邊躺下……

就這樣，她在人群中生活著。默默地，毫不起眼。人們不會知道，永遠也不會知道她在夜裡時常想起的那片海灘，兩個人的世界。她永遠也不會向人們述說她失去的那個美麗世界……

（完整的文字到這裡就結束了。在手稿最後幾頁的空白處，則是一些讓人摸不著頭腦的詞語：文藝青年、掰彎了、道德犯、肥老闆、藝術行為、秦城監獄、外孫女、小姐……，類似備忘錄。還有些諸如：意料之中、出乎意外、刺激、哭了、笑死，等表達情緒的詞語。這些文字在這裡有什麼意義？與小說有什麼關聯？實在令人費解。

另，這些隻言片語的字跡明顯地與前不同，像是另外一個人的手筆。作者注）

看完這個故事我合上稿紙，像是從一個童話世界中掉入了骯髒的現實之中。關於社會，小說沒有花太多的筆墨，所有關於社會的描述都指向一個癥結：權力是造成社會不公正的唯一原因。關於個人，我覺得故事中她的悲劇從根本上來說，是文化及道德造成的。如果沒有已經形成的觀念，比如說與那個小男孩一樣，他們都生於自然源於自然，那麼他們一定又是一個亞當與夏娃故事的現代版。他們會結合成一個幸福的家庭。「她」的悲劇在於她從人類社會中帶去的道德觀念；而「他」的悲劇則在於他沒有任何人類的文化烙印，而純粹地就是一個自然人。她那種乾淨的面孔讓人心動，他那種原始的野性讓人嚮往。

另外，「她」的結局也不能說是一個壞的結局，因為對於大多數人來說，生活的本質就是這樣「在人群中生活著，默默地，毫不起眼」。如果說她有什麼特別的地方，那就是她曾經有過一段與常人不一樣的經歷。

同時，「他」的結局也不能說是不好的，因為在這個時代無論是男人傍女大款、還是女人傍男大款，都不是一件羞恥的事情。這是一個笑貧不笑娼的時代。在這個時代的價值觀裡，他的選擇無疑是「與時俱進」符合時代特徵的。

我猜測在這個故事裡，作者的根本用意就是：讓不同時代的人設身處地的讓這兩個「純粹」的人——「她」／「他」——回到／進入——自己所處的這個時代，觀察他們在這個全新的環境中如何生存，從而重新進行一次再創作似的補充與詮釋。

我相信：不同的時代，會有不同的解讀。

後來，因疲於奔命，為生計所困，要寫各種應時、應景、應徵、應邀的文字賣錢，我便將這個故事忘記了。而這疊厚厚的稿紙，也在我不斷增厚的為生存而寫的稿紙的掩埋下沉進了箱底。

中篇：活著的女人

一場現實中的人與事

風落山遠去
雲掛月孤眠

——這是我在梅花寨休假期間作的一首詩。如果我不說是我寫的，那麼可以肯定地說，看見這兩句詩的人一定會以為這是一首古人寫的詩。因為這樣的句子一定要在心靜如水、時間如止的狀態與環境中才可以寫得出來。而在這樣的一個浮躁的時代，是不可能寫出這樣句子的。退一步來說，在這個時代中，寫出這樣的詩句也是毫無意義的。因為已經不會再有人來品味這種靜止一般的時間與畫面了。每一個人都匆匆地從一個物質出發，急切地趕往下一個物質的目地。起點——物質；終點——物質。之間是澎湃的欲望。

我的工作每年都可以有十天的休假，以前是怎樣過的，我已經忘了。或者它與平常的工作日子相同，沒有什麼可以紀念的，所以就淡漠地溶解在了過去的冗長的生活中，找不出絲毫的痕跡。

今年休假之前，我的腦海裡猛然地盤旋著一句我在小說《別人》裡寫過的話：「人通過別人而成為人。」人通過肯定自我而否定別人。

這是源於對流浪者及小姐（性工作者）們的觀察而總結出來的結論。

與文藝作品描寫的完全不同，我遇到的小姐全都很快樂；而所有文藝作品中描寫的小姐總是內心很痛苦，過著生不如死的生活。

常識告訴人們小姐很下賤，她們恨這個社會不公平更恨自己不爭氣；而事實上她們都自稱自己是在「上班」，與普通上班族一樣的在上班。

人們認為小姐是在出賣肉體與靈魂，而小姐只承認前者而堅決地否認後者。小姐的靈魂賣不了，如果能賣她們當然會賣。

小姐大都過得比普通人都開心幸福。並沒有因為社會大環境對她們的鄙視，而使她們活得很壓抑。

「人通過別人而成為人。」指的就是人與人之間的共生關係——你自己是怎麼樣並不重要，重要的是別人將你看成是怎樣的。但現在我發現，如果你沒有被這個社會的主流價值觀洗腦，就可以達到「人通過肯定自我而否定別人」的境界。

……

縱觀人類的發展，人類自有文明以來，人對物質世界的認知是由鬆散轉為嚴謹（由宏觀轉入微觀、抽象變為具體），而對生活中道德的認識則是由嚴謹轉為鬆散（由集體轉為個體、保守變為開放）。這是否是因為人類在剛接觸到文明的曙光時對文明的過度嚮往而對自我要求的過為嚴格？還是因為一個鬆散簡單的物質世界需要有一個相對嚴謹的道德認知，而一個嚴謹複雜的物質世界則需要一個鬆散的道德觀念？顯然，後者有較強的說服力。在現代高度精密的機械與電子世界中，人的精力在工作中高度集中，因而在工作之餘就需要放鬆自己的精神意識來使個體達至充分的自由、開放；而在節奏緩慢的農業手工作業時代個體則需要用信仰與宗教來填充鬆散的物理結構而形成的鬆散的時間，而使道德生活變得盡可能的緊湊、細密。這就是人類的世界與物質世界之間的相互補充。

同時我還意識到，文學在歷史的長河中也是由——歌頌（漢賦）轉向浪漫（唐詩）；浪漫（唐詩）轉向悲愴（宋詞、元曲）；再由悲愴（宋詞、元曲）轉向敘述（明、清小說）。由此軌跡可以看出文學的發展方向是由浪漫到理性、由抒懷到敘述。

抒情是強烈地對別人說出他的心情並試圖以自己的情緒來感染別人，並讓其認同自己；敘述則是告訴別人一件事情的過程與結局，讓別人通過一個完整的描述，自己體會並判斷一個事件的好與壞。由此可見人類社會已經由強調自己的主觀感受，進入到了尊重別人客觀情感的時代。

每一個時代都產生了一種文學，那麼與近現代對應的文學是什麼呢？

新聞？時評？小品？段子？

這些都是零碎的小機靈，沒有完整的大部頭。這是因為人們的生活給切碎了，沒有充足的時間閱讀？這種現象是好還是壞？如果好也就罷了，如果答案是不好，是不是我們所處的這個社會病了？是什麼病？病症在哪兒？還有救麼？

我決定利用這次休假，找一個安靜的地方，好好地清理一下思路，寫點什麼。

出門前，我想還是帶個什麼東西去讀吧。於是在成堆的書中翻著，翻著、翻著，一疊稿紙掉了出來，我撿起來一看，是我那位遠房親戚拿來的那篇小說〈那個人〉。帶上吧，總比帶書好。在中國大陸，被編輯們編輯過的書大多是垃圾，因為他們心裡面有太多的恐懼，擔心自己手中的飯碗被敲碎；內心沒有自由寫不出好作品，內心沒有自由同樣也編輯不出好書。為此，我寫了一首題為〈編輯工作著〉的詩：

現在坐下來，很靜
一座山移來，在它進入眼睛的一瞬
用講政治的眼光盯住它
想如何砍去其中的不講政治的一部分

包括那棵生長的很茁壯的苦栗樹
讓更多虛構的幸福擠進一個個小小的方格裡

一個人走進林子
暴雨將至，他在溪邊的石頭上磨著斧子
古板而單調的讟讟聲音裝滿了山谷。他抬起頭
看見一隻狼在河的對岸望他，狼過不來
他低下頭，繼續磨著斧頭

太陽升起了，陽光進入林子
一個樵夫走進深山，砍砍的聲音從樹幹上傳出了詩經
人們喝酒、喝奶、喝湯、喝西北風，以不同的形式生存
一個獵人端著槍。瞄準
臉上露出新聞聯播式的微笑。與正氣
虛構的和諧故事以非虛構的現實主義手法的詩歌、散文、小說、戲曲
在官方的刊物中展出

填塞著我們日漸麻木的意識

人被同化了、自然被同化了
人們握著手中的報紙面無表情
地撫摸著編輯的名字。大山已經荒蕪
資源已經耗盡
獵人孤獨地站著、樵夫孤獨地站著。暮色正濃
四周的氛圍很沉寂，主編招呼我們坐下
圍著一個樹墩，攤開報紙，分食我們僅剩的文字

就這樣吧。我手上的這篇小說稿，即使是垃圾，也是一手垃圾，而不是二手垃圾。這樣一想，更加確定了我要帶上它的決心。

我選擇了一個有山有水的地方，位於成都西南方向的梅花寨。那是一個幽靜的地方。據說那兒還有一個千年古寺，古寺裡住著一個一百多歲的高僧，有緣的話，還可以跟他擺談幾句。世外高人，對世界的看法也許是我等俗人看不到也想像不到的。

第一天

第一天，我開著我的那輛奧拓車，擠出了成都——在感覺到車速可以達到六〇碼時——我已經出了三環路，上到了大件路。

路上的車明顯地減少。空氣的溫度也彷彿降低了幾度，變得涼爽了一些。

八月的天空，驕陽惹人。躁熱、心煩，這好像是現代人的一種情緒。永遠在躁動的路上，沒有目標。

「如果我不在家就在上班的路上；如果我不在上班的路上我就在上班；如果我不在上班我就在回家的路上。」

現代人永遠都是這樣，為了生存，兩點一線地來回奔波。

今天我終於有機會突破這個兩點一線了。由線到面，這是對日常生活的一種突破。

一路無話。到了梅花寨時已經是傍晚了。過了一個小橋，開始有微風迎面吹來。路邊的樹葉在我的汽車停下時，搖了起來，沙沙沙地響。

葉搖。影亂。

一個小女孩站在路邊。大紅的衣裳，圓圓的臉蛋。好奇地望著我。

說一下她看見的我——當然是我站在她的那個角度上來看我自己——中年、微胖。長髮在風中顫動，只是些許。因為一路上的塵土已經使頭髮沾滿了灰塵，加上汗水的調和有些發硬。眼鏡，這證明我至少讀過一點書。手提一個包，裡面是衣服與一些日用雜物。肩上還挎著一個包，裡面是一台筆記本電腦。

幸虧有了這個女孩，否則我還不知道怎樣、以何種方式來介紹自己。

感謝這個女孩，在這個時候出現了。不過即使沒有這個小女孩，作為寫作者的我也完全可以編造一個出來。

這就涉及了語言對象的真實性。有嗎？有沒有並不重要。關鍵是語言如果是記錄真實的工具，那麼語言的魅力就沒有了。想像力，創造，這是語言最基本的功能。

我進入了一個小院（小院的邊上、靠山上一點是那個寺廟），女房東熱情地迎了上來。

我問：「多少錢一天？」

她說：「二十元包吃住。」

天，這麼便宜。我馬上答應下來。像是撿了個便宜，怕她反悔（請記住，在離成九十公里的一座山上的一戶農家，二十元可以吃住一天。這就是鈔票對那個地方的價值的衡量，這個衡量在這本書中極其重要，因為它暗含著當時、當地，農民生存的艱難指數。越便宜，艱難指數就越高）。

進了屋子，我開始整理東西。該拿出來的就拿出來。包裡有一張當天（二〇〇三年八月五日）的《成都早報》，是我在家裡時，出院子大門在路邊的一個報攤上買的。

我還沒有來得及看。

關於看報紙，我還想在這裡多說兩句，介紹一下如何看報紙的技巧。大家都知道我們的報紙是一個專門說假話的地方，因此多年以來許多讀者已經養成了一種看報紙的反向思維模式——就像是在玩一種反向的眼睛、鼻子、嘴巴、耳朵的智力遊戲，說到嘴巴時手一定不能指到嘴巴，而要指其他的部位——眼睛、鼻子、耳朵，這些都行。也許是因為智商太高，常規的東西已經不能夠滿足我們了。比如說報紙上說，環衛工人是如何的偉大、崇高，大家要向他們學習，學習他們奉獻的精神。那麼其意思就是在暗中告訴讀者，千萬不要去當環衛工人，幹那個又髒、又累、讓人瞧不起，工資還很低，付出與得到不平等。比如說報紙上說，要緊密地團結在某個核心的周圍，其意思就是說他們已經出現了分歧，需要以一種強制的手段讓他們再來團結一次……試想，如果他們與那個核心本來就團結得很緊密，那麼又有什麼必要一再地強調「要緊密團結在以某某某為核心的周圍」呢？那不是脫了褲子放屁——多此一舉嗎。

這些都是簡單的，還有更複雜一些的，叫作「新聞製作」。

這天的報紙頭版有一張大圖片。是一個美女（這個時代凡是正面報導的女性——我也不知道如何解釋「正面」一詞——都言必稱美女。比如：美女作家來我市簽名售書曝自己私生活、美女白領幫助失學兒童上學、美女大學生回鄉賣竹筍月入十萬……。凡是報導負面的女性——我也不知道如何解釋「負面」二字——都必稱妙齡、如花，從十五歲到四十歲都可以冠之以此頭銜，比如：妙齡女為情投江自盡、如花少女為逃避惡父跳下五樓……），穿著一件紅色的T恤，衣服的胸前印著一個昨天才在北京評選出來的二〇〇八中國北京奧運會的會徽「中國印」。

圖片上壓著一個醒目的標題：成都紅星路步行街驚現「中國印」

前面說到了真實的問題。現在我就這個新聞來說一說「真實」。也就是這個新聞是如何被「製作」出來的——

就在北京公佈了二〇〇八年中國北京奧運會會徽「中國印」的第二天下午四點鐘，我所就職的報社駐北京記者站的記者在北京王府井商場閒逛時，無意看見了一個穿著印有「中國印」T恤的女子，他便打電話回來說：「商人們的速度真快，印有「中國印」的T恤居然已經上街了。」當時接電話的人正好在開報社的編前會，就在會上把這個事情隨意傳述了一下。沒想到當天值班的副總編輯靈機一動，說：「如果讓那個穿『中國印』T恤的人也來成都的街頭走上一走，這不是一條扯人眼球的獨家新聞麼。」

於是便指令那位駐京記者買一件印有「中國印」的T恤。

可是，接下來的問題是：怎樣將這件衣服帶回千里之外的成都呢？

於是就馬上打電話給跑民航口子的記者，要求他聯繫一下民航，找一個空姐把T恤給帶回來。

正好半小時之後就有一架北京飛往成都的飛機。

於是那位駐京的記者就馬上開車到機場，將一件印有「中國印」的T恤交給已經聯繫好了的空姐帶回。

事情已經完成了一半，接力棒也由北京交到了成都。

成都這邊馬上派人派車到機場接飛機；同時跑文化口子的記者也在聯繫模特；跑市政設施口子的記者也在聯繫剛建成的紅星路步行街，要求他們將所有的燈光都打開，以最美麗的姿態迎接「中國印」的到來。

一切都在計畫中進行。印有「中國印」的T恤到報社時，天已經黑盡了。紅星路步行街的燈光亮起來了。剛找來的模特兒，穿上這件T恤就往紅星路步行街走去，攝影記者跟在後面捕捉著各種鏡頭。不同的角度、不同的背景、不同的姿態。相同的主題。一張張定格。成為歷史，進入歷史，並被歷史所記錄。

有圖有真相，這些都成為了真的。現實。睜眼可見。伸手可及。

晚上十一點鐘，從數十張照片中選定了最完美的一張，模特兒扭得、笑得恰到好處，背景的街道也大氣、現代，一派繁華。編輯開始製作上版。上了版後第一張小樣出來，訓練有素的責任編輯又發現了一個嚴重的問題：這件T恤是黑色的。它怎麼能是黑色的？從北京成功地伸辦了二〇〇八年奧運會到奧運會會徽「中國印」的選定，這些對於中國人來說都是一件喜事。這黑顏色的T恤不符合中國人喜氣洋洋的傳統審美。而恰恰相反，黑色是不吉利的，它代表了黑暗與災難的徵象。（因為這T恤的顏色問題，那位遠在北京的駐京記者還被扣了兩分並罰兩百元錢，而那位發現了顏色不對頭的編輯則被加了五分並獎五百元錢。真是有人歡樂有人愁。或者是自然界中的能量守衡原理。確實是這樣，歡樂總是要建立在痛苦之上的。否則人們又怎麼能知道歡樂是個什麼樣子的？）

「把黑T恤的顏色調為紅色的。」值班老總下令道。

於是，美編在電腦上對照片進行了修圖。只是輕輕點幾下鼠標，穿在這位女模特身上的印有「中國印」的T恤就變成了紅色。

一條新聞就這樣被製作包裝出來了。

於是，第二天早上，拿到報紙的市民就看到了這條印在頭版上的新聞〈成都紅星路步行街驚現「中國印」〉。

他們說：「現在的商人真精明、真快，不到一天，『中國印』T恤就上市了。並出現在了中國的西部城市成都。」有人說：「會不會是『中國印』提前被洩露了？」另一個人說：「不會吧。」又一個人說：「在中國，什麼都有可能。」疑問歸疑問，但總的來說對這個新聞還是個個都讚歎不已。

還有些人在議論「中國印」本身。

有人說：「一個字：醜；兩個字：真醜；三個字：非常醜；四個字：真他媽醜」。

有人說：「難道北京的形象代表就是甲骨文嗎？這標誌像塊出土石碑，讓人想到腐朽、落後、封閉；人形太弱，沒有棱角，一點力氣都沒有，腿都軟了，像個太監見了主子」。

有人說：「感覺更像是日本東京奧運會的會徽：頭頂是一輪初升的太陽，遠看又像是東京的『京』字。」

也有人議論說：「那個圖案就像是一個戴著帽子，穿著中國古代服裝的人在給外國人鞠躬、下跪，是有辱國格。」

等等、等等、等等。

不管人們怎麼評價，報紙的目的已經達到了。有人看、有人說、有人議論、有人傳播。甚至有人罵。只要能夠熱鬧起來，就是一個字：好。

看完這張當天的報紙後，我伸了一個懶腰，開門走出院子。夜很靜。想像可以像聲音一樣在這樣靜謐的環境裡飄得更遠。

幽長的、舒緩的、滑潤的，遠去……

月光穿透厚厚的樹葉。落在地上時，連一個碎片的影子也找不到。只是朦朦朧朧的一片黏結到一起分也分不開的灰暗色調。

於是想像也像是睡著了。在這一片沉靜中，我猛然想出了兩句詩：

風落山遠去

月倚雲孤眠

好詩！如果放在古代，這一定是好詩。但是放到今天，就不一定了。「語言是歷史鏡像」，在現今時代，匆匆行走著的人流驅趕著時間如浪潮般奔流。想讓空間在時間中停下來，讓人們仔細地去享受它，是現代性不能接受的，也是現代人不能接受的。時間就是金錢，在每一個不同的時間中創造出不同的空間是現代人的光榮與夢想。

雖然每一個人都期待著能夠停下來，悠閒地享受一下自然的愜意，但是你只要停下來，落在你後面的人就會追上來並超過你。做「人上人」的榮光，將人逼上了一條快車道，你不能慢下來、更不能停下來。

「飛速發展的科技使人目不暇接。在很多人還沒有搞清楚新出現在眼前的機器如何使用時，另一台新發明的機器已經被送到了家門口；同時還有一台更新的發明正在送來的途中；同時還有一個更更新的發明在設計試驗中……面對這樣飛速的發展，人類首先是暈眩，當稍微清醒時，自己已經到了一個不知名狀的地方；接著再次暈眩……接著再次到達一個莫名的地方……在這個過程中，人的感覺是：剛出生下來，便被一雙無形的手推著以最快捷的速度、最有效率的時間送往墓地。

祖先們插置的靜謐且飄揚著『淡泊』二字的旗幡，被一次又一次的浪潮席捲至歷史的可憐角落。在這之間痛苦越來越深，情感的弦也越繃越緊。有些人無法忍受地閉上了雙眼——讓目光回照心靈……卻發現……自己處在一個四壁透著光明的用『現代化』這個材料製作而成的玻璃罩之中……一切都能看得清清楚楚、明明白白。

問題的根源也就在這裡：當人們想起了過去，卻找不到一扇為它而設置的門回去。而人們忍不住又常常要想起『從前』——

從前啊……時間是用來等的、生活是用來品的……」

雖然每一個人都期待著能夠停下手中的工作，悠閒地享受一下生活的樂趣，但是只要停下來，落在後面的人就會追上來並超過他。那時他就將以百倍的努力來奮起直追，剛才的享受將完全被消解成空無。歸零。從頭再來。

因此，關於人對時間與空間的對話，現代人一定是這樣說的——

一個字：累
兩個字：真累
三個字：累成狗
四個字：得不償失
五個字：狗日的生活
想到這裡，我也感覺到累了。嗯，降溫了，樹葉上沾滿著細細的露珠，沉重得像是疲憊的軀體。
嗯，我這就去睡了。

第二天

第二天，早晨打開門，我在院子裡散步，走到一棵湘妃竹的下面，抬頭望著翠綠的竹葉上潮濕的露珠，它們靜靜地沾在葉子上，不會像雨珠一樣滴下來。這也許正是「多」與「少」的區別——含蓄內斂與外露張揚。

手伸出去，將指尖在一片最為寬大的葉子上劃過，讓眾多細小的露珠找到一條彙集的道路——隨著指尖流下來，聚在竹葉細細的葉尖上。

一滴水珠形成了。

它順著葉尖的指向，滴了下去，在清晨的地面上摔成了一朵水花。

我可以清晰地想像出這朵花在一瞬間盛開的模樣。由內到外的綻放。雖無法清楚地看見它。可想像力帶著我去了我看不到的地方。

猛然間，身後有響動。我轉過身來，看見一個少女從一間屋子裡走出來。臉色蒼白，身體單薄。看到我一個人站在院子中間，她愣了一下。也許她從來還沒有看到有哪位住客會在這麼早就起來。

她看了我一眼，臉上泛起了一陣紅暈。就像是天剛亮了，天邊起了紅霞。我的心一動。剛想仔細地看一下她，而她卻匆匆地出了院門走了。

在她的背影消失之後，我才想起，還沒有注意到她的穿著打扮。

好像是淺藍的底子、碎白的花。淺淺的彷彿是一陣輕霧就會將其遮蔽。又像是一陣輕風就會將之吹散。

時間最好停止。只剩下她在空間中靜靜地無聲地移動。等她到了目地之後，時間以及萬物再又重新開始。

吃早飯時只有我一個人。我問房東，其他的人呢？房東說，都還在睡呢，不到十點鐘是不會起床的。從城裡來鄉下度假的人，一到了這裡骨頭就像是鬆掉了一般。

說到這裡，房東猛地問我：「你怎麼這麼早就起床了？平日裡吃早飯時只有我一個人。」

我說：「我來這裡是想寫一些東西。早一點起來冷清，好想一些事情。」

房東問：「你是作家？」

我說：「只是個人感興趣而已。如果加入作協才算是作家，那麼我就不是。」

房東說：「我看你就是。你看，你的頭髮長長的，眼鏡片厚厚的，你不是作家誰是。」

我說：「我只不過是不想說假話而已。」我不想再跟他在這個問題上討論下去，我轉了一個話題：「剛才，天剛亮時，我看到一個姑娘出去了，她不是也起得很早嗎？」

房東歎了一口氣說：「你說的是芳鄰呀！那可是一個好姑娘。說起來，她真是可憐呢。」

我問：「為什麼？」

房東說：「為了供養瘋了的老公，她只能幹這種工作。她要拚命賺錢呀，因為青春很快就會過去的。」

「什麼？」我沒有聽明白，「她怎麼啦？」

房東歎著氣說：「做小姐呀。你不知道嗎？噢，我還以為你看出來了呢。真是的，實在沒有別的辦法了。唉，為了生存……唉，生存真艱難呀……」

我已經明白了，實在也不知該說些什麼。於是氣氛就那樣僵持著。尷尬。沒有一絲風，沒有一點動靜。空間真的停止了？

時間還在偷偷地繼續趕路。

還是房東打破了這種可怕的沉靜。他說：「哎，我說作家，如果你有『那方面』的需要，就找芳鄰吧。就算幫幫這個女子。好人總是會有好報的，你說對嗎。」房東有意將「那方面」三個字音說得很重，很容易就讓人聽出來「那方面」是哪一方面。

我沒有再說話。站起身，出了這個農家的小院。起風了，風沿山而上，將樹葉翻動得嘩嘩地響。微涼。爽快。我向山下慢慢地走去，在快要到山腳時，我看見了一個破落的小院，院牆已經塌了一半，這使我能夠看到院子裡。

牆上艱難地長出了一朵小白花，從它瘦弱的樣子可以想像到它生存的艱難。但我感受到了美。美總是這樣，深藏在磨難之中。讓人心碎。但你又不能去幫助它，將它移植到肥沃的土地上，因為那樣它的美就會在刻頃之間不見了——而轉移到與它發生關係的那個主體之上。那是對它的美的一次侵佔、掠奪？唉！這個世界總是充滿著矛盾。

我走近牆。一種潮濕的泥土的氣息，撲面而來。那朵小白花像流星一樣靜靜地向我飄過來，有一陣花香，在想像之中越來越濃烈——就像是有一顆塵埃坍塌了，卷起了思想中的迷霧。少許，混沌。似有似無的境界。

在走到牆根時，我看見院子中一個女子在晨光中洗衣服。手輕輕地揉搓著，雪白的肥皂泡在明淨的陽光之中一個個破裂，又一個個冒了起來。好像希望正是這樣，易碎、易起。

定睛一看，她是芳鄰。她正在洗剛才還穿在身上的那件淺藍色底、碎白花的衣裳。一下一下小心地搓著，雪白的泡泡在她的手上開放並破裂。她的手臂白白的，在清晨的陽光下，彷彿就要溶解一般地晶瑩、剔透。

看見我在看她，她將頭埋得更底了。

院子中間有一棵矮小而顯古老的皂角樹，像一根定海神針一樣，死死地釘著這個小小的院子，不讓它在這淡淡的像是要完全退色的景致中消失。固定著這一份淺淺的顏色。

我怔怔地看著她，也不知道該說些什麼。直到後來，再不說話空氣就要結成冰塊了。我才說了句：「那麼早就在洗衣服？」

她沒有回答，依舊在搓著那些越來越多、越來越白的肥皂泡。泡泡占滿了盆子，有些流了出來，淌到地上，變成了褐黑色的肥皂水。

我又問：「你叫芳鄰？」

她說：「誰給你說的？」

我說：「房東。我們剛才說起了你。」

……

「你每天都在早晨洗衣服嗎？」我只能沒話找話說。

她說：「是。早上洗了，下午就能穿了。穿得好一點，生意也會好些。」

芳鄰的臉更紅了，同時也將頭埋得更低了。我猛然間覺得特別憐愛起她來，說：「你能來陪我嗎？」

她說：「不。」

我問：「為什麼？」

她說：「我看得出來，你是一個好人。我不能讓好人變成壞人。這是我的職業道德的底線。現在不都是在說什麼什麼的底線嗎？我也有的……」

我說：「如果做好人的不能跟你在一起，那麼好人豈不是很劃不著、很吃虧？」

她說：「在別人的眼裡是一個好人，就已經是一種獲得了。你還想得到些什麼？」

我真的無話可說了，只好說：「你說的也在理。就讓我做一個好人吧！」

她猛然間咯咯咯地笑了起來：「我喜歡跟你說話。喂，你是藝術家嗎？」

我說：「像嗎？」

她說：「不是像，應該是——是。」她在最後一個是字上加重了語氣。

我說：「是不是我的頭髮很長？」

她點點頭說：「也是。但也有人頭髮留得也很長，但一眼看上去就覺得他是壞人。」說到這裡她抬起頭來認真地看了我一眼說：「這裡你熟悉嗎？」

我搖搖頭說：「我是第一次來。」

她說：「我認識這裡的老方丈，我帶你去，見見他。說不定你與他還能談得來呢，或許他一高興還能跟你透露一些天機呢。」

我說：「好呀。」

她說：「等我把衣服曬好。」

於是院子裡便飄起了一件藍底碎白花的衣服，在空氣輕輕地鼓蕩下，慢慢地變輕、變乾，變得如絲般舒展。

那件衣服的物理變化是在我們的身後，那個倒塌了一角的小院子裡。現在我與芳鄰走在上山的路上，我問她：「你幹這一行賺的錢應該也不算少，為什麼不多給自己買一件衣服？」

她說：「我要把錢存起來。有了足夠的錢就可以不做這個了。在沒有精神信仰與體制依靠的時代，只有錢才可以給個人帶來安定與信心。」

山路的盡頭是一個古老的寺廟，由於地處荒僻，極少有人來到這裡。但是就像好酒不怕巷子深一樣，還是有人能慕名尋找到這裡。

山風愈加的急了，推在我們的背後像是急著將我們推進廟子裡，也許是它寂寞得太久了。我對她說：「舒服極了。」她則對我笑了一下，臉上的燦爛像一道流星一閃而過。那種美被我看見了，就無法忘掉。

我對她說：「你真美。」

她說：「很多人都這麼說。」

我問：「你覺得呢？」

她說：「也許是吧。有些人勸我出去，到大城市去，那裡的錢要好找一些。」

我說：「那你為什麼不去呢？」

這時我們已經到了寺廟的門前，三、四級高高的石階使我們不得不重新調整步幅。在邁上了第二級之後，她說：「進廟子了，不要說那些了，以免褻瀆了神靈。以後有時間再跟你說吧。」

寺廟裡用青石鋪著的院子裡長滿了青苔。青苔綠綠的、絨絨的，讓人聯想起賓館裡厚厚的地毯。但這卻是兩個完全不同的概念：一個潮濕、一個乾燥；一個有生命、一個無生命。將這兩者牽扯到一起，我也覺得很奇怪。念頭在一瞬間就產生並形成了，它不需要為什麼負責。偶然。無知。比較。

一個臉色蒼白的和尚從院子裡走過，進入了大殿，對於我們的出現，他就像是沒有看見一樣。

芳鄰說：「你注意到沒有，那個和尚走路時腳沒有落地。」

我說：「那怎麼可能？」

她答：「這裡的人都是這樣說的，道行高的和尚走路時腳離地面有五毫米。為的是不踩死地上的螞蟻。」

說完她拉了一下我的手說：「往這裡走，方丈一般都不會出來。」我們從兩個房子中間的縫隙中穿了過去，裡面有一個更小的院子，院子中間有一個小池塘，前面立著一個石碑，上面刻著「放生池」三個字。從池塘邊上繞過去，就到了一個小屋前。芳鄰站在門口向裡面叫道：「師父、師父……是我來了。」

裡面沒有回應。芳鄰轉過身來對我說：「師父同意我們進去了。」

我說：「可是，我什麼聲音也沒有聽到呀。」

她說：「出家人以無言為反抗或認同。」

我說：「什麼都被你說了。那麼不相同的兩個結果都被你攏到一起來說了，你怎麼知道結果是那一個呢？」

芳鄰說：「有一種結果是從前的延續。我往常來時，師父不出聲就是同意我進去的啦。這個都不懂，真是笨哪！」

她含著笑就進去了。我跟在她的後面，屋子裡的竹椅上坐著一個老人，臉色蒼黃得就像是陰天又近黃昏的天空。

芳鄰說：「師父，我帶了一個作家來了。他想見見您。」

方丈說：「世間本無事，煩人自生之。唉，人世間為什麼會有那麼多的疑問？都是自己找來的。」

我說：「師父好。」

方丈說：「好又怎說？不好又怎說？對於死人來說，病人是好的；對於病人來說，健康人是好的；對於健康人來說，富人是好的；對於富人來說，貴人是好的；對於貴人來說，帝王是好的；對於帝王來說，神仙是好的；可是神仙在哪裡？有誰見到過？神仙幸不幸福？是一種怎樣的幸福？……哪裡會有什麼結果？」

我說：「師父，我懂了，這個世界是沒有結果的，而所謂的結果只是相對於什麼來說的。一切都是開始，一切也都是結束。」

方丈說：「你還是有一些悟性。在我看來，這個世界最快樂的結果就是放棄。」

我說：「師父，可是我們是生活在世俗之中呀，如果什麼都放棄了，那就活不下去了。」

方丈說：「這正是世界的真相，放棄之放棄，走到盡頭才是不放棄嗎？世界是圓的，每一個地方都是起點、也都是終點。這些點上，需要由各種各樣的人組成，比如需要有你這種人，也需要有我這種人。需要有工人，也需要有農民。唉，這個世界就是這樣形成的。如果都像我這個老頭子這樣只坐不做，我還吃什麼喲，早就沒得吃了，餓死了。」

我說：「師父，現在流行這樣的說法──地球缺了誰都照樣轉。」

方丈說：「結果是我們都是『在場』的呀。這是事實，只要有這個事實就足夠了。這就是存在的就是合理的。」

我知道只要一提出了「存在的就是合理的」觀點，任何討論都會無法進行下去。於是我轉了一個話題說：「師父，你研究過基督教麼？它與佛教有什麼區別？」

方丈說：「佛教與基督教的區別就在於，佛教講的是：悟。是孤獨的、個人的體驗；而基督教講的是一個普遍的真理——愛——所以它是公眾的社會的。打一個比方，假設這是兩個人吧，讓他們各自搭一個平臺，那麼可以斷定，佛教搭建的平臺就會很小，因此能夠站上來的人很少。而基督教搭建的平臺就要大得多，因為只要願意，每一個人都可以站上來。在我看來這就是佛教和基督教的區別。」

我說：「師父，我想再向你請教一個問題。」

方丈沒有說話。空氣猛然間凝固了一般。我還不知如何來打破這沉寂。芳鄰在一邊卻笑出了聲：「我說你傻吧！我剛才不是說了，無言就是認同呀。還不快問。」

我趕緊問到：「師父，修煉道行高的人能知道過去與未來麼？」

方丈說：「我就知道你要問這個問題。因為有問題問我的人百分之百都問的是這個問題。你知道答案了嗎？世界的真相中有很多都是固定的不會改變的。就看你怎樣去發現它們了。比如說每一個人都會死，我就說你總有一天會死，你說我這算不算能夠預知未來？另外，我們再換一個視角來看，人的命運就像是乘坐在一列列車上，比如說這列火車是從成都開往重慶，那麼坐在上面的人的命運大至就是到重慶的這個結果。如果說要有什麼變化的話，也就是在列車上的人可以站起來在車箱裡走一走，或者是上趟廁所，或者是將車窗打開讓外面的風吹進來，將長髮拂起、將臉龐吹冷。但是這些並不是命運的主幹線。在這列車上的人的命運主幹線就是從成都到重慶——這可以說就是被註定的命運。」

我說：「但是，從成都到重慶的票是人們自己買的，是自己決定的。應該不算是命運吧。」

方丈說：「不錯。我那只是比喻。是小比喻。可以再放大來思考——你想想看，你的父親遇到了你的母親，而後生下你，這就不是你自己的選擇吧。如果你是生在美國，你就是在美國的命運。而現在、此刻你出生在中國，就是在中國的命運。如果是出生在古代就是古代的命運——男耕女織、打獵種田。如果是出生在未來就是未來的命運——網上購物、太空飛行。這些都是人的大命運，而那些吃喝玩樂、喜怒哀怨都只是個人的小小的悲歡離合而已。」

我說：「師父，我明白了，個人在宏大的歷史中是微不足道的。但我還有一個具體的問題要請教。毛澤東為什麼能打敗蔣介石，我翻閱了大量的書籍資料，發現毛澤東的勝利完全都是偶然性的堆積而成的。在我看來蔣介石至少可以守住長江，可是他們卻沒有守住。再後來，我認為國民黨一定守不住金門島，可是他們卻又奇蹟般地守住了。這是為什麼呢？」

方丈臉色鐵青，他晃了一下，像是要從竹椅上栽下去，但他卻是站了起來，向前走了兩步，抬頭望著天，說：「冤孽。這一切都是冤孽。我們的祖先在征服別國時殺死了多少人？國土越大殺生越多。這些都是因果報應。所以上蒼才會派毛這個大魔頭來給我們這個民族製造災難。這些都是惡果、懲罰、報應。之所以毛沒有打下金門島，那是因為上蒼並沒有放棄我們，還給我們留下了最後的一絲希望。請你記住，我們的希望一定是從大海的那一邊返回過來的。這就是我的預言。」

我並不贊同方丈這種因果報應的說法，想反駁他。但看到他蒼老的臉龐，便放棄了想要爭論的念頭。是的，我不需要說服別人——只要別人的思想對我沒有直接的危害。於是我順著老人的思路接著問：「這個災難還會持續多久？」這時方丈卻向後退了兩步，重重地跌坐在椅子上，險些將竹椅撞倒。他瘦弱的身軀在抖動著：「我說得太多了。你們出去吧，我很累了。」

我和芳鄰出來。再次浸入陽光之中。太陽與這條上山的小路剛好處在一條直線上，所以現在站在高處看下去，路明明晃晃的，像是一把刀刃。半路上有一個黑影向上面爬來，猛地一看，像是這個刀刃上砍缺的一個口子。

芳鄰看清楚了那人之後，對我說：「你回去吧，我要上班了。」

我說：「不。你陪我吧，我付你錢。」

她說：「不，我不能讓一個好人在我的手上變為壞人。」

我歎了一口氣說：「唉。看，做一個好人有多難。」

她說：「每天早上我都沒有事情，到時我來找你，我的好人。」

說著就飛一般離去了。陽光下，她的影子極快地在這個閃亮的刀刃上滑動，就好像是刀刃上的一滴血在向下（刀尖）淌去……

猛然間，我覺得心有些痛。回到了住的地方，將自己關在水底一般沉靜的屋子裡，打開電腦，幽藍的螢幕亮了起來……一個飄蕩的窗口。窗口外面綠色的山坡上飄著些許的白雲。賞心悅目。Windows視窗。

思緒就這樣進入了這個窗口裡。透過這個窗子，看不見外面真實的風景，卻直直地進入到了內心。真是神奇的地方，裝著心中的所思。所想。所見。所聞。

在這種似是而非的環境中，思絮輕得像楊柳絮一樣。正因為輕，它才能飛揚。因為輕極，它才能飄得更遠。只要空氣中有一丁點鼓蕩，它便跟隨著起舞——讓看不見的氣流變成為可見的螢螢飛揚。

我努力讓自己不再想剛才那個在刀刃上討生活的身影。我知道如果一直想著她，這整個休假就會變成一種失戀的體驗。而我早已經過了那個年齡。

先將腦袋清空吧。然後再放一些東西進來——就像是將門開一道細縫——只要不是她。

「她」？

很奇怪的，我穿越般地想起了我的那位遠房親戚……我們村子的首富……與首富在成為富人之前寫的那一篇小說〈那個人〉……以及小說中的「她」。

此「她」非彼她。於是我將門完全打開，放「她」進來……。「她」進來後，我的腦袋還是極亂。碎片與間斷。只能將寫下的文字不斷地分行——

「瞧，那個個人」
是刻在齊克果墓碑上的字
這是對齊克果的蓋棺定論
「那個個人」這句話，活著的人誰也拿不走
只有死去，才能將其帶進棺材
不到最後一刻，沒有人相信
那一個人
可以「個人」到底

她
是一個人
但不是「那個個人」
「那個個人」是那一個人自己作的選擇

老闆，開火做飯吧

哦，不……我不是餓了

我是要爬到炊煙上看看遠處海邊奔跑著的

「那個個人」

是怎樣變成了

「那一個人」

「媽媽、媽媽……」

她不是媽媽

「妻子、妻子……」

她不是妻子

一個孔姓老者從山丘凹窪處飄出。進入她的腦海，用一根朽木般乾枯的手指戳著她的腦門說：「每一個女人都將是妻子，每一個女人都將是母親。妻子或者母親，沒有第三種選擇。」

這就是命啊！

是命。就要信

她信命。於是
「那個個人」變回「那一個人」
就像在電腦鍵盤上按下了Ctrl+Z

剛分行完題為〈那個人〉的詩句。房東就來敲門了，說：「老師，吃飯了。」我開門出去，傍晚時分的山嶺，像是一個少女正在往頭頂遮上蓋頭。

進了飯廳，我看見芳鄰正在陪著一個肥胖得渾身流油的男子吃飯，看見我進來，她衝我笑了一下，然後就一直低著頭。吃飯。再也不往我這邊看一眼。我心裡意識到她是怕怠慢了她的客人。為了不打擾她，也是為了避免尷尬，我很快地吃完飯，放下碗筷，就回到了屋子裡，繼續剛才對小說〈那個人〉中——「她」的梳理：

故事讓兩個乾淨的人在天之涯海之角相遇。這兩個人一個是沒有被文化污染的「自然人」小男孩，另一個是從集體中逃出來尋找純真的身上帶著「文化烙印」的女中學生。作者製造出這樣一個環境，大概是想探討「人之初」的本性。在故事中可以看到，他們是在產生了欲望之後，出現了問題。

這個問題就是：倫理。

從社會中走出來的「她」告訴自己，他們之間的倫理關係是母子。原因其實很簡單：一是她像媽媽一樣養大了他；二是他喊她「媽媽」、她叫他「孩子」。

作為自然人的他，自然沒有辦法定位他與她之間的倫理關係。可以確定，按照自然的發展他一定會成為她的丈夫。而這一結果對於她來說則是「亂倫」。

因此，為了阻止這一結果的出現，她在他「成人」之時，帶著他回到了社會。然而，對於這個故事來說，這樣做雖然結束了一種「隱憂」，卻開啟了另一種更大的悲劇。這個悲劇是：「一張白紙」對現實社會的適應。之後這張白紙被抹黑了。

「他成為了她不想成為的那種人。」這是他逃不掉的宿命嗎？不，這不是他的宿命，而是時代的宿命——精神比矮。沒有最壞、只有更壞。於此可以判斷，那是一個最壞的時代。

如果不是在那個時代，如果沒有傳統文化。他們兩個人完全可以「幸福地生活在一起」。文化在壞的制度下，就是捆住人的繩索。

通過以上的分析可以得出一個結論：要做到「那個個人」很簡單，就是不要在乎別人的看法，做自己。做一個有個性的自己。

寫到這裡，我覺得有些累了，走出屋子，站到院子中間。起風了，院子中間的那一叢湘妃竹沙沙沙地響著。微微地有一些兒涼意。

風拾級而上
月穿雲踏行

我覺得自己像是又回到了古代。語境、意境、心境、環境——恰如其氛。出了院子，站在上山的路上，望著山頂上古老的寺廟，在月光下，它沉沉地潛伏著，像是時間因久遠未流動、行走，而凝結成塊的影子……

第三天

第三天一早就有人來敲門。是芳鄰，她換了一身新衣服，站在陽光下，像是一枝剛被陽光曬乾了露水的鮮花。

她問：「好看嗎？」

我說：「好看。」

她說：「是昨晚的客人送的。」

芳鄰說平時她是不會收受客人送的衣服的，但這一回她收下了，為的是穿給我看。「女為悅己者容嘛！」說話時，她的臉竟有些紅暈。

她說：「你是好人，我要給你看最美的一面。」

我說：「你這樣讓我想起了公園中常常可以看見的標語——愛護花木，請勿攀摘。可我的想法是——有花堪摘直須折，莫待無花空折枝。」

她笑著打了我一下說：「你真壞。」

我轉了一個話題，問：「怎麼，不陪你的客人？」

她說：「他換了一個地方住了。他說這個地方不好，檔次夠不上他的標準。」

……我一時不知應該說什麼。

她說：「我們昨天說起了你。」

我問：「說我什麼？」

她說：「他一看到你，就知道你是一個草根作家。而他呢，是一個有本本的，拿國家工資的作家。所以他不能與你為伍，要住到一個更好的地方去。以示區別，及檔次的不同。」

看到我沒有回應，她又說：「昨天吃完飯之後，他還跟房東要了好幾倍飯錢、房錢的發票呢！真是個吃國家的、喝國家的、睡國家的，公家的人呢。」

我說：「他為什麼說我是草根作家呢？」

她說：「我也是這樣問他的。他說就是沒有作家協會證的那種。」

這一問一答，我們已經出了院子。走到上山的路上了。

她接著又說：「你昨天不是問我為什麼不到城裡去嗎？我現在跟你說吧。」

芳鄰說她在幾年前就到過城裡打過工：

「那是在一個廣告公司，與我一起被聘用的還有另外的兩個女孩。老闆是一個三十多歲的胖男人。整個廣告公司就只有我們四個人。老闆曾戲稱我們是『四人幫』，與文化大革命時北京的那個『四人幫』相反，我們是三個女人一個男人。性別結構上正好調了一個方向。

老闆對我們很好，好得讓人不能接受。你說好笑不好笑，他有時還主動提出要為我們按摩。我不讓，說：男女授受不親。你這不是按摩，是揩油、吃豆腐。

我們的任務就是每天按老闆提供的電話號碼，一個一個撥打，勸說對方打廣告。聲音要儘量甜美。通常對方都會說：小姐，在電話上不好談，能不能約個地方談談？

有一次我去了，在一個茶樓裡，一個肥胖的男人，沉在一張單人沙發裡，吻合得天衣無縫。噢，準確地說，他是卡在那裡，動都不能動一下。真難受。

看到我進來，他艱難地掙脫沙發站起來，說，我們要一個包間吧，那裡好談事。

在包間裡，他緊緊地挨著我坐，說是要看看我們公司的服務內容。他的那一身肥肉就像是一個裝滿了水的塑料袋。靜下心來，或許就能聽見裡面浪打浪的聲音呢。可是當時真的靜不下心來，煩透了，擔心這個塑料袋會在這時破了。如果真那樣的話，我就成落湯雞了。」

說到這裡她笑了起來。我看見她臉上閃過調皮的神情。那種天真，像山野中的小白花，純樸、簡單、明亮，這種笑容我記得只有在上個世紀三、四十年代的電影中才能看得到。山頂上的廟裡傳來了鐘聲，穿透我們……蕩蕩漾漾……空洞且渺遠。

芳鄰繼續說著：

「所以我在下意識裡就想遠遠地躲開。我換了一個椅子，正對著他而坐，將手中的資料遞給他說：這就是我們公司的資料，你自己看看吧。

那個胖男人顯得很不高興，隨便翻了下，便丟回給我說：我回去再考慮一下，說著就起身走了。回去後，一向和藹的老闆把我痛罵了一頓。他說：傻瓜，那可是一條大魚。知道嗎？大魚？就這樣讓他從你的手中溜掉了。

老闆痛悔的樣子讓人心痛。老闆自己的心也很痛。他在房間裡來回走了兩圈之後，回到辦公桌前撥了一個電話，接通了之後，他說：對不起……剛才真對不起……噢，對……她剛來，是不懂規矩……好，晚上帶她到單行道酒吧，再接著談……是，是，她很漂亮，是很乾淨的那種……現在不好找了……好，好……好的，您放心，包在我身上……

放下電話後，老闆鬆了一口氣，說：好了，終於搶救過來了。

老闆對我說：晚上我們一起去酒吧，再談談那筆生意。你可不要死心眼，吃小虧，占大便宜。你知道嗎？在當今這個時代什麼都需要交換。你呢，只有美貌；他呢，只有錢。這樣互相交換一下，你們不就是都有了？

天黑之後，我和老闆就去了。在酒吧裡，那個肥胖的男子擠著我坐著。我就像是一個肉餡，要被包進他的肥肉堆堆裡。你不知道，他的皮膚冰涼、油濕、黏膩，讓我直覺得噁心。我在心中想：錢怎麼都給這種人掙去了。噢，也許是有了錢之後，吃成了這副樣子。

為了擺脫這種感覺，我只有不停地喝酒，後來就醉了，什麼也不知道了。

等醒過來時，我發現自己在一個賓館裡，邊上還坐著老闆和那個胖男人。我想動，動不了。頭暈得根本就找不到自己的手和腳了。

我聽到他們在說：

『沒想到還是一個處女，真黴。進都進不去。』

『哈哈，她哪裡是處女呀，那是因為你太肥了，肚子那麼大，抵在那裡，你那玩意兒又短，夠都夠不到，還怎麼幹？你呀只有叫雞了，讓她們在上面，被她們幹。』說著就哈哈哈……大笑了起來。

『我不管，這盤不算。』

『你想賴呀，門都沒有，這只能怪你自己。我錄了像，快把合同簽了，否則告你強姦，讓你到監獄裡呆幾年，順便減減肥。你自己想想看，劃不划算。』

『好，好。我簽。我簽。』

我躺在床上動也動不了，一切都像是一場噩夢一樣。本來清醒了之後想，認命算了。可是沒有幾天，老闆在帶另外兩個女孩出去談業務的時候，被別人請來的殺手開槍給打死了。子彈是從腦門中進去的，炸了一個大洞，據說腦袋裡面都空了。

另外兩個女孩勸我再一起接著做。我想出賣肉體誰不會呀，但是又不願意出賣靈魂。於是就到鄉下幹起了這一行。這樣可單純多了。」

芳鄰的故事終於講完了。她長舒了一口氣。

我問：「做這一行，你願意嗎？」

她說：「願意呀，只要可以賺錢養活老公、孩子。還可以幫他辦畫展。還可以使別人快樂。這樣多好呀。當然我也希望自己買彩票什麼時候一下子中個五百萬，那樣什麼都可以不用幹了。可是有那樣的可能嗎？」

望著她在陽光下閃爍的臉龐，我由衷地說：「芳鄰，你真可愛。」而她卻突然間驚叫起來：「哎呀！時間到了。說好了，我還要去陪那個作家『本本』呢。要遲到了。」

說著她轉身就跑了。望著她的背影，我直想笑，她叫那個有本本的作家「本本」，真是再合適不過了。

子彈、彈道；背影、山路。

像是一顆滑出彈道的子彈；她的身影消失在山路上。

風停了。

所有的一切像是被抽空了一樣，停住了。

我的心猛然間就空了。在放空中，不覺就到了一條小溪邊，因為這流水，路就斷了。是因為走到這裡的人都是無意識的？所以遇到了障礙便及時地停住了？正因為如此，溪水那邊便保留有一種原始狀態。植物綠得翠潤與灰得枯乾交錯在一起，形成了自然界中新與舊的搏鬥。還是別介入它們吧！這個時代自然應該是將人排除在外邊的。只要有人來過，自然就不成其為自然了。人的審美眼光與實用目的將自然推進了人類的歷史之中，於是自然隨之結束。世界變得更加複雜起來。

我胡亂走了一圈之後，便緩緩地又回到了住的地方。一邊翻看小說〈那個人〉一邊整理著思路：

她與他如果就在天涯海角之中生活，不回到社會中來。他們是否能成為融入自然的——自然人。性起時做愛、飢餓時做飯、吃飽後勞作、勞累後休息，全都聽憑生理的指揮。因為只有他們兩個人，所以不會有因第三方的出現而產生的爭鬥。

不過，可以肯定，只要他們有孩子。孩子生孩子、孩子的孩子生孩子的孩子……因為人天生的智力，因為人數增多而構成的群體，「社會」一定會產生出來……到那個時候，他們又將脫離「自然人」的個體狀態，在欲望和智慧的領引下進入「社會性」的相互利用與敵視之中。

達爾文發現人是由動物——猴子——變的。

我發現人成了群之後又變成了另一種動物——狼——人對人是狼。

歷史往往有著驚人的重複——旋轉。

歷史同時也是變化、發展著的——螺旋式上升？下降？

「是下降吧！」正要得出這個結論時，我的手機響了。按下接聽鍵，裡面傳來了一個低沉的聲音：「是我。我在你的門口，快開門吧。」我聽出來了，是我的那位遠房親戚。我回答說：「我沒有在家裡呀。」他顯得很詫異：「你、你不是……不是在上班就是在家裡麼？」我說：「我在休年假，所以離開了成都出來玩幾天。」

「唉！你不在家！那可怎麼辦！」我聽出他很焦急。

「有什麼事麼？」

「你還記得村裡首富寫的那篇小說麼？」他壓低著嗓子，像是要將自己發出的聲音吞進肚子裡。

「記得。我正在讀呢。」

「唉。首富的兒子不知為啥正在四處找這個小說，懸賞二十萬呀。你能不能馬上回來？或者我去找你也行……」

「二十萬？為什麼呢？它值得麼？」

「你聽我說……這個小說裡一定藏著一個祕密。也許是與首富買的那個女嬰有關……」說到這裡，電話猛地就斷了。

嘟、嘟、嘟……

我按著這個號碼撥回去，一直都是「嘟、嘟、嘟……」的占線聲音。

是出了什麼意外？正在著急中，房東就來敲門：「老師，吃飯了。」可是，我此時卻猛然間有了一種想寫詩的衝動。先寫下來吧。詩就像是在井裡看見一朵在天空中奔跑的雲，轉眼就會不見了。儘管我不喜歡詩，認為它無法講清楚一個事實。不過詩歌用來表達個人的情感還是足夠用的。好在詩是字數最少的一種文體，用不了多少時間。於是我在電腦上快速地敲著文字和回車鍵：

這個時代唯一的出路就是墮落
「有的人墮落了
他就成功了
那個人成功了

是因為他墮落了」

越墮落越快樂越墮落越快……

這是一個精神比矮的時代

比一比

誰更矮

跪下，並盡可能地匍匐下身子

像狗一樣

還可以

更矮

烏龜、老鼠、蟑螂、螻蟻、蛀蟲……

只有這樣才可以在那些存在於現實裡的孔洞及縫隙中鑽營

「爬出來吧，給你自由」——這是過去的標本

「跪下去吧，賞你骨頭」——這是現在的範例

寫完之後，身體中有一種「通」了的感覺，清爽。

我開門出去，傍晚時分的山嶺，像是正在往一個少女頭頂罩上暗黑的蓋頭。黑暗中少女會遭遇什麼？如果沒有光明的指引，黑暗就只是黑色。就是一塊沉重到無法穿透的顏色。

歷史同時也是發展、變化著的——被從軌道上拋甩出去。

我在飯廳剛坐下來，芳鄰就來了，她對我說：「本本要請你吃飯。」

我說：「好呀，讓我也跟著腐敗一回。」

我給房東打了一聲招呼便跟著她下山了。山下的公路旁停著一輛黑色的轎車，是這個縣文聯主席開來的。他要請本本吃飯，而本本順便把我也叫上了。這就叫「順水人情」。

本本對主席說：「介紹一下，這位是草根作家。」言語之間透出一種主流對旁門的優越性。

我沒有理會他，寫作是個人的事情。我不需要加入一個由政府主導的組織。說實在的，我並不在乎別人怎樣看我的作品，也並不在乎自己是作家還是寫手。我通常只是說：「我在寫些東西。」

我曾經說過，現在世界文化的趨向是找朋友式的，如果彼此認同，那麼就可以走到一起，形成一個圈子、沙龍。文學已經失去了轟動的公眾效應，因為文字並不是唯一的閱讀工具，現在還有廣

播、電視。書籍裡的文字是黑白的、不會動的，它們被動地停留在紙上無聲無息，等待著讀者來閱讀。廣播和電視則能讓人在更舒適的「聽」與「看」中獲得知識，科技為文字找到了更為方便的「接收」方式。

人類一方面在大量地學習可以使其更好地生存的知識，另一方面卻又想方設法地讓這些信息得來得更方便快捷。每一個人在歷史中的時間總量並沒有增加，而比起我們的祖輩來說，現在面對著的目標選擇卻要比他們多幾十倍、幾百倍，所以現代人面臨的就是怎樣快速有效地吸收這些知識。於是，文化快餐應運而生了。

文化的獲得過程被壓縮。取代的是為了達到目的而使用的生產工具。世界澈底地被顛覆了——工具成了目的，目的就是工具。

汽車開出了一程，主席為了緩和一下氣氛，問我：「最近在寫一些什麼？」

我說：「在寫〈半個人〉。就是一九八九年之後，我的一些與那一年有關聯的朋友的命運。通過對他們命運的梳理，可以看出專制的政府是怎樣毀掉一個人一生的。」

「半個人？這個名字有什麼講究麼？」

「在一九八九年，我被以反革命煽動罪勞教了一年。而我的那些朋友最少的也坐了四年的牢，還有好幾個人出獄沒多久就又被抓了進去。與他們的勇氣相比我只能算是『半個人』，而我的那些朋友才是『一個完整的人』。那些官員為了保住自己的官位，什麼事情都做的出來。」我又老調重彈地說了一通大政府與人民，及小政府與人民之間的相互關係。社會中的某一次動盪會改變一個人的命運，讓他走上他原來並不願意走上的道路。

「這不是偶然的，什麼樣的歷史產生什麼樣的命運。」也許主席與本本從來沒有聽到有人這樣大膽的談論國事，他們沒有接話，我只有繼續往下說：「這個時代對文學寫作者來說是幸運的。因為如果是在一個民主自由的社會之中，一個人生活得很悲慘，你可以認為是他自己不夠努力或者是有什麼壞毛病；而在一個專制的社會之中，一個悲慘的事件，往往可以追究到那個強大的政府，是因為政府的不公造成了個人的悲劇。民主國家人的痛苦是個人的，一個人就是一個人；專制國家人的痛苦是群體的，一個人就代表著一個階層。在對國內外文學的閱讀中我發現：民主國家已經解決了整體的問題，所以他們的作家關心的大都是個體的問題；專制的國家則沒有解決整體的問題，所以我們應該關注的是群體的社會的問題——只是由於專制制度的殘酷性，聰明的作家大都選擇了與專制者並肩作戰，以獲得專制者的賞識，因此我們的文學作品大多是為了迎合官員口胃，寫人民怎樣在政府的帶領下過上了幸福的生活，這就是你們所說的主流寫作。而我的寫作方向則是政府不受制約的權力怎樣給人民帶來了災難，使他們過著順從的不敢反抗的日子。」

主席說：「有點意思。這就是宏大敘事。你寫的東西能夠解決當下的社會問題嗎？」

我肯定地說：「不能。但是可以讓人民眼睛向上看，將政府從我們手上拿走的東西要回來，通過自己來解決自己的問題，而不是依靠政府。如果這之間發現了問題，那麼這就是自己的問題，而不是政府的問題。人民就會知道：幸福生活是自己創造的，而不是政府給的。」

主席說：「如果把每一個人的不幸都說成是政府造成的，對政府是不是有些不公平？」

我說：「在專制之下一切貌似個人的問題，都可以歸結為制度之罪。只有在民主之中，個人的問題才能重新回到個人的身上。政府既然把人民的一切都管了──包括選票、包括自由、包括思想──你控制了一切資源、壟斷了所有權力，就必須為這個社會發生的全部公共災難和個人事故負全部責任。不能有些人過得好是你政府的功勞，有些人過得不好就與政府無關，怪他們個人自己不努力。那對人民也不公平。」

主席說：「不談政治。文學應該遠離政治，回到文學上來吧。每個時代都有適合每個時代的文學，比方說唐詩、宋詞、元曲、明清小說，你認為適應現在的文學文本是什麼呢？」

本本接過話說：「這還用問，當然是下半身寫作嘍。」

我說：「本本說得對。與現在相對應的寫作文本就是下半身寫作。我來解釋為什麼。我認為成年人在解決了溫飽之後，所能夠玩的遊戲只有兩種：一是政治；二是性。我們所處的這個時代因為制度設計，普通民眾從政的道路是被堵死的。或者說它沒有一條很明晰的從政道路，所有的政治操作都是在黑廂中進行，讓人在潛規則中找不著北，更不用說為自己制定下一個奮鬥目標了。如果你按照自己對民主政治的理解，想在社會的荒漠中為自己開闢出一條前所未有的道路，那麼就有可能給你帶來麻煩。這從那些大量的被抓起來的政治犯已經可以得到證實。在絕大多數人的理性都不願意選擇自己犧牲的前提下，那麼成人的人性表達——也就是適合成人玩的遊戲就只剩下一條通道了——那就是性。這就是下半身寫作已經氾濫成潮流並代表著這個時代文學的原因。」

本本說：「性是文藝中永恆的主題。即使在民主國家，下半身寫作也是很有市場的。」

我說：「確實，性是人性中不可缺的東西。只是在民主國家，作家的寫作方向除了性之外，還有一條路可走——就是發現社會的問題，這種寫作才是對社會有貢獻的。一個獨裁的統治必然會導致社會肌體的腐敗，而腐敗最直接的後果就是造成體制下半身（欲望）的潰爛。下半身寫作就是寄生於體制下半身的陰虱，他們相互依賴、相互作用，是互動式的作惡。」

主席說：「你是說現在作家們都擁擠在下半身寫作這根獨木橋上了。」

本本說：「我並不認為下半身寫作已經成主流了。我就正在完成著時代的正氣歌，抗擊非典（SARS），小說中的每一個人都在為了別人而奉獻著自己。」

我說：「我認為在獨裁之下只有一種正氣——就是反專制、反獨裁。如果有什麼好人好事，那也只能是偽善，因為它們會被獨裁者利用，證明專制的合理性，並起到延長專制壽命的作用。所以在當下生活的大智慧應該是：不做好事、也不做壞事，只做讓自己能夠活下去的事。另外，什麼是主流？我認為主流就是無個性、無觀點、不反抗，跟從著政府引導出來的大流；我贊成、我同意、我喜歡，不斷地重複那些吹牛拍馬的套路。這對文學來說是不會有貢獻的。」

主席說：「我看現在還是有好作品的。另外，我也並沒有覺得在出版方面有什麼不自由，我就是想寫什麼就寫什麼，而這些文字想要出版也是沒問題的。我反而覺得審查的目的是為了讓作品內容有更大的提升。」

我說：「那是被政府養起來的人的看法，也是你們的那個圈子的看法。你們在寫作之時就根據官方的喜好，自行對作品進行閹割了，只鼓吹不批評。我認為在沒有出版自由的國度，任何可以通過審查的作品都是垃圾。不信你到書攤上去看看，凡是被政府禁了的書往往會大賣。政府的禁令反而成了最好的廣告，這不很能說明問題嗎？」

本本說：「你說官方出版社出版的書沒有好書，這真的有點讓人不能接受。有些人因才華不夠，作品沒有被發表，就怪罪於審查制度。這是對自己的放縱。」

主席說：「這句話說得好，我要記下來。以後遇到有作品發表不了，而來討說法的人，就這樣回擊他。」受到了肯定，本本很高興地笑了。

我說：「我一直喜歡用事實說話。我一個朋友想要自費出版一本詩集，將稿子交到出版社手裡。編輯看了之後要求他刪掉其中一首詩。問為什麼？回答原因是：詩的名字是〈柳絲〉與『六四』諧音。我朋友說，這首詩是他寫給妻子的情詩，對於他來說很有意義。於是編輯又提出修改意見，建議將柳樹改為其他的樹。比如說松樹。你們想想看，在松樹下談情說愛與在柳樹下談情說愛的意境能一樣麼？朋友一氣之下，乾脆就將書稿拿回來，不出了。」

主席說：「這是那個編輯膽子太小了。如果我是編輯，就可以放過去。」

我說：「編輯膽子小？還不是讓大環境給嚇的。這就是習慣性的條件反射。這種編輯的手下能夠放出來什麼好書？所以真正好的作品並沒有出版出來，它們還在民間、在地下。」

本本說：「你這個結論太絕對了吧？反正我就覺得能夠通過出版社出版的書都是好書。」

我說：「也許是各個人對文學需求的不同吧。打個比方吧，有些東西你認為是垃圾，把它丟掉了，可是對於那些撿垃圾者，它們卻還是有用的，會將它們當作寶貝一樣撿拾起來。這也就是說不同的層次會有不同的精神需要和評判標準——在你的精神世界裡是有價值的，可是在我的精神世界裡卻是垃圾。」

由於我們彼此都不讓步，談話的氣氛驟然緊張了起來。僵了很久，沒有人說話。芳鄰在旁邊看看我又看看他，一直沒有說話。還是主席老到些，將話題轉移到了芳鄰的身上。

像是怠慢了她一般，主席說：「我們只顧著我們幾個文人自己說話了，卻忘記了身邊還有一位女士。真是不好意思，沒有紳士風度。」

主席看了一眼本本：「芳鄰也是作家，也在用下半身寫作呢……」說到這裡他停住了，頓了一下，意味深長地說：「嗯。準確的說，是下半身寫作的素材。本本，你說對不對？」

本本接過話題說：「是呀！我還不懂得男女之歡的時候就喜歡讀書。所有文學作品中描寫的妓女都是痛苦且無可奈何地從事著自己的工作。她們是沒有別的出路呀。等我長大後，第一次接觸到了小姐，發現小姐們完全不像文學作品描述的那樣可憐。她們一個個活得樂觀、自信而開朗。這顛覆了我心目中妓女的形象。我想，也許我遇到的都是例外。我一定能遇到文學作品中描寫的那種妓女——楚楚可憐、痛苦無助，等待著我去關心、幫助、解救。於是我一次一次地找小姐，一次一次地失望……一個、兩個、三個、四個……以至自己竟然上了癮。」本本嬉笑著對芳鄰說：「唉，說起來，還是你們害了我。如果你是一個懂得羞恥的小姐，也許我從此後就會戒嫖了。只是可惜你不是……」

芳鄰聽到這裡，愣了一下，之後就哭了起來。她衝出包間，跑出酒店，在黑暗中痛哭。

我出去安慰她：「別哭了，他不是有心的。只是在開玩笑。」

芳鄰說：「你們是作家，你們決定人應該是什麼樣子的。你們的手上拿著一根準繩，圈成上吊自殺時用的那種形狀，一個一個地套在人們脖子上，去規劃別人、引領別人……」

我說：「芳鄰，我並不是作家。所以我能夠理解你。別管別人怎樣看，活你自己的吧。」

芳鄰說：「我本來只是把這當成一項職業，每天還能快快樂樂的。為了生活，也為了養活……」說到這裡她猛然地就停住了，眼睛在昏暗的燈光下充滿了悲哀，她說：「一個叫花子之所以成為叫花子，其一是他的行為使他成為叫花子，其二是別人把他視為叫花子。只有這兩者合一了，叫花子才會成為真正的叫花子。人們看不起他、鄙視他、遺棄他，這才是叫花子最可憐的可悲之處。」

我說：「我不應該說下半身寫作這個話題，是我讓你難堪了……要不，我先送你回去？」沒過一會兒，她的哭聲就停了。她抬起頭說：「我沒事了，我們回去罷，還是要把工作做完。這是職業對我的要求。」她轉身走回酒樓，邊走邊說，「我還能怎樣？只有回去繼續從事下半身的工作，否則我們怎麼活下去？」停了一下，她又說，「只是……只是，那個快快樂樂的芳鄰從此就死掉了。」

在跨進酒樓大門，陷入酒店的燈光包圍之中時，我看見芳鄰目光中的天真與潔白沒有了，剩下的只是麻木與呆滯。我看見她的目光，就像是看見了一個空洞——空白、空無、失神，裡面霧霾彌漫……這是否就是「本本」一直在尋找著的妓女的文學形象？

後來，我們一直都沒有找到一個共同的話題，大家便只有掃興地散了。主席先將本本與芳鄰送到賓館，之後送我上山回到住處。

路上，主席問我：「你聽說過人蟲麼？」

「人蟲？」

「對，人蟲。這可是絕好的小說體裁。看你是寫小說的，便講給你聽。」

「人是人、蟲是蟲，將這兩個字組合在一起是什麼意思？」我覺得這裡面一定有什麼獨特故事。

主席對我的敏銳讚賞了一番後，給我說起了一件事：

「幾年前，在雲南四川交界處的深山裡，發現了一具全身赤裸的男屍。令人費解的是，男屍的生殖器被割掉了。這個屍體是怎麼被發現的呢？說起來也很神奇。據說先是一個留守婦女看到一隻流浪狗嘴裡叼著一個勃起的男性生殖器在玩耍。開始她以為這是一個成人玩具，便將狗趕走，想將它撿起來自己寂寞時使用。沒想到撿起來之後，發現這竟是一個真傢伙，便驚叫了起來。尖叫聲引來了一群人圍觀。有人說這是張三的、也有人猜是李四的、還有人斷定是王二的……正議論著，村裡的幹部說：都別瞎猜了，還不趕快報警。打一一〇、一一〇……

警察牽來了一隻警犬。警犬嗅了一下生殖器之後，便一路向深山裡奔去，一直到了一個岩石邊才停下來。警察站在岩石邊向下一看，便看到了這具全身赤裸的男屍。」

我問：「你說的這些和人蟲有什麼關係？」

「別急嘛。」主席望了一眼車窗外黑黑的夜色，倒吸了一口冷氣接著說，「由這具屍體，警察查到了一個『人蟲』的案子。人蟲，就是個別富人精神空虛、閒得無聊，從人販子手裡買來嬰兒，按照自己對文化的好惡，只教授一種單一的文化或生存技能給這個孩子。等他（她）長大後，將其帶到一個完全陌生的地方丟掉。然後遠遠地觀察他（她）的生死——或者他（她）很快就適應了這個社會；或者他（她）因為無法融入這個社會而餓死、凍死；或者他（她）無法融入這個社會而過著生不如死的生活……一切皆有可能，而這些可能性則給丟『人蟲』者帶來了極大的樂趣。」

聽到這裡，我心裡害怕得發毛。背心冒汗：「這太壞了。這人……這個人……這比拿刀殺人還要狠。這是真的麼？真得有人會這麼狠心？自己撫養大的孩子，怎麼樣也會產生感情的呀！」我簡直不能相信主席說的故事是真的。

「飼養人蟲難就難在這裡。」主席說，「即便是養一條狗也會有感情。所以對於人蟲飼養者來說這是一項挑戰。挑戰自己能否心如鐵石。如果能證明自己是一個有著一顆鐵石心腸的人，那麼就可以證明自己在這個複雜多變的世界裡可以戰勝一切困難。」

「也許、也許……沒有這麼複雜。飼養人蟲，僅僅只是為了玩兒。」我將目光放在黑暗的遠處……漸漸地，目光被染黑了。

是的，世界變黑了。不是天黑了。

下車後我站在車窗邊沒有馬上離開，將頭湊近車窗問：「為什麼給我講這個故事？」

他說：「因為你是寫小說的，希望你能寫這個故事。」

我問：「為什麼是我？本本知道這個事情麼？」

他急急地回答：「因為你說你寫東西從不追求出版，這種內容寫出來也肯定發表不了。不過，你可以先放著……」還沒有說完，他的汽車就舉著兩束光亮忽高忽低、忽左忽右地消失在黑夜之中了。

黑色中，我在想：主席告訴我「人蟲」的事情或許是動了惻隱之心，覺得這個故事應該有人將它寫下來，讓後人知道在這個時代有人曾幹過這種一般人想都不敢想的惡事。讓那些簡單、純粹的生命處於複雜的環境之中不知所措……而背後卻有一雙冷酷的眼睛在觀察欣賞著自己創作的這幅作品。

「人蟲」的命運最後會怎樣呢？他們會將人蟲丟到哪裡呢？如果丟在荒無人煙的山野，也許直接就餓死凍死了——就像沒有出生過一樣；如果丟在喧囂的城市，也許又被人販子拐了，賣到深山裡給噁心的男人當老婆，被關在黑屋子之中——生活又回到了原點；或者被騙去聲色場所當小姐或少爺；或者被乞討組織弄斷手腳割掉舌頭，爬上街頭乞討；或者遇到一個好人，將她收留重新教養，讓其再次融入這個世界——重生？

心裡想著「人蟲」，我怎麼也睡不著覺。在院子裡轉了一圈之後，望了望天，沒有一絲雲，月光從如刀鐮的月亮上淌下來，在經過樹冠後在地上留下了黑白分明的影子，而我的影子一半在樹影裡一半在樹影外，像是被斬斷了似的。我想起了剛來時寫下的詩句：「風落山遠去，雲掛月孤眠。」此時那種靜謐的心境沒有了，怎麼也品不出其中的味道。回到屋子裡，打開電腦又寫下了兩句詩：

月似刀高懸

斬斷樹下人

有濕氣從窗子的縫隙擠進屋裡，有一些濕津津的感覺。視線也漸漸地模糊，不知是疲倦了，還是因為這淺淡的薄霧，我對自己說：「睡了吧。真是累了。」

窗外的霧氣也許濃了。間或有水滴打在葉片上的聲音，嘀嗒、嘀嗒地響。有農諺云：「久雨見霧晴，久晴見霧雨。」晴了好多天了，看來明天多半是陰雨天。想著、想著，就睡著了。

第四天

第二天早晨，我醒得很晚，直到本本來敲門。他站在門口樣子很疲倦。

我說：「昨晚真不好意思，我一直以為自己對這個國家已經澈底絕望了，不會再與人爭辯，只是一個人獨自寫點東西以緩解心中的憤怒。沒想到卻還是一個憤青。」

他說：「昨天晚上我想了很久……我想請教你一個問題，怎樣的作品才算得上是好的作品？文學的出路真的是下半身寫作嗎？」他猶豫著，「我以前也在寫一些下半身的東西，當然是為了賺錢。現在我正打算試著寫寫主流的作品，看看能不能擠進主流社會。可是昨天我們的一番對話使我對自己的選擇產生了懷疑。」

我說：「從書刊市場表現出來的現象是這樣。在現象後面，還有另一面。」

他問：「哪一面？」

我隨手指了一下桌子上放著的一疊稿紙說：「那些通不過審查的作品。」

本本看了一下稿紙，說：「你也在看〈那個人〉？這篇手稿我很久以前看過。是一個文學愛好者年輕時寫的。後來他放下筆不寫了。說是要『下海』賺錢，等成了有錢人之後再回來寫作。只是……有了錢之後就再也寫不出來了。」

「這個世界很奇怪，文學往往和困苦捆綁在一起。生活一旦過得好了，心靈也就被油葷給堵塞住了。」

本本沒有接我的話題，他指了一下桌子上的那一部手稿：「你覺得這個小說寫得如何？」

「讀起來有新鮮感。看得出來作者想要探討人性中單純的那一部分東西——如果人性不受文化道德的干擾會是怎樣？只是，好像小說沒有寫完。」

「是的，這是半部作品。小說因為作者沒有實際的生活體驗而寫得有些飄忽，缺少細節，只有靠唯美的語言來彌補現實的不足。」

「這一點我跟你的看法一樣。但我更關心的是：那個女孩回到社會之後看見了什麼？經歷了什麼？她會不會再走上她不願意走的那條道路？」

本本也覺得可惜：「唉！遺憾的是作者下海了。沒能完成這部作品。」

我突然心生一個念頭：「你說，如果作者賺到了錢之後，再回來接著寫這個故事，他會怎麼寫？」

本本說：「我猜……作者會寫她融入了這個社會。通過自我奮鬥，成為了一個有著成功的女人才能有的『煩惱的人』。」

「是錢多得不知道怎麼用麼？這在旁觀者看來，都是些幸福的煩惱。」我沒有再說話了，也許這正是賺了錢之後就寫不出好作品的原因吧。因為這個時代只有極少數的成功者。成功的手段只有兩種：暴力、欺騙。成功的人也只有兩種：官二代、或者騙一代。

說到這裡，本本猛地問我：「你認識這篇文章的作者？」

我說：「不久前這個小說的作者死了，我一個遠房親戚將這疊稿紙拿給了我。他說，這個小說裡也許藏著一個祕密，想請我看看能不能從中發現些什麼。」接著我又問他，「你呢？」

「我在中專剛畢業時，被分配到了一個偏僻的山村裡當小學老師。在那裡，給作者大兒子的女兒當過幾年家庭教師。」本本回憶著說——

大兒子對家庭教師提出的要求很奇怪。定了一個四項基本原則：一、不許碰她的身體，否則哪兒碰的便砍掉哪兒（我雖然正值青春，但總不會對一個兩、三歲的女孩子動什麼壞念頭吧，於是便答應了）。二、要按照主人提供的內容進行教授，除了指定的內容，其他的東西一個字也不能多教。還特別強調，像魯迅那種鬥爭性強的文章更不能提（我想：你出錢，當然是你要我教什麼內容就教什麼。除了教唆人犯罪）。三、絕對保密，不許對外人說當家庭教師這件事（在外面兼職，我正好也怕被學校的領導知道。保密，正合我意）。四、不要打聽所教孩子的姓名，來了就上課、上完課就走人，不准過多地逗留（呵呵，不知道學生的名字也無所謂。我想，依我的水平也教不出什麼大人物來）。

「他為什麼不請一個女老師來教？」

「我也有這樣的疑問。回答說，要讓孩子知道這世界上不只有女人還有男人。」

「不明白。」

「你不明白？還有更讓人不明白的事。有一陣子，他們還給那個女孩子裹腳。用紗布將小女孩的腳裹得像個雞爪，使本來就走不穩的孩子更沒法走路了。看到就讓人揪心。只是很奇怪，腳裹了沒有兩個星期就不裹了。」本本繼續說，「他家有一個很大的院子。院子裡有一個游泳池，游泳池邊還有一個與泳池差不多大的沙坑。主人要求我教女孩子泳池就是大海、沙坑就是沙灘。我猜想，他也許是受佛教影響，所謂的一沙一世界就是如此吧。也就是以小見大。我照著教了，指著游泳池對孩子說：這就是海，那池裡的水就是海水；那沙坑就是沙灘，裡面的白色的細沫就是沙子。主人還常常會在夜裡丟一些衣物到游泳池裡，要我第二天去上課時對她說：這些就是大海上漂來的物品。主人還時不時在泳池裡製造出波濤，讓我對女孩說：這就是海浪、潮水。

剛開始是教古代經典，誦讀《三字經》、《道德經》、《論語》等。到小女孩五、六歲時，主人又讓我教她《弟子規》，說這也是國學經典。我反駁說：這不是經典，是奴化孩子的。這是幾個中小學老師胡編出來，拍當今聖上馬屁的。」

「我更不明白了！」

「直到一個偶然的機會看到了雇我教書的人的父親寫的這篇小說，我才明白了一些。原來他的父親賺了錢，成為地方首富之後，卻再也寫不出東西來了。心情越來越不好的他後悔當初沒有將小說寫完再下海做生意——唉，一部偉大的作品就這樣夭折了。大兒子為了討父親的歡心，才想出了這個方法：將〈那個人〉在現實中創造出來。」

「哎！我好像也明白了。」

「錢不是萬能的。我不相信那篇小說中寫的故事能在現實中複製出來，加上那時我還年輕，還有一些血性，便辭職不幹了。如今一晃就過了十幾年，我已經要將這件事忘記了。」

我猛然聯想起了主席昨夜講的飼養「人蟲」的故事，便問：「你說的這事與主席說的『人蟲』是不是一件事？」

「有可能是同一件事。」

「那個女孩真的被男家教給『那個』了麼？」

「幸好我沒有教下去。否則那個被砍掉的雞巴就是我的。」本本覺得有些後怕，「其實男家教並沒有碰那個女孩，是主人家疑心太重。以己之心、度人之腹。唉！不說這事了，我背心都開始冒冷汗了。」說著他打了個寒顫，渾身抖了一下，壓低了聲音說，「這個事警方是嚴格保密的，不要對別人說。聽說警方正在全力尋找那個女孩。」

「警察找那個女孩子幹啥？是為了拯救她，或者要她出來指證養她的人？」

「公安機關並不是慈善機構，相反的卻是一個消滅給他們帶來負面影響的部門。」說到「消滅」

兩個字時本本眼睛裡閃出了一絲恐慌，轉了一個話題，「哎，不說她。我們還是談談文學吧。現在很難找到人談文學了。」

於是我們又回到了剛才的話題：什麼樣的寫作才是這個時代的精神？

我說：「有敵人的寫作。」

本本問：「有敵人？可否說具體一些？」

我說：「在寫作時，每一個人的內心裡都有一個敵人（也可以說是對手）。下半身寫作的對手是男人（或女人）——男作者的敵人就是女人，女作者的敵人就是男人。像你們這種拿本本的作家，寫作的敵人是內心的良知，就是怎樣說服自己心安理得的說假話，營造出一種虛假的太平盛世。還有一種寫作的敵人是社會制度，這種寫作者如果是處在一個專制政府的統治之中，他的敵人就是獨裁者……這樣一部作品的好壞就很容易判斷了，寫作的敵人越強大，那麼他的寫作就越有意義。如果他戰勝了對手，那麼這部作品就一定可以不朽。」

本本說：「你的意思是：選擇的對手越強大，才可以使自己越強大。但是，這樣寫出的作品根本就無法出版……」

我說：「無法通過審查的寫作是深埋在地底的地下寫作。它們就像是一座座火山，總有一天會爆發出來。我們的這個時代應該是產生大師的時代，它不像毛澤東的時代，只要發出一點不同的聲音就會被砍頭，或坐穿牢底。在那樣的環境中，一切思想藝術還來不及長大，就死於搖籃之中了。而現在相比起來，環境就要寬鬆一些，寫作者可以像火山一樣將自己埋藏起來，積蓄能量，直到爆發、噴湧。那是一股勢不可擋的力量。只是因為現在出版不自由，讀者無法在書架上看到它們而已。」

本本說：「我認為當下還有一種有價值的寫作，就是純文學寫作。」

我說：「這都是自欺欺人，連自由都沒有，又是如何『自由』地選擇了純文學寫作？這是一個繞不過的悖論——純文學寫作不是『自由』的選擇，而是『聰明』的選擇——是一些聰明的人，經過對這個制度的冷靜觀察之後，為自己選擇的一條可靠的、安全的通往作家的路徑罷了。與陶淵明式的逍遙與遁世的處世態度相反，他們選擇的是進取與佔領。套用一句老毛的話來說就是：文學的這個陣地不由我們來佔領，又由誰來佔領？於是他們來了並佔領著。只是獨裁者不會讓他們那麼輕易地獲益，獨裁者會用手指著這些作家對國際社會說：看，我們是自由的，不信你看他們——他們的作品不是順利地出版了麼？」

本本說：「如果獨裁者的手是指向我的，那麼我會羞愧地找一個地縫鑽進去。」

我說：「那只手確實是指向你的。你在為專制制度詮釋著這樣一個假像：我是在『自由』地寫作著。」

停了一下，我又補充說：「我認為在一個沒有自由的時代，為了自由而寫的寫作才是最有價值的、也是最重要的寫作。要使文字能夠在歷史中保留下來，必須具備有兩個條件：文本價值和歷史價值。以上只要具備有一項，那麼就可以在歷史的長河中激起一朵浪花，如果兩者都具備，那麼這部作品就可以在歷史中留存下來了。在一個獨裁的國家，能夠具備有歷史價值的作品就是為了自由而寫作，因為它表現的是那個時代的不自由的圖景。它能夠讓後人看到那個時代的獨裁者的無恥面目和人民的真實苦難。只是，這種寫作必須忍受寂寞，必須有足夠的信念和耐心與強大的政權作馬拉松式的賽跑。他很可能會在看到希望之前就死去，他的文字也很可能會跟他一起長眠於地下。但是這些都應該是一個真正的作家所要去承受的，只有這樣他才會偉大、才能夠不朽。

在中國作為一個官方的作家是可恥的。同樣，一個以寫作為職業的人和那些純文學寫作的作家，他們又是羞恥的。他們常為作品的出版而犯愁，常常為了怎樣換取一些錢來維持生計而操心。一個人忍受飢餓的時間是有限的，一個人忍受物欲與挑逗的定力也是有限的。於是他們只有降低自己的底線來獲得現實的利益。但是上帝是公平的，在獨裁的統治之下你得到了現在，就意味著放棄了未來。」

等我說完了之後，本本說：「我以前都是和我們圈子裡的人交流，今天和你談，有意外的收穫。我要回成都了。是專程來告別的。」在走到門口時，本本停了下來，一隻手扶著門框、一隻腳跨在門外，說：「你寫的那些，我也會。你信不信，如果民主了，我也會將寫作的敵人設定為政府。寫出來的東西一定比你更好。」

我說：「如果黑暗的時間很長，耗費了一代人的生命，那麼未來豈不是沒有人知道曾經有過的黑暗？等到民主了再寫，已經來不及了。」

「寫了出版不了，還不是跟沒有寫一樣？聰明的人是不會做這種無用功的。」說完他另一隻腳也邁出了門，並隨手關上了門。

我猜想他這次來，主要目的也許就是為了說出這句話吧。本本說的也許是事實，聰明人在任何時候都是聰明人。他們最明白市場需要什麼；什麼能吸引眼球引起大眾的關注。

我猜測我剛才說的那番話他都明白。他不做只是因為他是聰明人——不會做沒有現實好處的事情。

好吧！聰明人，永遠不會吃虧。

本本走了之後，芳鄰就來了。她對我說：「走吧。」

我跟在她後面，一路上我們誰也沒有說話。就這樣沉默著一直走進了古寺，進入了後院，穿過那一片小池塘，來到方丈的屋子。

方丈看了一眼芳鄰的眼睛就似乎知道了一切。他說：「你們什麼也不要說。不要提問。不要猜測。我送你們一句話——知無盡界、知無定數、不知才是這個世界最為快樂的快樂呀。『知道』將使我們的這個世界越來越確定、越來越狹小。擁擠、堵塞，就是現代人面臨著的困境；而後削尖了腦袋的突圍、搶奪，則是後現代的社會所面臨的難題。」

我說：「師父，我還是想問你一個問題。你也不怎麼接觸社會，那麼是通過什麼方式思考的呢？」

方丈說：「我也常常在想這個問題。每當我坐下來，安靜地讓自己進入一種無知的狀態——也就是什麼也不想——外部的世界好像因此而消失了，而我卻清晰地看見了自己的內心。那是一個『我自己』的世界，安靜極了，沒有外人打擾，我一個人可以靜靜地往源頭走。我想最終我又回到了母體——子宮。我覺得太極的圖像就是源於人在子宮中的感覺，旋轉、漂浮、沒有起點也沒有終點。而五行、八卦的圖像則來源於人類在胎兒時對自己的身體器官的記憶，金木水火土——對應的是肺肝腎心脾等等。通過認識自己再來認識別人。噢，我說得太多了，再說下去要折壽的。總之，出家人是以心來看問題，而並非是用頭腦。頭腦裡裝的是知識，心裡裝的是真相。知識有時是會變化的，而真相永遠不會變化。」

我心裡裝著一個問題，一定要說出來：「師父，聽說你在『文化大革命』時被造反派戴上『地主和尚』的帽子批鬥、遊街。你恨他們麼？這種恨應不應該忘記？」

「出家人是不會恨的。任何一種磨難都是經驗，使人成長。」

「那麼，作惡的人豈不是不會受到懲罰……」

「懲罰惡，不是人的事情。而是上天的責任啊！」說完他閉上眼睛再也不說話了。

剛出了方丈的屋子，芳鄰悄悄對我說：「壞人是會被懲罰的。聽說來批鬥方丈的造反派砸了寺廟的菩薩，還有一個人用步槍的刺刀對著肉身菩薩悟空的大腿刺了一刀。回家後在他刺肉身菩薩相同的部位，長了一個瘡。這個瘡越來越大、越來越深，用什麼藥也不管用。沒過一個月他就死掉了。」

我說：「我還是不相信惡有惡報。比如在背後指使紅衛兵造反的那個人，不僅沒有受到懲罰，反而還被裝在一個大大的玻璃盒子裡供人瞻仰。」我感覺她好像對我說的這句話並沒有什麼響應，彷彿對我說的話一無所知。

說著話我們出了古廟，天在這時陰沉了下來，大片的雲堆滿了山頭，緊接著就下起了暴雨。我和芳鄰在大顆大顆雨點的打擊下奔跑著回到了小屋。

才下午，天黑得就像是夜晚，我拉亮了燈。燈光下芳鄰脫下了濕淋淋的衣裳，光滑的肌膚及豐滿的身體顯露了出來。

我目不轉睛地盯著她說：「你的身材真好，皮膚也白得像紙一樣。」

她說：「還愣著幹啥，還不快把衣服脫了。」

我脫掉了衣服，她走過來抱住我。說：「今晚我就陪著你吧！」

我說：「你不是說我是好人嗎？不能讓好人變成壞人了。」

她說：「那是以前，我認為自己是人的時候。現在我已經不是人了，而是一個妓女。」

我說：「現在我不需要了，你回去吧。我不喜歡你現在的樣子，我還是喜歡過去的那個天真、純潔、乾淨，沒有被世俗的道德教化過的芳鄰。」

她說：「別。不要趕我走，我要靠這掙錢、生存。」

我說：「好吧，你就陪我說說話吧。」

「不幹那事，我只能收你半價。這是我的職業道德。你說對吧，凡事都要有個規矩。」她望著窗外越來越大的雨說。

「可是，你變了。由一個天使變成了一個妓女。這不是因為你從事的職業，而是因為你已經從心底裡認定自己從事的是一項污穢骯髒的職業，而為了生存，你又無法擺脫……」我嘴裡說著，眼睛卻不敢看她，只是緊緊地盯著黑沉沉的窗外，小聲地說：「……我猛然間就沒了興致……我一直認定，在中國掙辛苦錢的人，賺的錢才是乾淨的錢。包括你這種職業，而你現在卻因為我的出現而認為自己掙的錢不乾淨了……」我不知道應該怎樣說才能重新樹起她的信心。

她說：「還說呢，這都怪你。在你來這裡之前，我的客人從來都是幹完了就走，從來就不說什麼大道理。是你們讓我意識到了自己是一個妓女，就像你們所說的下半身寫作是體制下半身的陰虱一樣，我覺得我現在已經成了人體的下半身的陰虱了。」

我說：「但是……我還是喜歡以前的你。」

她說：「你看，你們多虛偽呀，既想要幹那事，又想要為自己找一個高尚的理由、浪漫的藉口。那樣不累麼？」

我苦笑了一下說：「遊戲。都是遊戲。你們在玩肉體的遊戲，而我們在玩思想上的遊戲。彼此彼此。」

她也許覺得自己太衝動了，轉而又溫柔地說：「來，你躺下來，閉上眼睛，不要動。」

我順從地躺了下來，說：「好吧。你來吧。」

我閉上了眼睛。四周黑黑的一團。芳鄰說：「昨晚，你們走了之後，本本對我說——『對於普通人來說，要做別人要你做的，不要做自己想做的，因為你自己想做的都是別人不想你做的』——他說這就是這個時代的本質。」

我說：「本本說得對，對於這個世界的實質，他靠得比我要近得多……因為這個世界每一個人都只為了自己，每一個人也只想要別人為自己做些什麼；所以一個人對於別人來說，如果他做他自己想做的事，那他就是在做對別人來說毫無意義的事情了。從上層到下層，每一個人都希望自己是世界指向的中心……如果你是處在這個社會的底層，那麼你就只能做別人要你做的事，而不能做自己想做的事。」

說著話，芳鄰慢慢地伏在了我的身上。我仰面躺著，窗外的雨還在下著，嘩啦啦地……連成了一片，像一張大大的網變成了一塊帷幔，鋪天蓋地地遮來，沒有一絲縫隙。

在雨聲織成的幔布中，我又奇怪地想起了一句詩：

窗外的雨還在下著，嘩嘩啦啦地……這樣的雨天是不會有人來了；在這樣的雨天，屋子裡的一切動靜都不會有人聽到……

完事後，我們躺在床上，她沒有說話，像是累極了。過了一會，我坐起來，望著她。她的臉有些紅，我們的目光對在一起，彼此都覺得有一些尷尬。我將目光移開……這時我看到她小腹上有一道疤痕。那是很明顯的破腹產的傷疤。

我吃了一驚，問她：「你有了孩子？」

她點點頭。

我再問：「孩子在哪兒？」

她說：「在城裡我老公母親的家裡。我每個月要去看女兒一次……就是利用經期去……再順便給婆婆稍一些錢……」歎了一口氣之後，她又接著說，「婆婆已經很老了，靠那一點養老金不夠用。」

雨下著。雨一直下著……天破了。女媧哪裡去了？我在心裡默默地問道……女媧哪裡去了……？天漏了。誰來補？

第五天

第五天，一大早我就整理好了隨身帶著的物品，開車回家了。

在臨別時，芳鄰對我說：「你一定奇怪，我為什麼變了。其實我要感謝你們，你們使我清醒了，意識到自己是個什麼東西。我是真正的清醒了，想早一點掙足錢，那樣就可以做一點其他的小生意。就可以早一點回到『人』的中間了。」

我說：「但願如此。可是我知道『人』的欲望是沒有止境的……希望你早一點到達目標。」

她抱著我吻了一下說：「我會記住你的。」

我回答說：「我也會想你的。」

走出院子，頭頂上的雲正在往天邊散開，明亮的陽光，像是被洗得乾乾淨淨了一般，透明地、潔淨地撒了下來……

開車往回走，在山腳下，我停下車，最後看了一眼身後的大山。模模糊糊的一片，昨日曾經清晰的細節呢？人、事、物也一起遠去了麼？

時間催趕著空間逝去。似乎起霧了——

山本不老
雲為白頭

與出城時車速越來越快相反，回城時車速越來越慢……當車速減到三〇碼以內時，我已經回到了成都。擁擠在蝸牛一般爬行的車河之中了。

周圍的空氣明顯地渾沌了起來，氣溫也明顯地升高了幾度。這就是城市與鄉村的區別。

下篇：死去的女人

現實與文本的交叉點

從梅花寨回來，成都時斷時續地下了兩個星期的碎雨。雨剛停下來的一個黃昏，太陽正要藏盡於遠山之後。我從陽臺望下去，地上的積水已經乾了。於是便準備出門散步，剛開門，又看到了我的那位遠房親戚。他正站在我的房門口，在撥弄著手機。看到我開門出來，他也有些吃驚，說：「看到你也好，省了我一塊錢的電話費。」

我說：「你可以敲門嘛。」

他說：「我不想驚動你的鄰居。」一副極為小心的模樣，好像是以前共產黨的地下黨。不知怎地我的心突然間就恐懼了起來，趕緊將他讓進屋子，而後將門緊緊地關上——

「那天電話突然斷了，我還以為出了什麼事。」

「哦，是我看到有人追來。便躲了起來。」

「你還需要那疊稿紙麼？」我想起首富的兒子懸賞二十萬元找稿子的事。

「不需要了。幾天前，首富的兒子就被抓了起來。」我能聽得出來他有些遺憾。

我的那位親戚坐下來，一氣喝了一杯水之後說：「那篇文章你看了嗎？有沒有看出點什麼？首富兒子被抓後，原來圍著他的人一哄而散。村民們都去他家拿東西。我也去了。嘿，他家修得像監獄一樣，高高的圍牆，厚厚的鐵門，裡面還有一個大大的游泳池。在被翻的亂七八糟的屋子裡，我發現在一個隱密的角落裡有一個信封，裡面有一封信。你看看會不會對破解祕密有什麼幫助。」說著他拿出了一個新的信封，再從裡面抽出了一個陳舊的信封。我小心地接過這信封，一陣陳年的黴味直串進鼻孔，令人作嘔。從紙質來看似乎已有百年的歷史了，但也不排除因為它所處環境的潮濕而過早地顯露出了一種老態。我打開信封，抽出裡面的信。黃色的信紙，就像那種祭祀死人放在火裡燒的紙錢。這紙很潮濕、很軟，有一種一碰就要破成碎片的感覺，我極其小心地掀動著。於是整個屋裡就被一種神祕的氛圍纏繞著。

信是很秀氣的鋼筆字，可以確定是出自女性之手。她的字跡綿軟柔韌，從起筆到尾筆一直黏連著不斷裂，隱隱地讓我看出了一種奇怪的意境，從她的字裡行間，從每一個筆劃的轉彎、抹角，都深深地藏著一種——委屈的韌性。

是的，從看那字跡的第一眼時，我就感覺得到這是一種孩子般的委屈。這種委屈隱藏在責怪之中。我當時還沒有看信的具體內容，只是從直覺上就覺得這是一種苦難的文字。

作文？日記？隨感？遺書？

對，只有深深的絕望才配得上這種字跡。我彷彿感覺得到她在寫信的時候，渾身都充滿了一種絕決，也許從她的周圍、在她內心的深處，她正感受著一種煎熬與折磨。可以斷定這種折磨已經很久了，甚至是習慣了。她的手並沒有像衝動的人那樣顫抖、不受控制，筆力依舊是那樣綿長、堅韌，墨蹟永不斷裂。只是在鋼制的筆尖上蘊藏了凝固的寒意，在黑色筆墨的包裹中，在靠近紙並被紙張擦淨的那一面，微微地閃著冷光，一點一點的氤動……一點一點地隨著筆尖流淌出來……也許那時她自己也沒有察覺。

這封信的字跡已經很模糊了。顯然，持信的人並沒有要好好保留它的願望，而是隨意將它丟在一個從不清理的角落。骯髒、潮濕。也許正是那樣的一種環境它才得以保留下來，沒有被澈底地毀掉。但是由於環境的惡劣，信上的字的筆跡幾乎要化掉了，就像是一具具腐爛的屍體，已經無法輕易地辨認出死者是誰。

我仔細地辨認著信中的字，大至可以猜測出信的內容——

我的世界有兩扇門。這兩個門，一個大一個小。小的門關起來就是一個閉封的空間，大的門裡則是一個半封閉的空間。那個空間裡可以看見天空。天空有多大？我的活動範圍有多大，天空就有多大。大的門總是關閉著的，開的時候一定會有老師或者父母進來。

我最喜歡大海，海水很深，比我一個人還要高。海水的邊邊上是白色的瓷磚，瓷磚外面則是沙灘。乾淨潔白的沙粒在一個坑裡面，我喜歡走在上面的感覺——柔軟到心軟。

今天老師教我念了一首詩：

蒹葭蒼蒼，白露為霜。

所謂伊人，在水一方。

溯洄從之，道阻且長。

溯游從之，宛在水中央。

詩中有一條彎曲著流淌的河。河是什麼樣子的呢？我問老師。老師指著大海說，河像一根長長的繩索，一直流啊流，最後流進了這裡。

詩中還有一條曲折漫長的路。路是什麼樣子的呢？我問老師。老師說，道路像沒有水的河流一樣，曲曲折折，通向另外一個地方。

河流彎彎。道路迢迢。

河邊會有一個少年在等著我麼？我沒有問老師，因為我猜測這是不能問的……

在文章的最後，我吃驚地看到落款署名：芳鄰。雖然落款的日期已經看不清楚了，但是那名字，也許是因為折疊在最裡層而且又是處於中間位置的緣故，還是可以清楚地辨認出來。

「芳鄰？」是你嗎。

「芳鄰，是你嗎？」我問。

天沉默著。窗外天黑黑的，夜幕降臨了。我知道，天在說：「你看……你也知道……天黑了，誰都是看不見的。」

天黑了。我望著窗外，發呆。我的那位遠房親戚是什麼時候走的，我也不知道。當我回過神來時，屋子裡空空的，只有桌子上擺著的那一封陳舊而泛黃的信封。

這一切都是在做夢？不。那封信真實地擺在那裡。我將信拿起來，辨認著文章最後的落款——芳鄰——沒有錯，是芳鄰。絕對沒有錯。

只是，此芳鄰是否就是彼芳鄰？

我撥通了我那位遠房親戚的電話：

「你什麼時候走的？我……」

「剛才你一直在發呆，像是在想什麼。我不好打擾你……」

「哦，對不起，我剛才想起了一件事。哦，請問，你知道芳鄰是誰麼？」

「芳鄰？什麼芳鄰？」

「芳鄰是一個人名。你見過她麼？」我急切地問。

「不認識。沒見過。」

我想起了本本說的他當家教的故事，便接著問：「我記得你說過村長家裡收養了一個嬰兒，她叫什麼名字？」

「不知道。」

「你見過這個孩子麼？」

「沒有。村長家修得像監獄一樣，高高的磚牆、厚厚的鐵門，外人根本進不去。」

芳鄰。彼芳鄰是否就是此芳鄰？

我決定再去找她。

趁著週末我又到了梅花寨。先是到了芳鄰住的地方，大門緊鎖著，我敲響了門——「嘭、嘭、嘭」，聲音裡空空洞洞的。從這聲音可以判斷出，聲波沒有在這個空洞的空間裡碰到任何東西。沒有人在家。那個倒塌了一半的土牆上，幾個星期前還開放著的小花已經謝了，幾片枯燥的葉子單調地站在那兒，顯示出營養不良的乾癟。沒有人會注意到它，它的生命就要走到盡頭。將死的花，沒有人會將目光停留在它身上。

從倒塌的土牆上看進去，矮小的皂角樹下的水龍頭乾乾的，靠近水龍頭的地方長滿的青苔也已經有些發黃。青苔的上面有一根幹樹枝狀的東西，仔細看去會發現那是一隻死去並風乾了的蜥蜴屍體。黑色的蜥蜴屍體與發黃的青苔，在陽光中製造出一個灰色的影子。像是在光明的肌體中，留下了一個傷疤。

過了橋，我又到了那個戶農家。房主人說，又來啦。我說，是，來了。

接著我問：「芳鄰呢？」

房東說：「回城裡看孩子去了。每個月的這幾天她都要去看女兒，這已經成了規律。在這裡生活的人也已經習慣了。每次看不見她，就有人說，唉，又是一個月過去了。」

聽房東的語氣，大家好像是在數著過日子。過一天是一天，好歹算是挨過去了。

我問：「你知道她城裡的家在哪裡嗎？」我真是急著想要找到她，以解開心頭的一個謎。芳鄰，那個在那疊稿子中浮現出來的身影，像一艘在大海中剛剛出現在視線中的小帆船一樣，沉沉浮浮、忽隱忽現，隨時都會在視野裡丟失。

「我只知道他老公的畫室在畫家村的邊邊上。」房東見我沒有插話便接著說，「不知道她平時住在哪裡。做這一行，是不會把真正的家告訴別人的。」

唉！我該怎麼辦呢？正在猶豫著，房主人問：「今天住不住下來呢？」

我想了一下說：「好吧，天也快黑了。」看見我答應住下來，房主人顯得高興起來，臉上露出了笑容。趁著他的高興勁，我問他：「能不能給我講一講關於芳鄰的事？」

房主人一口應承了下來：「好。好！你算是找對人了。她老公的畫室就修建在我老婆娘家的地裡。唉，就是看到她可憐，我才留她在這裡做這個。」說到最後兩個字，他加重了語氣，很容易讓人聽出「這個」是「哪個」。

「我先給你說著，等我老婆回來了，讓她再詳細地給你說。她對畫家村的那些好玩的事情知道的可多了。」

下面就是我根據房東夫婦講述的關於芳鄰的故事而整理拼接的記憶碎片。由於此文中關涉藝術家，為了避免直白的口水話影響藝術的品味，在下筆時我努力地讓文字迎合著藝術，使之配得上「文藝」這兩個字。另外，由於資料瑣碎及互不相干，為了便於全盤掌控，以下的寫作角度採用的是「上帝視角」——

畫家村：二十世紀九〇年代中期，先富起來的一部分畫家們時興起了在風景秀麗的郊外建房屋。畫家們稱其為畫家村。由於人都有攀比心理——你是畫家，你修建了一個，我又不比你差，那麼我也要建造一個。一來二去，規模就上來了，於是不僅是畫家們稱這裡為畫家村，而附近的農民也將這裡叫著畫家村了。

畫家村。多好聽的名字，又有知識及藝術的含量，這多少帶動了一些當地的經濟。因為畫家們修建的房子多為怪異，引來了不少熱衷於旅遊的人。他們懂門道的人看建築、看畫家、看畫，「嘖嘖」地點著頭稱讚著；不懂門道的人則夾雜在其中，感受著那一種朦朦朧朧的藝術氛圍。

這些遊人要吃、要喝、要拉、要玩耍……總之，就是要花錢。僻靜的山村突然間就有了活力。村長說：知識就是力量。村民們的看法則要實在一些，他們說：知識就是金錢。

在那種時候，那個地方，畫家是受人尊重的。他們的出入總能引來人們敬仰的目光。於是畫家們的身子在這時挺得總是要更直、更硬一些。凡事都有另類，在這個綠色的村莊裡經常可以看到一個長髮飄飄、緊鎖眉頭，氣質低沉的藝術家從碧綠的菜畦中穿過，在微風搖晃的歷史中留下一個深邃的背影。用農民的話來形容就是：他像一把舊犁從乾硬的田地沉沉地劃過，留下了一道深深的痕跡——如果在上面種下瓜則會收穫瓜，如果種下豆將會收穫豆。農民收穫的是瓜豆，藝術家收穫的會是什麼呢？

行為藝術：在這裡，時不時還會搞一些活動。叫作行為藝術。多數人看了之後不知所云，但每回總是有很多人圍觀，每一個人都興奮而又好奇。但是如果問這些好奇的面孔看到了些什麼，他們多半會什麼也答不上來。好一點的，他會對你說四個字：「看感覺啦！」對了，是這樣，感覺是不可言說的。那是一種極其個人的、無法言說的內心活動。

這似乎是在詮釋著一句話：不看白不看，看了也白看。湊熱鬧嘛！

不說這些藝術之外的話了，舉一個具體的例子吧：有一個女藝術家在院子的正中，凌亂地擺放著一組她來月經時，用髒了的衛生巾。隨著時間的不同，那些月經紙的顏色也不同，有些烏黑，有些灰黑，有些暗紅，還有一張是鮮紅的，像是剛出生的。這說明這個主人正在月經期中。這一組作品的標題是：「每一個事物都有自己的歷史」。

這個是很容易看懂的。說的就是女人的月經的歷史。越久遠越黑暗。越近代越鮮紅。但讓人並不知道其有什麼意義。中國人凡事都愛問：有什麼意義？有什麼目的？中心思想是什麼？大概是這個民族比較務實吧。於是有人就真得這樣問了：這一個作品對我們有什麼教育意義？（沒辦法，中國人就是中國人，逃避不了這種思維。）

女藝術家見到有人提問，自然很高興，因為別人的提問給了她一個發言的機會。她回答道：「女權主義，這個作品的意義就是為了張揚女權。你注意到我為什麼要把這個作品放在院子的正中嗎？這就是女性意識，它應該站在世界的中央，向人們宣布——我們女性才是世界的中心。」

在另一邊，一位這次活動的策展者則在一個筆記本上記著自己的體會：「在這個沒有言論自由的時代，發言的缺位使人們失去了交流的場所。沒有一個公共的媒介平臺可供人們發言、訴說……行為藝術家們則是以自己的行為，為自己創造了一次次發言的機會……」

憂鬱氣質的藝術家：在這個院子的一個角落，有一個憂鬱的藝術家，他神情沒落，目光低垂，長髮從額頭上披落下來，幾乎遮住了他半個臉頰。他的身邊是他的作品，一個雕像。這是唯一的一個認真的作品：一個沒有頭的人，肩扛著一個有頭的人在趕路。被扛在肩上的人驚恐地閉上了雙眼，他不敢看？不，也許他已經看見了前方的一個深深的懸崖、斷壁……

氣質憂鬱的藝術家孤獨地佇立著，沒有人在他的作品前停留下來。更沒有人向他提一些問題。這是因為看懂的人沒敢提問，問了就會涉及政治，會帶來麻煩。沒有看懂的人就像是什麼也沒有看到一樣。

憂鬱氣質的藝術家沒有給自己創造出一個發言的機會，從這一點來看在這次展出中他是失敗的。他更加顯得孤寂、沒落。

展出結束後，女藝術家走到他的身邊說：「你太認真了。毛主席說過，這個世界就怕認真二個字。一認真就會讓別人陷入痛苦的現實之中，而在現實中沒有人願意承受痛苦。」

憂鬱氣質的藝術家閉著眼睛問：「我應該怎麼辦？」

女藝術家說：「血腥、噁心、搞笑，去政治化。朝這條路走吧！這是捷徑。」這次活動的組織者（策展人）也走過來安慰他說：「並不是所有的人都能成為英雄，那麼我們有什麼理由要讓他們承受英雄般的痛苦？」

氣質憂鬱的藝術家說：「讓我想一想，讓我好好的想一想……別再說了……」說完低著頭走了。他的家在村邊的一個小山坡上。

孤獨的小屋：這是一個孤獨的小屋。這個小屋站立在山坡上，在低矮的灌樹叢中探出頭來，像是一個離群索居的人偷偷地打望著外面的世界。

憂鬱氣質的藝術家，低著頭披著長髮，向山坡上走去，那種落寞的神情像是山坡上的那座孤獨的小屋。夕陽從山頂上斜斜地射下來，山坡上的小屋過早地就陷入了陰影之中。再向前走兩步，氣質憂鬱的藝術家也可以進入到陰影中去了……

這個小屋是藝術家自己設計並親自督促著修建的。他不像是其他的藝術家，可以掙到大把的錢。他搞的是純藝術，當時在他準備修這個房子時，他對那個站在他面前，已經丟掉了農耕文化而進入到商業文明中，目光閃著金子般精明的農民說：「你是知道的，我搞的是純藝術。這個時代凡是純的東西就無法掙到錢，這個你去問問，誰都知道。所以我的錢自然就沒有他們多。」他指了一下那些新修建起來的閃閃發亮的小樓，接著說，「所以就沒有辦法一次性地給你一筆錢，買下這塊地。我想能不能這樣，由我出錢在你的地裡修建一座房子，房子的產權歸你，使用權歸我。哦，是這樣的，我只有二十年的使用權，二十年之後這座房子就完全是你的了，你看怎樣？」看到農民的眼睛中流露出的目光，他就知道農民不會答應，現在的人精著呢，誰也別想從誰的手中得到好處。於是他又補充說：「我可以每個月給你一些補償，就算是你這塊地可以產出的收入。」

看到藝術家憂鬱的目光，這個農民竟然鬼使神差地答應了。

農民在想——二十年後白得一座房子，還算劃得著。

藝術家在想——我在這小院裡畫個二十年，到時候一定會成為大師。如果成不了大師，那麼這個房子對我來說也是沒有絲毫意義的，我一定會選擇自殺。那時我的安身之處只要一個小小的盒子就夠了，用不了這麼大的地方。浪費。

憂鬱的藝術家進入到陰影中，轉過一個彎，已經可以完整地看到自己的那個房子了，紅磚黑瓦，外面圍著一圈土牆，簡簡單單。房子修好之後，農民有一種被騙的感覺，他找到藝術家說，這房子修得也太差勁了吧。二十年後還不就垮了？藝術家說，二十年後我早就成大師了，這個房子就成了文物。你知道嗎，越破舊的文物越值錢呢。這個房子以後只能是個寶，而不會成為累贅。

農民將信將疑地去了。離去時帶著一絲渺茫的希望。在這個世界裡只要還有希望，就可以忍受並生活下去。

那是幾年以前的事了。現在藝術家憂鬱地走進小院，迎面看到一棵皂角樹，這樹也是在幾年前種下的，始終也沒有長大，只是顏色越來越暗。顯得越加結實，像是化石一樣。

皂角樹下有一個水龍頭，靠近水龍頭的地方已經長滿了青苔。青苔上時常會有一隻蜥蜴在上面伏著，不動，憂憂鬱鬱地與他對望，像是一對默契的好朋友。只有在起風時，它才會一下子竄出，消失在他對面的草叢中。他也不清楚它為什麼會那麼地害怕風。他只有那麼理解：它不怕人，怕風。它為什麼不怕我呢？是因為我好嗎？是因為我好欺負嗎？是因為我無能嗎？「哼，我不是那麼好欺負的。」一想到這些，他動起了要殺死它的念頭。

於是他將目光掃向那個潮濕的結滿青苔的地方，發現那裡空蕩蕩的。它不在？他將手伸出，在空氣中感受了一下，沒有起風。它為什麼不在呢？它出什麼事了嗎？

於是，他開始思念起它來了。他在一塊石頭上坐下來。這是一塊他從這座山的山頂上滾下來放在院子中當凳子的石頭，他確定這塊石頭有幾億年的歷史，每次坐在上面——當屁股感受到一陣冰涼時，他就感覺到自己與深厚的歷史搭上線了——順著這個線索，他就可以冷靜地、完整地思考一件事情。

現在他就在完整地思考自己所走過的藝術之路。隨著身邊一個一個朋友不斷地走入世俗，並一個一個不斷的成功，他越來越覺得自己陷入了絕望之中。自己所選擇的道路是否是錯了？那些骯髒的月經紙及糞便，一次一次地引起轟動，並被所有的新聞媒體爭相地轉載播報，一個一個名人就這樣被製造出來。

下半身寫作、下半身藝術、下半身思考，只要是下半身，都能夠掙錢。女雞、男鴨。鈔票似乎都是從下半身塞進去，經過浸泡、發酵，然後又從下半身拉出來的一樣。

憂鬱氣質的藝術家在黑暗中憂鬱地想著，自己是否也應該換一個思路，換一套打法……

天完全黑盡了，眼前模糊成一團的皂角樹已經與黑夜黑成了一片。天上的星星，亮亮地閃爍著。天漏了？不像是傳說中的那樣——並沒有雨落下來。也許是天上也沒有水了。值得流淚的事情太多？淚已經流盡了。

孤獨的女人芳鄰：憂鬱氣質的藝術家一夜未睡，他望著天上的星星，直到目光也像星星那樣，疲倦地暗淡了下去——失去光澤。天色漸漸地就要亮了。

「在太陽升起的地方，一個小鎮的邊上坐著一個孤獨的女人，整個夜晚她都坐在那兒，不動。清晨，一束從東邊射來的陽光斜斜地照在她的臉上。乾淨、純潔、明亮，猶如一面透明的鏡子。」

憂鬱氣質的藝術家儘管覺得累了，但他還是沒有一點睡意。他背起畫板想隨意到外邊去畫一點東西。每回遇到困惑的時候，他總是背起畫板，四處走著，而後猛地停下來，一陣狂畫，將所有的忿恨都隨著顏料發洩到畫布上。每回都是這樣，總以為在這種筆墨之下會誕生驚人的畫面，就像是天才凡高那樣，但每回冷靜了之後又會覺得畫面中的東西不知所云。於是在那時他就會冷靜下來，對自己說：現代的藝術已經進入了理性的、學院的時代。

他沿著溪水向上行走，小溪邊開滿的鮮花，幾乎將河面遮住了，偶爾有幾片波光隨著斜斜的晨光照射的角度反射出來，映著他的眼睛像花兒一樣搖晃。

剛上完一個小坡，他就看到了一個蒼白的女人坐在一塊石頭上。像是一個雕像。這就是傳說中的望夫石嗎？

「一個背著畫板的青年畫家路過她的身邊時站在她的面前仔細地端詳著這個面部嬌美而憂鬱的女人。」

那種單純與潔淨是他只能在夢中見到的。他像是進入了夢裡。

「他問：『姑娘，你沒有家嗎？』她點點頭。

他向前走了幾步，又回過身來問：『你願意來我家嗎？』她猶豫了一會，然後又點點頭。她跟他去了，她不知道自己是否幸福。沿著溪水，她跟著他向下行走，小溪邊開滿著鮮花，幾乎將河面遮住。偶爾有幾片波光穿透草叢微柔地晃動著她的眼睛，但她絲毫也沒有反應，只是跟著默默地走。」

每走幾百米她都要坐下來休息一會。急喘著，蒼白的臉浮上了一片紅暈。他回頭問：「怎麼……才走幾步路？」她答：「從來沒有走過這麼長的路。」他想：我這是撿著了一個舊社會的富家千金小姐？

「你在家裡不做事？」她沒有回答他。轉過一個彎，太陽直直地就站在他們的前方，她驚惶地叫了一聲：「我的眼睛……看不見了。」說著就站住不動了。他停下來，看到她側著臉將眼睛緊緊地閉著。不得不說她的側臉很好看，白晰而輪廓柔和。陽光在她的輪廓上製造出了一彎黑影，使她的鼻子顯得楞角分明。他問：「怎麼啦？」她答：「太陽刺進眼睛裡了。」

「要我背你麼？」

她搖搖頭。努力將眼睛張開一個細縫，向他伸出了右手。他拉住她的手，在彎曲的小路上彎彎曲曲地行走，此時小路顯得擁擠起來。好在路上再也沒有別人。

進了他的那個小院子時，他才問她：「請問，你叫什麼名字？」

她答道：「芳鄰。」

「哦，芳鄰？」他停了一下，像是在找什麼詞匯：「真好聽。」氣質憂鬱的藝術家在院子中那個冰涼的石頭上坐下來，眼睛望著地上的一片落葉對她說：「大家都叫我『鬱』。」

「鬱？」

「對，憂鬱的鬱。」

「憂鬱。」

「是。很沉悶吧？」

她沒有回答他，將目光盯著地上的一片落葉。就這樣他們的目光在那片枯乾的落葉上相遇了。他們彼此覺得對方在望著自己。

太陽又爬高了一些，陽光漸漸地熱起來。身上也有一些燥熱。鬱打了一個哈欠說：「你有睡午覺的習慣麼？去睡吧。」

芳鄰跟著他進屋去了，屋內的光線有些暗，灰灰濛濛的，像是一座埋葬光陰的墳墓。芳鄰看到靠牆的一邊擺放著一圈古舊的木頭。鬱解釋說，這些都是從小溪中撿回來的烏木，有上萬年的歷史。每次看到它們就覺得自己被歷史包圍著，從而自己就會變得沉重許多。

芳鄰說：「在海邊也有許多這種黑舊的木頭，是被海浪沖上岸來的，有些很明顯地是船上的杉板。那些都是一個個的悲劇。」

鬱覺得有些奇怪，問：「你家在海邊。」

芳鄰沒有說話，也許是她發覺自己說的太多了。

芳鄰在床上躺下來，幾乎是合著衣服。鬱也在她的身邊睡下，沒有一會兒，他就忍不住伸手摸著她的身體，她背對著他一動不動。看到她的反應，他問：「你還是處女？」她沒有回答。他將她的身體扳轉過來，看見她的眼淚大滴大滴地淌下來，滴在枕頭上。從這就足以證實了他的猜測。在鬱看來，像她這樣年齡的女子，在這個時代如果還是處女，那麼就一定純潔得像女神一樣……

鬱將身子轉過去說：「睡吧，我不能讓一個女人的純潔斷送在我的手裡。」

在剛進入夢鄉時，鬱嘟嚷著說：「她是上帝派來的，一定是的……上帝派來的……女神……」還沒有說完，接著就是一片鼾聲。

鬱在此時進入了夢鄉……

芳鄰進入社會：雖然鬱對芳鄰很好，盡可能地少讓她做事，也從不對她說他在外面幹的事情。但是過了不久芳鄰還是看出鬱的收入在生活上的窘迫。這一天鬱從外面回來，滿臉汗水、一身塵土，剛在院子裡的大石頭上坐下。芳鄰便走近前去對他說：「我想……我想也出去上個班。不能總靠你一個人。」

「再給我一點時間，我是搞純藝術的。嗯，凡是做純粹的東西都需要時間。」鬱站起來擁著她的肩說：「只要一出名，以後就什麼東西都有了。」

芳鄰說：「你誤會了。我並不是嫌你賺的錢少，而是想出去多學一點東西。也可以解悶。」

鬱有一些感動：「好吧。明天我找朋友打聽一下，有沒有什麼工作需要人。」

芳鄰第一個工作是大型超市的收銀員。一開始是陪訓，收錢、找零、打小票，芳鄰很容易就過關了。交二〇〇〇元錢壓金之後，芳鄰正式上崗了。站在超市出口的電腦前，芳鄰很興奮。這就是她的新生活。如果過了這一關，她就可以成為一個普通人了。

剛開始超市里的人很少。選完物品出來付帳的人也是一個、一個地來，一個、一個地去。可是到了十一點鐘，人一下子就多了起來。望著在閘口前排成的長隊，芳鄰猛然覺得心跳加快，腦門上的汗珠，豆子一樣生長出來。臉色也變得蒼白。她低著頭不敢看長長的隊伍，可是又忍不住想看一看等待付款的人有多少。就在她用眼角的視線掃過人流時，她覺得頭一暈，便倒在地上。

回到家時，她對鬱說：「不知道為什麼，看到付款的人排成了長長的隊，我的頭就暈了。」

鬱說：「算了吧。你在家裡呆著，我養你。」

芳鄰還是不死心：「看看還有沒有什麼工作，讓我再試一下吧。」

鬱看了一眼窗外正要下山的太陽說：「回來時，我在街上的包子店買了幾個包子。等會你把它們熱一下，就當晚飯吧。」

又過了大概一個星期，鬱興沖沖地進了院子說：「我又給你找了一個工作……是在幼兒園幫著照看孩子。很簡單的，你准能行。」

第二天一早，芳鄰就跟著鬱去了。幼兒園園長與芳鄰交談了幾句就說：「你先試幾天吧，能適應就留下，適應不了也不要勉強。與孩子們打交道需要有極大的耐心。」芳鄰點了點頭。接二連三地，家長們把孩子送來了。園長把芳鄰帶到孩子們的面前說：「這是你們新來的芳老師。」介紹完之後，園長對芳鄰說：「你的任務就是看好他們，不要讓他們磕碰到就算完成任務。」園長走之後芳鄰看到眼前這些在一起玩耍打鬧的孩子，那麼得開心、快樂。而自己從記事時起就是一個人待著，只有幾個大人來來去去地在她身邊轉。她感覺心中一酸，控制不住自己，就哭了起來。

有孩子去報告園長說：「芳老師哭了。」

園長過來問：「怎麼啦？哪個小朋友欺負你啦？」

「沒有……我沒上過幼兒園，看到那麼多小朋友在一起玩，那麼開心。忍不住就哭了。」

園長低聲說：「別再哭了。小孩子看到你那麼愛哭，就不會怕你。你就管不了他們了。」

芳鄰還是忍不住，要哭。這份工作便只有不幹了。

經過這兩次經驗，鬱總結到：你這是密集恐懼症。不能在人多的地方工作，只適合在幾個人的公司上班。

「有那樣的公司麼？讓我再試一試？」

「好，我留意給你找一找。」

這次過後很久——足足有半年多——鬱去參加一個同學的畫展回來。在吃晚飯時對她說：「一個朋友的朋友的朋友剛開了一個廣告公司，需要人幫忙。」

她有些擔心自己又幹不下去，問：「人多麼？」

「除了老闆就兩個女的，加上你就三個員工，老闆平時都不在。他有很多事要忙。」

「好吧！我去。不能總靠你一個人在外面掙錢……」她頓了一下，有些自責地說：「如果我能夠養活自己，你就可以全身心地搞你的純藝術了……」

轉眼就過了兩個小時，房東夫婦也許覺得累了、也許是該講的都講完了。這夫婦二人都不說話了。極靜。本來就狹小的房間將這尷尬放大著、讓人更覺尷尬。

為了打破沉悶，我問：「怎樣才能找到鬱？」

聽到我的這個問題，房東的老婆一下子就興奮了起來：「你去畫家村找梅子嘛，她最瞭解鬱。他們是大學同學……嗯，對，是很好的那種。」

根據房東老婆的指點，我到畫家村找到了梅子。在一個別致的小樓下面，我說：「我是芳鄰的朋友。」她有些驚訝：「我從來沒有聽她說過她有朋友。我覺得她就像是從天上掉下來的人似的，乾乾淨淨、清清白白，一無所有……就像是……」她停頓了一下，「嗯……就像是孫悟空一樣。」

「我是才認識她的……」我的聲音竟有些顫抖起來，我解釋道：「就是一見如故的那種……」聽到這，梅子就壞壞地笑了起來：「你是她的客人。我明白了。我懂。」

聽到我在成都某報工作，梅子還以為我要採訪她，顯得很興奮。我只好對她解釋說：「我不是記者。我準備寫一篇關於芳鄰與鬱的小說，正在收集素材。」我沒有將「人蟲」的事講給梅子聽，因為害怕公開了芳鄰的身分之後對她有什麼不利。

「你是寫小說的呀……」梅子更加高興起來，說：「寫小說的，更好。記者的文筆寫我們搞藝術故事，總感覺不太搭。寫小說的文筆……嗯，應該會更好。」

梅子的講述很豐富，甚至有很多私密的隱私。中途我打斷她，小心地問：「你所說的這些，都可以寫進去……？」

她說：「你想怎麼寫就怎麼寫，不要有任何顧慮。我們搞藝術的最討厭干涉別人創作自由的人。」聽到她這樣說，我自己都覺得羞愧。看來我是在新聞單位待久了，而不自覺地染上了自我審查的毛病。

說著梅子就給我講述了她所知道的鬱與芳鄰——

簡略地說說鬱的過去

鬱的一切從左腳開始：在歷史的河流中生存著兩種人：一種人創造；另一種人跟隨。這兩種人在歷史中所起的作用就好比人的左右兩隻腳。創造的人（左腳）走出第一步，跟隨的人（右腳）跟著走第二步。如果歷史就此定格，那麼我相信前述的左右腳定理就可以成立。但再往前走呢？那麼就是從右腳的這一步開始算起，我們就會看到是這樣——跟從歷史的人走出了第一步，而創造歷史的人才走了第二步。「是人民創造了歷史，還是歷史創造了人民？」爭論由此開始，這就像是先有雞還是先有蛋的問題。爭論不會有結果，但卻很有意思，因為它可以耗盡我們一生的時間。人的一生就是將時間用完。能夠在歷史的河流中增加「水」的流量，對於歷史來說無疑也是一種貢獻。

同樣，在歷史的記憶中也存在著兩種文本：一種是真實、另一種是虛構。它們是歷史的左右兩隻腳，並由此構成了歷史的全部。這就是歷史。

得意的極少數人從左腳開始：天空漸漸放亮，鬱與梅子坐在晨光中看著陽光的手緩緩地伸展開來，最後握住了整個大地。陽光中他們的身體漸漸熱了……漸漸熱了，最後像是要爆炸一般。順著這種氣勢，鬱站起來說：「我們走吧。」說著便邁開了左腳。

（為什麼鬱走路總是先邁左腳呢？總結起來就是這兩個原因：一、小時候與母親進廟子裡，在跨門檻時母親總是要他用左腳跨過去，問為什麼呢？母親則回答說：叫你用左腳跨就用左腳，問那麼多幹什麼？二、長大以後，他發現每次國家高層的政治鬥爭中凡是偏左的都會贏得最後的勝利。於是他對第一個問題的答案就有了——左就是勝利的保證。）

梅子跟著鬱走在後面，美院裡一片空寂，這是一個假期，只有假期裡學院才會如此寂靜——像一個安靜的處女；而平日在開學時它則像是一個蕩婦，裡面充滿了各種尖利的聲音和狂燥的形體。鬱顯然很喜歡學院裡的寂靜，這有助於他對正在思考的問題深入。

他說：「任何行走的事物都有兩隻腳。兩條腿走路。歷史也靠兩條腿走路。影響歷史的人是左腳，走第一步；被歷史影響的人是右腳，走第二步。無論左腳還是右腳，我們每走一步都在歷史的河流裡增加了水的流量。量大了，就為速度的變化提供了前提條件。」

梅子側頭望著鬱，問：「那麼，你在這兩隻腳中是屬於左腳呢？還是屬於右腳？」

「左腳，當然是左腳。」停了一下，鬱像下決心似的說：「從現在起，我一定要用左腳起步，你看——左腳、左腳、左腳……」

走著的人在一條路上：鬱邁出了左腳，鬱走路無論如何都是先邁左腳。走在路上的他想：除非把我的左腳砍斷了，否則我永遠都是先邁左腳。因為我是屬於那種影響歷史的人。

十月的天空炎熱還留著最後一截尾巴。天上沒有雲。鬱從畫室裡走出來，陽光猛烈地圍住了他。好天氣總能給人帶來好心情。腳下的路是石灰質的，一走過就卷起一陣塵土，但是在明淨的天空下飛揚的塵土只能證明陽光的乾淨。

「塵土就像是夏日夜空中的熒火蟲在黑暗中竄來竄去。」

小路通向食堂。那裡有每天重複著的飯菜在不厭其煩地等待著重複著來去的人們。食堂裡還沒有人，鬱是第一個，所以一進入裡面他就感到潮濕與陰冷。他很快地買了兩個饅頭，把菜夾在裡面就出來了。陽光再次使他的心頭一爽——他在心頭默默地為自己發令：先邁左腳。這是他一個人的祕密，沒有人知道。想著、想著，他的嘴角就掛上了笑容。

石灰質的路在一串整齊輕鬆的腳步聲中像是一聲長長的歎息伸進了林子。林子裡的樹下梅子在等他，鬱的身影在長長的路上顯得有些孤獨。風從遠處吹來，穿過石灰質的路，徑直來到鬱的身上，將他長長的頭髮吹起，然後又匆匆地撲向林子。

風消失在林子裡，再也找不到它的蹤影。

走著走著，鬱停了下來，林子裡一個女人手裡拿著一本書站在一棵樺樹下，像是一幅畫。確實很美，鬱的目光到了她的身上之後就再也逃不開了。梅子的身體就像是鬱目光的監獄。而每次在目光被囚禁之後，鬱總是心裡頭甜蜜蜜地想：這是一座什麼樣的監獄？竟讓人有一種溫暖的感受。我是不是著魔了？

梅子向鬱招了招手，鬱踏著低矮的雜草過去，在她對面的一棵樹下站住。林子很密，樹一棵緊挨著一棵，所以他們只得靠得很近。這正是鬱心中的願望。風在這時恰好停了。靜。安靜。像是上帝正躲在一邊偷聽……

路像一聲長長的歎息：石灰質的路像是一聲長長的歎息伸進了林子，在那聲似有似無的歎息裡傳來了明顯而急促的喘息聲。遠遠地聽見就讓人知道那裡面正在發生些什麼。不要壞了別人的好事。所以遠遠地人們就避開了。歎息聲進入林子後像是迷失了，又像是找到了歸宿而疲倦地睡著了……

影子更是一聲長長的歎息：傍晚時分，鬱與梅子從林子裡出來。斜陽從天邊伸出手來，將他們的影子拉得很長很長，使影子看起來像是想逃離出身體。它們在害怕什麼？它們在厭惡什麼？它們在逃離什麼？鬱指著影子說：「你知道嗎？鬼是沒有影子的。」梅子忽然有一種想要表演的衝動，她緊緊地將身體貼在鬱的身上，神經質般地指著地上的影子叫喊道：「它們就要逃離大地、逃離我們，它們就要消失在天空之中……我們就要變成鬼了……」說著她向前伸出手，「快、快、快抓住它們。」鬱則很配合得緊緊地抱著她，像是在一個舞臺上，讓她平靜下來，對她說：「不，我看見這影子更像是一聲長長的歎息──幽長幽長──永遠也到達不了它的目標……」由於太投入，梅子感到自己幾乎就要像影子一樣癱倒在大地上、消失在空氣中。

之後他們對視著，一起哈哈大笑起來。那時，對於他們來說，生活就像是一齣戲。而他們正是男女主角。

生命則像一聲短短的尖嘯：在快到學生宿舍樓時，空氣裡一聲悶響，有個女孩從第四層樓的陽臺上飛出去了。只是一下，還沒有誰來得及數第二下，沉重的「乒」地一聲就響起來了。

空氣沉重地顫動著，將悲號傳得很遠很遠。

有力的男低音，在與死亡對話。死亡沒有回答，也沒有讓聲音進入地下，而是禮貌地將聲音拒絕在了門外。那聲音便只有沿著那條石灰質的小路進入了林子裡，躲在裡面，羞澀的再也不敢邁出林子一步。於是從那以後就有人經常看到林子裡有鬼魂出沒。

梅子與那聲音是相互洞穿的——她打了一個冷顫，衝過去，看見一個同寢室同學倒在血泊之中，像一朵開敗的花，根本就辨認不出來是誰。她怔怔地看著血泊中的同學，頭腦一片空白。徐徐的風裡帶著死亡的氣息在顫動的樹葉間遊曳。

是「沙沙沙沙」還是「殺殺殺殺」？沒有人敢去林子裡尋找答案。

記憶就像一曲凌亂而散漫的音樂：隨著歲月流逝，記憶中的往事漸漸暗淡。惟有一些抹不去的東西卻像是膠片顯影一樣越來越清晰，越來越鮮明。這種記憶常常從夢中走出來折磨著梅子，叫她無端地久久牽掛。那個跳樓自殺的女同學便是她在記憶的膠片上一個抹不去的纖細的影子。梅子有時會在白日的幻覺裡看見她站在明媚的窗臺前的剪影，沒有立體感，那只是一個二維平面。她似乎可以清晰地聽到她的腳步聲悠遠而連綿不斷地飄忽在通透的空氣裡，層層跌盪，像一種音樂——來自繁星的天籟之音，一點一點地聚凝在她的瞳仁裡，彷彿這聲音是看見的而不是聽到的——消融在幻覺之中，最後成為實實在在的盲點。

天空持續晴朗，陽光下人們的心情晴朗地走向——明天和明天的明天——鬱夾雜在中間，心境就像是他的名字一樣——相對地他有些像是個小灰點——盲點？「我為什麼與別人不一樣？」他也弄不清楚，但更不明白的是：有些人為什麼連死也不怕，還害怕活呢？死去的人的天空澈底地黑著。死了的人不怕死後的沉寂，活著的人不怕活著的迷惘。

看得見的死亡都是向下墜的：梅子依稀記得那一年的秋季陽光和煦。道路兩旁的樹和每一年的秋季一樣，枝繁葉茂地覆蓋著校園的小徑。經過一個春天與一個夏天的生長，樹葉有些兒發黑，顯得老成，但還沒有來得及落下來。似乎在等風來，好順勢落地。女孩們還是穿著鮮豔的服裝，在黃昏時分灰暗的小道和低矮的房屋間飄蕩，使人們覺得離寒冷的冬天還很遠很遠。

然而一年又一年的秋天，誰知道這延續的時間裡面隱藏了多少的不安因素。人們只不過是在表面的平靜中等待罷了。這個季節梅子變得比以前更加惶恐，像是有什麼東西正在從高處墜落，砸在僅懸於一線的心上。十月五日下午沒有課，一大堆衣服等著去洗，在學校外面的小百貨商店她買了兩袋洗衣粉。桉樹葉斑駁的影子投在路上，陽光綠得刺眼。

可是剛進宿舍，就看到鬱寫給她的字條，只有三個字：林子見。於是她放下洗衣粉就去了林子。

一個星期前，梅子在回宿舍的林蔭道上遇見了住同一層樓的龍圖。她走到梅子面前時突然說：「我看到一周後有人從四樓上掉下來，抬到校醫務室去了！」她怔怔地看著地面，頭腦裡一片空白，徐徐的風裡帶著死亡的不祥氣息在顫動的桉樹葉間遊曳。

梅子看見龍圖臉上詭秘的笑意——她一直覺得龍圖的身上有一種巫婆的神祕氣息。這笑意清冷而凜冽，直叫人內心哆嗦。

梅子問：「是誰？是誰？」龍圖也不說話，含著笑意就走開了。梅子的心急速地跳著，她早就聽人說，龍圖的身上有一種神祕的東西。

剛過一個星期。現在梅子懵懂地跟著抬著跳樓同學的男生們，向校醫務室走去。校醫務室是一棟兩層樓的老式紅磚建築，流行於七十年代的大學裡，現在多半都在推土機的鐵掌下崩潰了。紅磚牆上爬山虎的葉子一陣瘋長，裡面的牆上刷著用白色塗料寫的標語：「你們是早上八九點鐘的太陽」，時間長了灰白灰白的，顯得舊而且髒。長長的通道出奇地黑，白日裡沒有開燈，對於剛從陽光裡進來的人來說幾乎是什麼也看不見。通道盡頭的長窗戶雪亮的光白得有些詭異。進入校醫務室的走廊後漸漸地聽到了斷斷續續的哭聲，這哭聲拖遝冗長，讓她略感漠然。聲音是從第二間病房的門裡拐了彎傳出來的，淒婉而無助，悲悲切切地回蕩著。梅子順著哭聲走過去，站在門口，什麼也看不清。只感覺到眼前層層疊疊的白色。白色的門敞開著，白色的牆上幽幽地飄蕩著死亡無聲的影子。醫生的白大褂更是忙碌地來回晃動著，叫人暈頭轉向。從樓上摔下來的女孩被一片雪白的紗布包紮得嚴嚴實實，好像惟有這種嚴密的包紮才可以擋住她漸漸向外流逝的生命。在門口只站了一下子，她便被醫生給趕了出來。

梅子不知道那慘白的紗布裡面細若游絲的生命對於自己的意義。恍恍惚惚地從校醫務室陰暗的通道裡退出來，回到戶外的最後一抹夕陽裡。整個身子冷得發顫。女生寢室的樓下站滿了人，她被堵在過道外面根本進不去。

她又看見了龍圖詭秘的笑臉。是誰摔下來了？

「××。」

「是誰摔下來了？」

「××。」

「是誰摔下來了？」

「××。××。××。」

梅子不再問了，只感得有些暈旋。××——一個美麗的女孩——直到現在她都不願提起她的名字。午飯時間，還見過她，穿著帶帽子的紅裙子，頭上高高地束著馬尾辮。鮮亮的口紅把本來就白皙的膚色忖得更白，幾乎白得透明。她們匆匆地在樓梯的拐角處相遇，還相互問了好。

一個小時後，證實了××死亡的消息。死亡發生在一九九七年十月五日傍晚六點四十六分。××，鮮明而燦爛的影子就在這個秋季永遠地冷卻了。

兩個月過後已經是冬天，冷氣逼人，梅子參加了××的葬禮，小小的白色骨灰盒被置放在了地裡，××的父親彎下腰——向下，沉重的下墜，父親的腰彷彿承受不了這小小的白色的盒子——下墜，沉重而無聲，短暫且漫長。下墜，為什麼所有可見的死亡都是向下墜的？梅子感覺到那短短的負一米，濃縮了一個生命悲情的一生，從此她才真正地消失，走完了她在地面上的所有路程。

黑暗。梅子看見了黑暗。黑暗。她看見了××的黑暗。真漫長啊！那無邊無際，沒有盡頭的黑暗。那天她看見了死亡真正的面孔。它永遠那麼年輕，那麼充滿著活力，在與人們玩著追逐的遊戲。梅子害怕死神哪天就會盯上自己。

只有一種死亡是向上升的：對於××的死梅子感到恐懼，她像是害怕般躲在鬱的懷裡問：「為什麼所有可以看見的死亡都是向下墜落的？」

鬱說：「因為他們死前是在高處。」

梅子說：「我不要在高處，我害怕下墜。那種血肉模糊，那種難看的樣子，叫人恐懼。」

鬱說：「只有一種死亡是向上升的……」

一片落葉掉在梅子的頭髮上，鬱輕柔地將它拿在手上說：「那就必須是在地平線之下。比如說海裡的魚的死亡就是上升的，它們浮出水面，肚皮向上，展示著蒼白無聊的死亡顏色與腥臭難聞的死亡味道。任何人看了都會噁心。」

梅子說：「別——別再說了。」

鬱似乎沒有聽見她的喊叫繼續說：「如果生前是活在道德底線之下，那麼他的死亡就一定是向上升的。人們會鬆一口氣說：瞧，那個壞人終於死掉了。」

只有墮落之後的死亡才能向上升。而誰又願意墮落呢？

操場邊有一個紫色的影子飄過，紫色在陽光下呈深紫色，就像是正在變黑的血。隨著影子的縮小逐漸成為黑色。

鬱指著那個消失的黑影說：「像那些女人的死亡也許就是上升。」

「哪些人？」

「學校裡的有些女人就是那樣，男同學們叫她『公共廁所』，很骯髒吧？可這裡就是這樣，以後你會習慣的。」鬱聳聳肩，眼裡含著悲哀。

「公共廁所」梅子驚愕地站在那兒，一陣暈旋。渾身像被千萬隻螞蟻爬過般難受，被男生說成那樣真是可悲。侮辱！對所有女人的侮辱！梅子心裡想著，可她還是似懂非懂，她一時還無法把「愛情」和「公共廁所」放置在同一空間裡，但她知道也許這是兩種並存的東西。鬱伸手把她攬在懷裡緊了緊，一股溫暖的氣息濃濃地圍繞著她。鬱好像看出了她的失魂落魄，想安慰她，可最終什麼也沒有說。梅子知道自己愛鬱，現在又隱約地感覺到這種愛將使她告別無憂的少女時代，從此也許還會與日俱增地給她帶來傷害。

吹過一陣風，幾扇玻璃窗哐啷哐啷地響著。天又潺潺地下起雨來。他們牽著手向宿舍樓跑去……雨點發瘋一樣追逐著他們的腳步……

死亡的黑髮遮蓋了天空的亮度：梅子幾乎每天都要看到××悲傷的長髮穿過樹林，穿過長廊，穿過操場，穿過龍圖的身體，冰冷地拂過她的臉頰，遮住了她的天空，在她的耳邊輕輕地哭泣。然而飄蕩在耳旁的卻是自己的長髮。梅子仍舊覺得混淆，分辨不清自己和××，而這種混淆隨著××的死亡變得越來越劇烈。梅子和××都狂熱地愛著鬱，因為鬱看起來就像是藝術的化身——眼睛裡裝滿著憂鬱，讓人覺得他背負著人類的重擔——現在××死了，只剩下梅子一個人在這個世界上了。彷彿××生前她們尚且是兩個人，××死後她們便重疊成了一個人。

鬱說，××的自殺是註定的，就像冬天遲早要來那樣真實。他說，他早就在××身上看到了絕望和悲觀。他說，這種情緒簡直就像一種瘟疫蔓延在學校裡。

鬱說，他與××曾經在學校後面的工廠裡做愛，那是一處破敗的所在，牆壁上，檯面上堆積著厚厚的灰塵，舊得發黑的機器像是被施了咒語的怪獸，僵硬地凝固著。空氣卻明淨如洗，陽光從天棚的小窗戶漏進來，投下的影子像一把刀，正好把××的身體剖為兩半。陽光下××的皮膚像石灰石的礦場一樣，透著灰白，白得叫人絕望。鬱說他把她帶到樓上的男浴室，讓她貼在浴室冰冷的水泥牆上，像是一個狂亂的暴君，他唯一想要做的就是要融化她，讓她灰白的皮膚紅潤起來。然而，她竟像大理石一樣的冷。她的喘息，不，是他自己的喘息撕爛了他的胸膛，他的血液在急促地鳴響，他不顧一切，他變得瘋狂。而她，只是使勁地別過頭去，留給他一個側面，那是一個絕美而淒傷的側面。那側面越變越薄，彷彿只是一張剪紙，又彷彿是畫在這浴室牆上的一幅畫，僅僅是一幅已經褪色了的畫——記憶久遠而模糊——他甚至不敢相信那一切都是真實的。而只有腮上的淚珠在現實中慢慢地往下滑，像是自殺一樣摔落在地上，濺成一朵淚花。鬱說，××的淚珠冰瑩、圓潤，在他的眼裡越變越大，彷彿成了天邊的一輪月亮。

梅子說，那天在浴室裡不止他們兩個，還有我。關於那一天的一幕幕，她看得真真切切。××沒有哼過一聲，梅子也沒有哼過一聲。

梅子說，女人只有去承受。沉默地承受一切。

鬱說，他就是去做，做一個又一個荒唐的事。但他決不會像××那樣去自殺。

梅子說，她有時覺得自己體無完膚，但她不知道××是不是也有這種感覺。××死了，她彷彿在幻想裡也經歷了一次死亡。××的死亡像一個巨大的車輪把梅子的心碾得粉碎。塵埃、粉末及迷霧彌漫開來，淹沒了她的生活。

梅子看見死亡的黑髮遮蓋住了她的天空的亮度。

三個人兩對人的事：鬱把梅子從草地上抱起來，暮色裡的草地上留下了他們交織在一起的長長的十字形的影子，這影子很長很長，在陽光下伸著、展著，像是古代的戰戈要將時間刺透。又像一聲長長的歎息滑過空洞的空間，使悲傷成為無意義的黑洞。

這聲歎息很清晰地伸長，一縷一縷地，向前伸著、展著、飄著……像是××黑黑的長髮。這長髮有時是編織著的，形成一根長長的繩套緊緊地勒著梅子的脖子讓她喘不過氣來。她只有拚命地掙扎，想往外逃脫，卻發現有一個東西卻正在擠進她的靈魂，讓她覺得自己像是變了一個人，變得像是她所熟悉的人——××。

梅子感到有些害怕，跑回宿舍。慢慢地走到燈下，低頭看著地上的影子：影子慢慢地縮短，向她的身體逼過來……她眼睜睜地看見影子消失了——進入了自己的身體之中。

它去了哪裡呢？真的進入了自己的身體？

她抬頭望著窗外的天空，月亮升起來了，掛在頭頂上，圓圓的、亮亮的、瑩瑩的、滿滿的，像是掛在××腮上的一滴眼淚。

天空中的月亮是陰鬱的、幽遠的，像是她和××一起玩耍時放飛的那只氣球。她差點哭了，向山頭跑去，想抓回它，而××則抱住了她，堅定而緊緊地抱著她。直到她平靜下來，才拉著她的手回去。那時梅子就知道自己是弱者，而××則是一個強者。一個真正的強者，甚至敢於選擇死亡。

梅子懼怕死亡，她甚至不敢抬頭看鬱的臉，因為那樣就會看到鬱身後深黑的天空中的月亮，那會讓她莫明其妙地聯想到××蒼白的臉、聯想到世界的盡頭。她害怕在那裡——另一個世界——與××相遇。

她說：「在那時我常常看見夜空，看見夜空中蒼白而圓滿的月亮，就像看見××已經逝去的臉隱藏在天空之中……」

死亡的謠言：龍圖說她在××黑白分明的大眼睛裡看見了災難，有人說她是一個不吉祥的女人。命硬，不是克死別人，就是自己要選擇毀滅。也有人說××與梅子兩人中必須有一人死去。否則鬱與××、梅子三個人都會被毀掉。

人們竊竊私語，說浴室裡每晚都會吹出一股陳腐而陰冷的風，風裡有時會隱隱約約帶著哭泣，仔細聽起來又好像是窗外爬山虎的葉子顫抖的沙沙聲。人們說××在做著準備，她像是走進了一個死胡同裡，現在正在接近終點，因為人們在她的眼睛裡看見了一種讓人可怕的堅定。像是電影裡共產黨員的眼神，而她卻不是中共黨員。她駕馭不了那種堅毅的態度。

梅子記得有一天××對她說：「我們三人中只有我死才最合適，我死了對於你們兩個人來說是幸福，而你們兩人中的任何一個人的死對於別人都是痛苦。」

最後她歎了一口氣。

梅子當然不想××死，但心裡又奇怪地期待著她的消失。只有這樣她才能回到正常生活的人群之中。想到這裡時梅子發現自己對生活竟是如此的期待。

梅子看見龍圖背後的女生寢室就像××濃黑的長髮，陰鬱地像是萬物復甦的春風裡沉寂著的厚厚窗簾。樓下有一盞路燈孤零零地期盼著黎明的到來，它昏黃的光像風燭殘年裡老人的淚，忽明忽暗、或有或無。那天傍晚前梅子還見到了××，她穿一件血紅色的風衣，形單只影地走過樹林。走進暮景裡黯紅色的女生宿舍，幾天時間裡她明顯地老了，一種衰敗的美，風衣在風裡蕩漾，飄揚的衣角把人們異樣的目光和竊竊的話語統統遺棄在身後的陰影裡。她的嘴角帶著莫明的笑意，然而梅子還是看得到她目光裡的悲傷，這悲傷讓笑容變成一種徒勞的掙扎，而這種徒勞的笑容更是讓她看到了辛酸。她們擦肩而過，相互沒有說話。她去了林子，她回了宿舍。

一個小時之後，空氣裡一聲悶響！驚懼的慘叫聲劃破雲霄。她知道，那是××的聲音。她的生命隨著驚懼的聲音結束，戛然而止……

龍圖還說高老師在打××的壞主意。她說她看見就在××跳樓自殺的前幾天，高老師把××叫進了辦公室。龍圖說她在辦公室的外面等了足足有一個小時。××出來時臉上有乾涸的淚水的痕跡。還有她襯衫上的扣子扣錯了一顆。待××走了之後高老師還偷偷地將頭伸出來探了一探。

對於龍圖的這種說法，梅子還是相信的。高老師的辦公室在學校一條已經荒蕪了的小路盡頭，是一個古舊的屋子。紅磚、灰瓦，方方正正。就像是一個盒子。據說文革時那裡堆放著武鬥中被打死的紅衛兵的屍體，陰氣很重。沒有人敢到那裡。所以高老師就把它要了下來，說是為了清淨，好搞創作。由於那房子沒有人願意要，所以學校就爽快地答應了。其實除了創作，誰知道他還幹了些其他的什麼？同學們背地裡都說高老師變態。可是儘管如此，高老師還是經常獲得一些國家給予的獎章，在藝術方面還算是有建樹的。對此，鬱曾總結說：天才都是怪人。

鬱對梅子說：「我覺得××像是被死神盯上了，臉色蒼白地就像是聊齋裡被女鬼吸了陽氣的書生。」

梅子說：「今天我在校門口遇到龍圖，她說她看得出來，我贏了××。她的眼神怪怪的，我不明白她說的是什麼意思。」

鬱說：「別理她，那個女人有病。沒有男人的女人是不正常的女人——心理不正常。」

龍圖是一個胖胖的女孩，臉圓得像月亮，但卻不像月亮那樣瑩白，而像是火山灰一樣灰黑。是黑月亮。有一天××對梅子說，如果龍圖的膚色再白一些，那麼看起來也許會乖一些，胖乖胖乖的。她說，有時候她真的有一種想在她的臉上撒上一把麵粉的衝動。

「不是為了別人，更不是為了她，而是為了自己的眼睛舒服一些。」××真認地望著梅子，彷彿是在詢問她該不該去撒那一把麵粉。

梅子以為××只是說著玩玩，但沒想到那天中午吃飯的時候在學校食堂裡，××真的像是中了邪一樣地走到龍圖的面前，將早已準備好的麵粉，放在桌子上，然後說：「搽上它吧，白了就好看了，來，搽點吧，俗話說，一白遮百醜。」

龍圖一開始還沒有反應過來，等到食堂裡的人全都大笑起來時，才意識到自己受到了嘲笑。她站起來一伸手就將××的臉抓了五道指印，接著又想來第二下，好在人們已經將她們給拉開了。

後來龍圖說，如果不是人們拉得快，那麼她一定要讓××的臉像開春剛耕過的土地——一道一道的。那樣她就可以給××送去石膏了，讓她也好好地「補」一「補」。

那天在小樹林裡，梅子對鬱說：「××好像有點不正常。」

鬱說：「沒有男人的女人（指龍圖）不正常，有很多男人的女人（指××）也不正常。」

××死了，像一隻大鳥從天空中墜下：××想飛，可沒想到卻是在向下墜。也許是：可見的——肉體——在向下墜；不可見的——精神——在向上升。

黑色的長髮因身體急速地下墜，而高高地向上飄起，像是一千隻、一萬隻……甚至更多的伸向天空的手。

那些手想抓住什麼？是想抓住空氣中的一根救命稻草？頭髮向天空伸出了成千上萬只手，絕望而孤獨。遺憾的是天空中並沒有一根救命稻草，甚至連一葉正在緩緩飄落的雪花也沒有。

××的身體徑直地掉下去、掉下去……

直到「乓」地一聲才戛然而止。彷彿時間突然停止……不動。世界停止了……××的世界停止了。

梅子的行為藝術：梅子的畫室裡，爐火一天比一天小。微明。像是微明天空中的星星，漸漸地要從轉亮的天空中退出去。微暗。一切都像是一種暗示、隱喻。

梅子坐在一幅沒有畫眼睛的畫前，像吸毒一樣地吸著煙，樣子好似自己隨時都有可能隨著嘴裡吐出的煙圈消失在天空裡。

鬱坐在梅子的對面，看見梅子的身體恰好和她身後的畫重疊在了一起。現實與虛構的統一。有時鬱覺得飄散在天空中的煙圈，像一個個的繩套緊緊地套在自己的脖子上，讓他喘不過氣來。而此時再仔細地去看那些煙圈，它們卻早已不知去向。鬱有一種怪怪的感覺，像是在陰間，但煙頭上那微暗的火確實能夠給他帶來一絲溫暖，只是又覺得這還遠遠不夠，不能夠驅散心底的寒意。於是只有喝酒、喝酒，不斷地喝酒。鬱有時甚至覺得自己不再是自己的人了。「要紅酒？」梅子總是這樣問，然後就直接給鬱倒上一杯。

「看著暗紅的酒與微暗的火連成一片，我就覺得這個世界並不是屬於我們的。」鬱對梅子說：「其實我還是不會喝酒，我從來不認為酒是香的或者甜的，歷來在嘴裡都是澀澀的，然而，我要的就是這種迷醉的感覺，爐火的昏黃，酒的暗紅，在血液裡緩緩流動的濕熱的酒精像一隻迷途的羔羊。」

喜多郎的音樂從錄音機裡傳出來，慢慢地，有點變調，也許是磁頭髒了，幽幽地、刺耳地傳來，聽起來像是時間在這裡也變得慵懶起來，不想動彈。梅子說：「不想拿去修，就讓它這樣拖著唱，像是背著一個沉重包袱走在街道上，還是另有一番滋味。」

鬱說：「就是，好像是走進了一個死胡同。只好走慢一點，走得越快，就越早到達終點、看到結局。」

接下來他們誰也不說話，像是在這個胡同裡睡著了。

再接下來，不知是誰碰了誰一下，情欲就這樣輕易地又燃起來了。他們開始做愛。在進入她身體之前，梅子推開了他：「來，把套子戴上。」說著就拿出了一個。鬱奇怪地問：「我們不是從來就不用這個嗎？」梅子說：「這次一定要用它。來……聽話……」

音樂在慢慢地唱，時間在漫漫地流。兩個人像死一樣沉默著。抽動著。直到錄音機裡傳來「卡」的一聲，音樂停了，鬱也射了出來。梅子才像是睡醒了一般跳起來，她說：「來，把套子給我。它是屬於我的。」

「它們是我的才對。」

「它們跑出來的時候正在我的身體裡面。」

「它們原來在我的身體裡面是屬於我的。」

「它們並不喜歡你，所以努力地跑到我的身體裡來。」

「好吧，你贏了。給你。」鬱笑嘻嘻地把那黏糊糊的東西給了梅子。他還以為是她要幫他把它丟了。可是沒想到梅子卻跳起來跑到屋子的一個角落，拿出一樣東西說：「我給你看一樣東西。」說著就從牆角裡抱出一個精製而漂亮的木質骨灰盒，放到鬱的面前。鬱看到後，大叫了一聲說：「你瘋了，把這東西拿回家裡幹啥，嚇死人了。」

梅子這時像是完全變了一個人，她興奮地說：「你看嘛，這是我做的行為藝術，已經有九個了。」說著她揭開骨灰盒的蓋子，從裡面拿出了九個避孕套，舉在鬱的面前：「這裡面是九個男人的精液，你是第十個。我要用自己的身體收集十三個男人的精液，代表耶穌的十三個門徒。將它們收集起來放在骨灰盒裡，然後埋在校園裡的那棵橄欖樹下。你說，這個行為藝術是不是很牛屄？」

「你這樣……和那些『公共廁所』有什麼區別？」鬱吼叫著。

「我這是為了藝術。藝術，你懂藝術麼？」梅子的聲音比鬱的還要高。

「藝術難道沒有底線？操守？」

望著梅子舉在眼前的裡面有著黏糊糊的骯髒液體的避孕套，鬱直覺得噁心，他衝她狂叫了一聲：「你真噁心」，就衝出了梅子的畫室。

（梅子在完成她的行為藝術，將那個小小的骨灰盒葬在橄欖樹下時，引來了一大堆圍觀的人。鬱也應邀出場。十三個男人全部都出席了，親眼目睹著自己的「孩子」被葬入地底。鬱站在人群的邊上，看著骨灰盒緩緩地沉入地底，他想起了××的死，想起了××的骨灰盒也是這樣墜入地底。最後陷入了無盡的黑暗之中。這是一個精神比矮的時代。現在已經低過了地平線，彷彿已經進入了地獄，觸摸到閻王爺冰冷的額頭。

在展出的過程中，梅子對一個拿著錄聲筆的文藝批評者說：我本來是想用避孕套這個材料來勸告女性同胞與男人做愛時一定要戴避孕套，同時也告訴男人如果你愛眼前的這個女人就一定要將這個套套戴上。可是在行為開始時又想，這個主題太生活化了，不能稱之為藝術，於是我便貼了一個末日審判的標簽。使主題一下子就變得宏大起來。文藝批評者聽後，點著頭稱讚道：對、對，同樣是做愛的行為，換一個題目，轉瞬間就使這個行為昇華了。嗯，對、對……貼標簽確實可以使作品高級起來。）

以後鬱每當想起梅子，都會先看見那些裝有骯髒的液體的避孕套，而後才會看見隱藏在避孕套後面的梅子那愈發顯得蒼白憔悴的臉。

從此，鬱再也不覺得梅子美麗了，反而覺得有些噁心。

從此，鬱就與梅子分手了。而梅子也因為那個行為藝術而一炮走紅，成為藝術圈子中的焦點人物。

說到這裡梅子像是想起了什麼猛地就不說話了。她顯得有些不好意思地望著我。我問：「怎麼了？」她說，「我一下子給你講這麼多，怕你寫不了，那不就是白講了麼？」

我明白，她是怕我的寫作能力不夠，寫不好。但是寫作這種東西，該怎樣才能自證自己合適與否呢——除了那些已經出了名的大家。我正不知怎樣回答她，就聽見她接著說：「要不這樣，過兩周我們一起去梅花寨找芳鄰。你順便把你寫的小說帶上，給我看看。我如果覺得可以，就接著給你講。噢，你放開了寫，不是作政治審查哦，我這完全是出於藝術的考慮。」她是害怕浪費了她的素材，於是我直接回答她說：「好。你有空了聯繫我。我週五、週六休息。」

隔了一周，她就給我打來了電話。於是我們便又去了梅花寨。我開車，梅子則坐在後排翻看著我才寫的〈簡單地說說鬱的過去〉的文章內容。大約兩個半小時我們就到了。房東看到我，高興地招呼著我：「作家，又來了？」

我問：「老闆，芳鄰在麼？」

「芳鄰呀？唉，我也不知道為什麼，最近她都沒有來了。」

我遺憾地看了一眼梅子，想看看她有什麼意見。是住下來呢？還是返回成都。梅子看著房東說：「老闆，老闆娘在麼？我認識她。」

「在，在。在前面那家幫忙，他們家來了大客戶。我這就去叫她回來。」

在房東去叫人的間隙，梅子說：「我在車上看了你寫的東西，感覺還不錯。我就接著給你講下去吧。等房東老婆來了，讓她也給你說一說。她娘家就是鬱的房東。」

「你是怎麼感覺我寫的東西還可以呢？」

「我喜歡這樣的句子『夕陽下的影子像一聲長長的歎息』。另外，我覺得你寫的文字和雜誌上看到的不一樣。」

「不一樣，就能證明好？」

「憑感覺吧。」梅子說，「我們搞藝術的都知道，凡是官方批准搞出來的東西，不說壞吧，但至少都是平庸的。沒有創造力。」

「沒想到這種反向的思維，可以適用於任何領域。似乎，官方刻意為我們提供了一條判斷的準繩。」

正說著房東夫婦回來了，中國人就是這樣，在說起別人的事情時總是有著掩飾不住的興奮。以下就是梅子及房東夫婦說的鬱和芳鄰的故事——

進入芳鄰與鬱的現實之中

紅：芳鄰開始真實地喜歡這裡了，在這間房裡，開著檯燈在昏暗的光線裡躺在鬱的懷裡，跟他漫無邊際地講一些遙遠的故事：大海、沙灘、小男孩和一個少女，那個故事乾淨而簡單。像是發生在人間、又像是發生在天堂——或者是一個在當下根本就不是問題的問題：妻子是不是不能比丈夫年齡大？老師和學生是父女關係還是夫妻關係？社會是由眾多的人組成的，少到多少便形不成社會了？他聽也罷，不聽也罷，只要實實在在地靠在他身上就夠了。他根本就沒有心思聽她說了些什麼，偏偏要低頭吻她。一關上門他就迫不及待地要吻她，空氣裡充滿了他熱辣辣的欲望。但僅僅是吻。

但她還是一個少女，情竇初開，好多事情她從不曾經歷，他總是教她，一點一點地教，就像帶一個孩子。很多時候他奇怪她很多事情都不知道，真的像是一個「大孩子」。比如她沒有方向感，分不清東西南北；她不知道行人要走在街道的右邊，不知道怎樣過馬路；她不知道男人與女人是不一樣的，要上不一樣的廁所；她不知道花大都是開在春天的，樹大多是長在山裡的；她認為壞人長得都一樣，只要看臉就可以分辨得出來；只要面對四個以上的人她就緊張得說不出話來——她像是從來就沒有走出過家門一樣。

她就像嬰兒喜歡被父母抱著四處亂走一樣，總是東看看西望望，對一切事物都帶有一種前所未見的新鮮感，然後努力讓自己融入進去。

她的臉白得像一張紙，就像是她的經歷一樣。

「為什麼呢？她的世界小到只有她自己一個人。」他想追問，可她總是咬緊著牙齒低垂著頭，什麼也不回答。

她的第一次——就算是第一次罷——也是在這裡發生的，一切總與她想像的不一樣，其實她也沒有去想像過。總之芳鄰並沒有想到會是這樣的一種情形，一切都迷迷糊糊莫明其妙地就開始了，就結束了。一切好像還沒有開始。但她覺得結束的卻已經結束了。

過後。她問他，她有沒有流血？

他說，沒有。

她不解地問他：「怎麼會不是處女？這是我的第一次。」

他說：「你還是處女。」

她說：「可是我們不是已經親嘴了嗎，還睡在了一起。」

他說：「我並沒有進入你的身體。我發過誓，不會再毀掉任何一個純潔的女人。這是我的道德底線。在這人人都不為自己設置底線的時代，我要為自己設定一個不可逾越的鴻溝。」

她問他：「如果流了血，那血是什麼樣的？」

他指了指手裡端著的紅色的杯子：「就是這種顏色。」

她打了一個寒顫。說謝天謝地，自己還是一個處女。

第二次，第三次……鬱只是憐惜地撫摸著她的身體，像是對著一件藝術品。她從此感受到了藝術品在世俗的生活中是多麼地孤獨。第一個月……第二個月……她澈底地失望了，她知道自己還是處女，沒有流出像紅色的杯子那樣紅的血。她心裡總是覺得很委屈，她想自己既然回到了社會之中，而生活卻又不給她生活中的一切，難道是上帝在看到她時開了小差，還是上帝就是有意要讓她承受這些？是人而非人的痛苦？

芳鄰覺得身體裡空空的，需要有什麼堅實而具體的東西來填滿她。

小屋外被風乾的花朵：樓下的田野上開滿了淺紫色的花朵，美極了，芳鄰采了一大把，放在小屋的走廊上曬著，看著花瓣一點一點地變乾、變硬，最後定形，她有說不出的喜歡。她就是喜歡不會改變的東西，自從跟鬱回家以後，她就幻想著世界上所有的一切都不要改變。

鬱看到這些被風乾的花朵問：「為什麼要這樣結束它們？插在花瓶裡它們至少還可以再活幾天。」

芳鄰說：「我害怕那種死亡過程，一種生命對著你慢慢地演繹著的死亡，而你卻還不知不覺地在欣賞著，做出一副很懂得審美的樣子。其實那才是一種殘忍。」

鬱怔怔地望著她，他不知道她什麼時候竟變得這麼深刻起來。

芳鄰接著說：「我害怕看見風吹進窗口，花瓣落滿書頁上的感受；我害怕臨死者長長的歎息，我寧可那歎息短促些、急迫些、乾脆些。」

鬱望著她說：「你成熟了，可是成熟對於你來說是可怕的。真正的成熟是因為經歷過，而你卻沒有……」以後就什麼也不說了。

夜晚，芳鄰將曬乾的花朵插在空杯子裡。然後就躺在鬱的懷裡說：「你看，它們永遠也不會變。死亡事實上就是進入永恆的容器之中。」

花香乾乾的、淡淡的、幽幽的在屋子裡飄蕩著，空曠而遙遠。

夢：遠處與半山坡上遙遙相對的那個真正的畫家村房屋的燈熄滅了，芳鄰的眼睛陷入了黑暗之中。鬱正在院子裡藉著黑暗赤身裸體地洗澡，嘩嘩的水聲在夜中清脆地流淌著，將清涼一點一點地送出，芳鄰也覺得不那麼悶熱了，閉上眼睛很快就進入了夢鄉。

牆壁陰沉沉地包圍著的天花板越來越矮，幾乎是觸手可及。她感覺到有些壓抑，又覺得自己迷迷糊糊地醒著。天花板越來越低，就要壓著她了，她隱約覺得自己要到屋外去，又隱約地感覺屋外下起雨來，彷彿回到了兒時，看見屋門前游泳池的水被雨打得亂晃，屋裡也彌漫著蓑草腐爛的氣息。池裡的水會滿出來麼？只要有足夠的雨，水會不會漫過圍牆？她想隨著水流出去看看。她在心裡竟希望著雨不要停，一直下，雨一直下……但是天總不會如人願。

牆外面會不會有一輪略微殘缺的月亮浮現在眼前？誰說下雨的天就不會有月亮呢，下著雨的雲只是在頭頂上，雲不會多到裝滿整個天空。雲不夠用。

家裡那幾棵椰樹在夏夜裡婆娑地抖擻著扇子般的葉子。起風了。風裡夾雜著椰子熟悉的清香，過去母親總是用樹皮裡的汁液洗一家人的衣服。後來她才聽說樹汁是有毒的。

黑暗裡有淡淡的流水從門前的溝裡淌過，一隻螢火蟲已經奄奄一息，它在屋簷下微微地發光，這光過於柔弱，顏色過於淺淡。一個像是夢裡的男孩就站在這束光中面對著她，一身白衣，細細的頭髮從額前慌亂地垂下，微光裡看不清那男孩的眼睛，只能感覺到他的氣息和血液流動的細小韻律與他身後墨藍色夜空裡的沉寂連成一片。

「雨停了？」她站在夢裡問那男孩，可是走近卻發現男孩奇怪地變成了小女孩。

小女孩始終沒有說話，渾身蒸騰著霧氣，幽然的眼裡只有迷離。看見她的纖弱她會覺得憐愛，她想過去抱住她，但她又不見了。四處尋找，卻聽見有男孩子在哭，還隱隱約約地有「媽媽，媽媽，你為什麼要丟下我？」的聲音。

她找遍了每一個角落，一切都顛三倒四，後來她確定哭聲是從夢裡傳過來的。她的淚水浸濕了枕頭和席子，讓房子裡變得陰冷而潮濕。

芳鄰彷彿聽到那個在海邊的孩子在哭，一連好幾天，從來就沒有停過。她突然覺得沮喪，因為她無法去親吻他腮上的淚水。芳鄰想抓起自己的頭髮，像站立著的狼一樣哀嚎，但她在夢裡卻不能發出任何聲音，只能像啞巴一樣無聲地痛苦。而那個小女孩就在這時又出現了，向她走來，像風吹送著迷霧而來。後來芳鄰感到女孩的身影在她的淚水中模糊、透明，和她及身後的夜色合二為一，而靈魂彷彿也將逃離身體，消融在夏夜幽深的冥色裡。

她突然睜開眼睛。那個出現在夢中女孩是誰呢？視線內只有懸掛在對面牆壁的油畫上那憂鬱的藍灰色天空下的十字架，那是由一個個模糊的身影構成的人體的十字架。是鬱畫了十幾年的畫，他所有的畫中芳鄰最喜歡這幅。她也不懂自己為什麼單單喜歡這幅畫，她想起了自己剛剛做的夢，那女孩纖柔的身影神出鬼沒地遊歷在夢境裡。好像一切並不是夢，而是隱藏在靈魂深處的無法割捨而又難以名狀的希冀，它像是人類幾千年以來一直背負著的十字架。背著這十字架行走時沉重、停下時則可以倚靠。

芳鄰感覺到油畫中那由一個個模糊的身影構成的十字架，在畫布中倒了下來，形成了一個個飄揚的箭矢，穿越了她的呼吸、穿越了牆壁、穿越了心臟、穿越了一切看得見和看不見的空間，一直向生活的縱深處切去——她將這個夢講給梅子聽。梅子則望著她清淨的眼睛說：你呀，真敏感。不搞藝術太可惜了！

梅子出現在芳鄰的生活中：那一天，風乾乾的，吹過臉龐時就像是往上面撒了一把沙子。屋簷上的風鈴有一下沒一下地響著，與風的節奏極不協調。好像這風鈴並不是在這個時間與這個空間之中。

它被拋棄了麼？

在另一個地方，鬱與梅子正在往那個半坡上的小屋中趕，太陽熱辣辣的。鬱有意走在梅子的後面。汗從鬱的身上更多的流下來，皮膚黏糊糊的。小路兩邊的植物，也像是做愛之後射了精一樣耷拉著葉子。

梅子走在他的前面，屁股顯示出豐滿的圓形，一左一右地晃，她一點也不控制，而是盡力誇張地左右搖晃著。左、右、左、右，一種女性的肢體語言就這樣蕩漾開來，傳播出去。這勾起了鬱的欲望，猛然有一種力量使他的想像長出了翅膀，進入了她的身體，濕、軟、嫩……久違的溫暖在鬱的心裡滋生著，像藤蔓一般伸展。一陣風順著小路迎面而來，藤蔓上的綠葉顫抖著，將他的心撩得癢癢的。鬱加快了步子趕上去，與她並肩走著，有意無意地將手觸碰在她的身體上，一、二、三……才走幾步他就想起了與梅子相戀時走在校園那通向林子的路上的情形，那種幸福像小鳥一樣飛了回來，停在剛剛才在他心裡生長出來的藤蔓上，藤蔓顯然支撐不住這只小鳥，稀裡嘩啦地垮了下來，重重地壓在心上。

就在幾個小時之前，鬱去找到了梅子。抱著她就要做愛。梅子問他：「我們不是已經分手了嗎？」

鬱喘著粗氣說：「來吧，救救我。好久沒有做了。」

梅子閉上眼睛，任憑他擺佈著她。可是沒一會他就從她的身上下來了。

梅子睜開眼睛問：「那麼快？」

鬱說：「憋得太久了。」

梅子問：「你不是撿了一個漂亮的老婆嗎？」

鬱說：「她太純潔了……唉，你肯定不相信，她還是一個處女……你是知道的，在大家都放棄道德的時代，我為自己設置了一道底線。我發過誓，不會破壞任何一個純潔的事物……你是知道的，這是我的道德底線……」說著話時，鬱微微地將臉向上揚著，品味著自己對自己的那種自我感動。

梅子說：「你真虛偽。」停了一下，她又對鬱說，「還是由我來幫你解決吧。讓她不是處女，這個問題好解決。免得你常常來找我。」

鬱要的就是這個結果。但還是有些不好意思，便紅著臉說：「……那、那，那就……謝謝你了……」

梅子說：「不用謝，與人方便、自己方便嘛。」

就這樣，梅子跟著鬱來了。梅子迎著風進入了風的中心，她豐滿的屁股一左一右地搖著，像是一隻在風中搖擺的風鈴。

「一隻風鈴進入了風中」，那可就真熱鬧了。「叮噹、叮噹……」鬱真實地聽到了風鈴的聲音，他回過神來一看，發現自己已經站在了院子的門口。芳鄰掛在屋簷下的那串風鈴在風中清脆地在院子裡敲響著……叮噹、叮噹、叮噹……

芳鄰坐在窗子的下面，恬靜地像一幅畫。她總是這樣，一坐就能坐很久，一動不動。以至鬱總有一種錯覺，覺得她就是一幅畫中的一個恬靜的仕女，平時在畫中待著，只是在遇到了命中註定的心上人時才從畫裡走出來——飄飄揚揚、似真似幻。每當想到這裡，鬱的心裡就會漾起一陣浪漫的情愫，可是再往深處一想，就會陷入深深的孤獨中——在那一方似井的天地，生活是怎樣進行的？那個牢籠是以時間的方式存在，還是以空間的方式存在？

正發著呆，梅子輕輕地嗯了一聲。鬱才回過神來，對芳鄰說：「介紹一下，這是梅子。我大學時的同學，她要在我們家住幾天。」

梅子微笑地對芳鄰說：「你好。呀，你真是美呢。鬱真有福氣，白撿了一個這麼漂亮的老婆。」

陰鬱的灰色模特：芳鄰和梅子漸漸地熟悉了起來。有一天芳鄰不小心碰著了梅子的手，她的臉上就泛起了紅暈，這讓梅子竟感到有一種莫明的興奮。居然……在這個時代居然有人還會臉紅。

「可以給你畫一幅畫嗎？」梅子忽然問到。

芳鄰怔了一怔，一時不知如何回答。她匆匆地望了梅子一眼，還擠了個淺淺的笑容。這個笑容很淺很淡，分辯不出她是同意還是不同意。

「可以邀請你到我的畫室去嗎？如果你不喜歡做模特兒，我們可一起聽音樂。」梅子繼續說。

芳鄰點了點頭，她當然希望和梅子交往，美麗往往是很容易被接受的，不管是面對男人還女人。另外她還隱隱地覺得，女人與女人在一起能夠保持有一種純潔。

芳鄰也隱隱地感覺到在她來到這裡之前，梅子與鬱有發生些什麼。但轉念又想那時自己還沒有出現，而鬱又正值當年，於是在心底下就已經原諒他了。至於梅子，如果站在女人的角度上來考慮，她事實上是獻出了自己，所以芳鄰又莫明其妙地對梅子心存一種感激。對於自己的這種想法芳鄰有些吃驚，覺得自己與常人不一樣，她想改變、想恨梅子，把她視為情敵，但每次一看到梅子，看到她美麗的明朗，芳鄰又覺得自己不可能會恨她。永遠也不會。

對於芳鄰來說，要恨一種「明朗的美麗」很難很難。

那天下午，芳鄰跟梅子去了她的畫室，是在一條小巷裡，芳鄰記得小巷的盡頭有一個茶館，那裡隱約地傳來咿咿呀呀的唱戲聲。巷口曬著白菜，還有一群小孩在騎著一輛大而笨重的三輪車。

畫室裡鋪著草席和地毯，牆面貼著淡粉色的布，一直貼到了高高的牆頂。厚厚的藏式圖案的窗簾把市井的喧囂擋在了外面。這裡是另一個世界，好像閉著眼睛默念著咒語走進了遙遠的吉普賽人的帳篷，那是一種令人暈眩的異國情調。梅子的油畫充滿了奇異的令人暈眩的色彩，她用色極其豔麗，刺眼的黃色、飽滿的蘭色、厚重的暗紅色，亮色和暗色的對比明顯誇張，就像一場化裝舞會似的熱鬧。然而整個畫面呈現出的意韻卻透著死亡一樣的冷。火，像是被凍住了。

「如果畫你，我要換一種畫法。」梅子打開唱機，喜多郎的音樂柔柔地飄出來，彷彿來自荒原的一陣冷冷的雨，細而綿長，像是為了保持長時間的雨季而儘量在節省地下著。一點一點……一點一點地……

「在一個灰色的下午，我遇見了一個灰色陰鬱的美人。」

「我要用漂亮的灰色來畫，畫一種含蓄而絕望的美麗。」

芳鄰望著身旁自言自語的梅子，她不懂她，她只是忽然覺得她們其實靠得很近。她甚至真切地感到周圍的一切事物都沒有了，那小巷、唱戲的聲音、畫室，所有的一切，都沒有了。只有她與梅子，她們站在荒原的細雨裡。她們是兩個赤條條地在荒原裡相遇的人。

眼睛：梅子給芳鄰畫的那幅畫用了兩周時間。這兩周她們幾乎天天在一起，梅子喜歡喜多郎的音樂，休息的時候她們躺在地毯上聽音樂，任憑松節油刺鼻的氣味遊移在她們身旁。有時候她們一言不發，只是靜靜地躺著，有時候她們會談論一些古怪的問題。芳鄰說她從來沒聽過這種音樂，像流水一樣連貫，像絲一樣細膩但又不斷裂。梅子問：「你都聽些什麼音樂呢？」她回答說就是那種「嘣嘣嘣」、「咚咚咚」、「叮叮噹噹」……聲音一個一個地蹦出來——就像是漢字一樣。梅子說：「那是中國古代的音樂，因為單調，所以表現力不夠豐富。」

雖然在音樂上兩個人喜好不同，但是芳鄰還是很配合，赤身裸體地做著模特兒。梅子畫畫的時候也會把衣服脫掉，赤裸裸的，這讓芳鄰有些害羞。心裡砰砰地跳。梅子說，這樣她們才是平等的。房間裡的檯燈調到最小的亮度，像是隨時都有可能熄滅。螢螢閃著的燈光把她們白皙的胴體照得紅潤紅潤的。事實上那就像是兩個發著微光的身體。

畫布上是一幅憂鬱的灰色裸體，勾不起男人的欲望，只會讓人覺得想流淚，梅子說她不想讓人對芳鄰產生肉體上的欲望。

同時，梅子也始終不給芳鄰畫上眼睛。

有一天芳鄰忍不住了，問她為什麼還沒有畫眼睛？

梅子說，不打算畫了。

芳鄰問為什麼？

梅子說，畫上眼睛，這畫上的女人就是芳鄰。沒有眼睛，她代表的是所有的女人。

梅子說，她畫的是淒美、無望的美麗，是死亡的美麗。

梅子說，沒有眼睛，是所有女人的共性。

「前面那些都是說給別人聽的。對你，我不會說假話。」梅子將嘴唇緊緊地貼著芳鄰的耳朵說，「我一直畫不好女人溫婉、隱含的眼神，於是就想出了這套理論。即可以避開自己的弱點，又可以使所畫的作品站在一個理論的高度上。」

芳鄰與梅子的重合：那是芳鄰來到這裡的第一個夏天，也是她給梅子做模特剛好一周的時間。這個著名的「火爐」城市熱得讓人喘不過氣來。夜晚，路燈亮了，從窗戶望出去街道上到處都是出門納涼的人。在路燈昏暗蒼白的光線裡，女孩們穿得很少。一是時代不同了，女孩都敢大膽地展示自己，況且還有天氣炎熱這一理由推波助瀾，她們就穿得更暴露了。白皙而光滑的身體在蒼白的光柱間晃動。目光就像是進入了一片肉的森林。心中的火暗暗地就升了起來。

梅子在洗漱間中洗澡，流水的聲音淌過了窗外的蟬鳴，淌過了屋頂的漫天繁星，此刻只有這冰涼的水是世界唯一的主宰，唯一的嚮往，唯一的依賴。水穿過長髮，漫過額頭，淌過臉狹，在身體上氾濫、宣洩。一旦離開了噴頭，就重新回到了夏季焦灼的熱浪裡，汗又會永無止盡地從皮膚裡滲出——膠一般地黏在身上——這讓梅子聯想起一個巨大的避孕套將她的身體給包裹了起來。

梅子在喊她：「你也一起來沖個涼吧。」

芳鄰過去了，脫下衣服，站在水網之中，涼爽極了。她不想離開這噴頭，站在水柱中不動，像是睡著了。直到後來聽到流水的聲音小了，剛才的喧鬧聲也像這淌過身上的水一樣順著下水道流走了——隨著流水聲音變小，喜多郎的音樂就趁隙鑽了進來，如慵懶的蠶在她的身上織著繭，先是軟軟的，而後暖暖的，舒服啊，她像是要睡去——終於噴頭中的水停了，芳鄰這才感到恐懼地睜開眼睛，四處望著這昏暗的洗漱間，她看見梅子光著身子站在她的對面，正仔細地打量著她，芳鄰感到有些害羞，平時蒼白的臉一下子就紅了起來。

梅子說：「你真美。這時的你真美。」

說著就伸雙手來輕輕地捧著芳鄰的臉，就像是端著一杯飲料般，將她的嘴往自己的嘴裡送，芳鄰感到渾身無力，靠在了浴室的牆上，而梅子則趁勢將身體緊緊地貼著她。梅子用一根手指進入了她的身體。她感覺自己就像氣球泄了氣一樣空了。

芳鄰感覺到自己的身體越來越薄，越來越薄——後來就像是貼在浴室牆上的一幅畫。

在高潮時，她又覺得自己像是猛地被鬆開了紮口的氣球，「噓」地一聲竄上了天空……

喜多郎的音樂在這時「咔」地一聲就停了。芳鄰覺得像是失去了什麼，說：「聲音……那聲音，怎麼沒啦？」梅子問：「你開始喜歡他了？」芳鄰嗯了一聲說：「身體空了。好像那聲音能裝滿我，像流水一樣注入我空空的身軀。」她像是下定了決心，「對。我要忘掉過去的一切。讓一切重新開始。」聽得梅子一頭霧水，她當然不會知道芳鄰要忘記什麼，她也不想知道。她只知道一件實實在在的事情，她幫了鬱一個大大的忙。

後來，芳鄰紅著臉問梅子：「流血了嗎？」

「流了。很多、很多。」說著梅子又將臉貼在芳鄰的耳邊溫柔地說，「一根手指進去時還沒有流……用兩根、三根時……血一下子就流出來了。」

芳鄰問：「是像那杯子一樣的紅色嗎？」

梅子說：「是。不只是像杯子那樣紅。還跟你的臉一樣紅呢！」說著，還擰了一把芳鄰通紅的臉蛋。

芳鄰伸手抓著梅子的手問：「那……我是處女嗎？」

梅子說：「以前是的，但現在已經不是了。」

芳鄰再問：「現在……我成了真正的女人了嗎？」

梅子回答：「還沒有，只有跟男人那樣了，才能成為真正的女人。」

芳鄰：「為什麼？不都一樣是流血麼？」

梅子：「我也說不清。書上和老人們都是那樣說的……也許，這就是歷史在我們女性身上留下的烙印吧！」

芳鄰沒有說話，一股淚水莫明其妙地湧了出來，滴在洗漱間濕濕的地上，隨著地上的水一起流進下水道裡。進入了深邃、黑暗而骯髒的旅行之中。

梅子與鬱的對話：兩星期後梅子與芳鄰又回到了畫家村，鬱的那個在山坡上的小屋。鬱在門口迎接著她們。

芳鄰的臉泛著潮紅，比以往更美麗了。鬱心痛地望著她，等她進屋後，他望了一眼梅子小聲地問：「怎麼樣？」

梅子說：「她現在已經不是處女了。你可以安下心來使用了。」

鬱歎了一口氣：「你說我是不是有病，總怕親手破壞了純潔的事物？」

梅子說：「我也說不清楚……也許是你太認真了。」

鬱接到：「認真？……怪不得現在流行說『認真，你就輸了』。」

梅子又說：「也許你真是有病。你看那些土大款還花幾十萬元在報紙上刊登廣告，徵婚，四處尋找處女。而你送上門來的都不要。」

鬱說：「我認為他們才有病。那是佔有欲與破壞欲。先佔有而後破壞。」

梅子說：「也許你們都有病吧。像兩個極端。唉！這個世界到底怎麼了？是這個社會病了吧！」

痛：已經過了八月，山坡上的花都開盡了，有些枝頭上掛起了果實，也不知能不能吃。鬱說：「凡是沒有人採摘的，就一定不能吃。在這個世界上人對人是狼，人對食物也同樣是狼。而且還是一隻飢餓的狼。」

窗外的風徐徐的，從那塊沒有了玻璃的格子中游進屋裡，樹葉透著綠意，在風裡婆娑著枝條。床頭的蚊帳也跟著蕩漾起來，悠悠緩緩的，透著無限溫柔。芳鄰睡在床上，就在他的懷裡，她微微地緊著眉，臉上漸漸泛起了紅暈，不像剛才一片煞白。蚊帳、被子和床單都是剛換上的帶有漿洗過後清新的氣味，這正是她要的。這片潔白的世界，就只剩下他和她。芳鄰望著空空的窗框說：「把玻璃安起吧。」鬱回答：「等天冷了再說吧。你看這風，多輕柔啊。」說著就撫摸著她。

每次月經來潮的時候，芳鄰的小腹都會痙攣一般的疼痛，這痛苦綿綿不絕，無邊無際。醫生說這種狀況會持續下去直到從少女變成母親。她不知道她有沒有期盼過痛苦的終止，但至少現在，她是默默地躺在他的懷裡承受著這份痛苦。他的手輕輕地擱在她的小腹上，一股溫暖的氣流從這裡出發湧向心臟再流遍全身，直至指尖。

「好些嗎？」鬱問。

「好點了，你的手捂在那裡，暖和了，也就沒那麼痛了。」芳鄰說。

「我的手正在給你發功呢，傻瓜。」

「我剛才的樣子是不是很嚇人？」

「有點，一臉蒼白的。像正在飄散的蒲公英，我真怕你就那樣消失了，再也找不到你。」說著鬱捧起芳鄰的臉，幫她把嘴邊的幾絲亂髮理到了耳後。她也就順著他的手輕輕地仰起了下巴，她知道自己的優點，她生得最好的就是下巴那段優美的弧線。

他輕輕地吻了吻她的額頭，這是少女平靜的額頭，還沒有留下歲月滄桑的痕跡。她就這樣依偎在他的懷裡，在他們山坡上小屋裡的床上。風透過窗子，從這一邊進來，從那一邊出去，潮潮的、暖暖的、嫩嫩的。她有些想睡了。

「噓……」有腳步聲，漸漸的近了，芳鄰生怕是梅子來了，她緊緊地貼著鬱的身體。不知是怎麼一回事，她最近總是害怕看見梅子，也許是覺得他們三個人之間的關係不太正常。有人敲門，他打開門，站在門口的並不是梅子，而是房東的兒子。房東五歲的兒子長得很醜，凡是來這裡的人都很討厭他，但不知怎的，芳鄰竟有些喜歡他，對他說：「來，進來吧。」

房東兒子的眼睛裡流露著陌生的害怕與好奇的興奮，過了足足有五分鐘他才向屋裡邁出了第一步。但他不是走向她，而是徑直地走向了擺放在床頭的那個毛絨絨的小熊。

目光裡充滿了單一的執著。出於一種人性的情感，鬱開始同情起他來，在這孩子簡單的世界裡只有簡單的玩具。他直直地盯著那只小熊很滿足的樣子，讓他心痛，覺得這小孩很可憐。但一轉念頭又想：可憐的人之所以可憐是因為人們認為他可憐，於是他才成了可憐的人。如果沒有人認為他可憐，那麼他也許就不可憐了。思想真是個很奇特的主宰者，想到這裡，鬱又覺得這孩子並不可憐、不讓人同情了。於是便讓那孩子站在屋子中，一個人專注地與那個小熊對視著。那時候鬱常常有些很奇怪的想法，有的連他自己都吃驚。

過了足足有五分鐘，空氣像是凝結住了，芳鄰覺得有些不解，她不明白為什麼鬱的身上突然間沒有了那種濃濃的人情味。她對房東的兒子說：「喜歡的話就拿去玩吧。」

話音還在屋子裡沒來得及飄出去，房東的兒子已經抱著小熊衝出了房門。

但是更快地，旁邊的院子裡傳來了打孩子的聲音，房東太太邊打邊罵：「偷人東西，不學好，今天老娘要打死你。」芳鄰覺得是自己害了那孩子，但又不知道應該怎樣處理這種事情。她的心砰砰地跳著，望了一眼鬱，而他好像什麼也沒有聽見一樣。是麻木？還是見慣不驚？過了一會又有人敲門，房東太太手裡拿著那只毛絨絨的小熊站在門口說：「還給你們。」

芳鄰說：「你誤會了，這是送給他的。」

房東太太正氣凌人地說：「我們可不能亂要別人的東西。」

等房東太太走後，鬱像是覺悟了一樣對芳鄰說：「你認為別人可憐，別人就是可憐的。所以，根本就沒有必要去判定別人的現狀究竟怎樣。」

他歎了一口氣：「唉，管他呢。你所有的認定都是你強加給那個判定的對象的。」

望著那個被房東太太退回來的小熊，芳鄰隱隱地覺得心有一些兒痛：「你第一次看到我，是覺得我可憐？所以帶我來到這裡了？」

他認真地想了一下說：「當時我覺得你與別的女人完全不一樣，像是從另一個世界中來的。主動跟你說話，是因為感覺到你對人類沒有一點威脅……」

灰：午後的小院空落落的，窗戶的玻璃上折射著陽光，一片乳白。

芳鄰說，她懷孕了，她必須面對現實，一切的愉悅、享受，都要付出代價。而她還沒有做好準備。當然，他也沒有準備好。

在他看來孩子還沒有藝術重要。而她認為如果負不起責任，就堅決不能生。談起責任，她害怕得話都說不順暢。

骯髒的帶有灰色塵土的山風圍繞著她。又是連續幾周的晴朗日子。

梅子撩開了芳鄰的衣襟，她看見她那明顯變深的乳暈，像點綴在乳房上的一朵花。

梅子的手是冰涼的，遊移在芳鄰溫暖的身體上。

梅子說她可以陪她去醫院做手術，悄悄的，誰也不會知道，於是一切都會過去，就像從不曾發生過什麼一樣。

婦產科在灰色的走廊盡頭，在走過那片灰色之後，芳鄰突然覺得自己像是掉進了一個無知的世界之中，她的一切彷彿都將被一隻手抹去。一切都沒有了，一切又將重新開始。眼前一片蒼白，但還是有一團團更白的顏色在晃動，那是坐在凳子上剛做完流產手術的比蒼白更白的女人們的臉。

地上的木地板在灰色的陽光下顫動，芳鄰扶著牆慢慢從裡面走出來。一陣似有似無的風刻畫著她的臉，灰白灰白的如淡去的記憶。

梅子迎上去，問：「痛吧？」

芳鄰搖搖頭，她只是凝望著天光。身體裡面空了，而思想也像是空了。

梅子說：「哭吧，哭一場就好了。」

芳鄰走到窗前，風從她的耳邊拂過，帶著河水裡的腥臭味兒。

她說：「太陽就要下山了，我們回家吧。」

她們走出醫院，梅子叫了一輛出租車。

芳鄰顯得沉默，窗外的世界灰濛濛的一片。汽車穿越城市向郊區開去，窗外的景致在不斷的轉換，就好像一個萬花筒，飛快地轉啊，轉啊……然而她們的呼吸，她們心跳的節奏卻是緩慢的，那是一種死氣沉沉的莊嚴的節奏，那是一曲憂傷的舞曲。

芳鄰的手，那手指蒼白的、柔軟的被梅子的手握著，那麼安靜的悲傷。「我是不是殺死自己孩子的兇手？」不，我是沒有準備好。我不能只管生、不管養。

她的眼睛蒼白蒼白的，那是一種深深的無望的眼睛。

梅子說：「你受苦了。」

芳鄰說：「不，那一刻我沒有感覺到痛苦，我一直在聆聽遠處的哭聲。」

她突然把頭埋在梅子的手裡哭泣起來。她說，她只不過是一個不小心走失了的孩子，掉進一個陌生的世界，過去所有的歷史都被一隻無情的手抹去了。她說，她被丟進了一個小熔爐，然後又被拋出來、掉到了一個更大的染缸之中……

她說，當那冰涼的不銹鋼器械伸進她身體裡面的時候，她所有的天真和幻想都被撕了個稀爛；她說過去的一切都沒有了，成為空空的白色，她只是一個比白更灰一點的影子，在天地間飄蕩……

芳鄰的行為藝術方案：那些年行為藝術就像是艾草一般在畫家村裡滋生開來，每個人的極正常或極怪異的行動都會被看成是行為藝術。

對於梅子的那些作品，芳鄰認為那不是行為藝術，而是墮落藝術。「不，」芳鄰修正說，「是行為墮落，它根本就不是什麼藝術，不能跟藝術沾邊。」

看著芳鄰沉重的樣子，鬱覺得有些奇怪，因為他從來就沒有看到她如此沉重。

芳鄰接著說：「有些人的墮落僅僅只是下了一個臺階，而梅子的墮落則是墜入了深淵。」

鬱問：「梅子做了些什麼？」

芳鄰說：「她用自己的身體收集男人的精液，放在一個骨灰盒裡埋起來了。本來這些就結束了，可是幾天前她又將它們挖出來了，放在陽光下面曝曬，說是上帝又一次降臨——末日到了——最後的審判開始了。那些變質發臭的精液，想著就讓人噁心。」

鬱說：「想法是很超前，但似乎是有些過頭了。這是一個上帝缺席的時代。上帝早就死了。」停了一會，他像是想起什麼來了，「在大學時我們好過，有一次她一定要我用避孕套，以前她從來不要我用它……其實，我就是被審判者……」

芳鄰好像沒有聽到鬱後面的那些話，自顧自的說：「我覺得行為藝術不是那樣，而應該更具文化內含與審美價值。」

她接著說，作為藝術，尤其是視覺藝術更應該注重它的審美性。我有一個方案你看好不好？芳鄰對鬱說，用一個巨大的古老的太師椅放在人來人往的街道上，在椅子上根據女人的坐姿而按比例置放上一套性感而顏色鮮豔的女性內衣，再在椅子前面放一雙古代裹腳的女人穿的三寸金蓮，爾後在椅子的上方吊上三個風鈴，象徵著在空間之中時間的探測器，空間中的每一點動靜它們都能夠清脆地記錄下來。最後再在椅子的周圍凌亂地撒上一些女性化妝的用品，比如說粉盒、胭脂、銀釵、髮夾、口紅、香水、眉筆、絲帶、眼睫膏等……

「這個作品的名字可以叫『古老的欲望或欲望的古老』，古代與現代的結合，使人們可以站在時間的兩個方向——過去／現在——來觀望並注解女性。你想，風鈴在天空中叮叮噹當地響著，而每一個旁觀者都可以根據自己的經驗往那套性感的女性內衣裡裝填自己想像中的女人，多美。」看到鬱沒有什麼反應，芳鄰搖著他的頭問，「你說美不美嘛？」

鬱像是若有所失，說：「嗯，是很美。」

芳鄰顯然不滿意：「你說，這個方案和梅子的比起來怎樣？」

鬱說：「梅子的是主動的，她是站在審美的主體由女人來審視男人；你是被動的，你是站在被審美的一方讓男人來審視女人。這是在同一條線上的不同的兩個方向的切入，最終你們兩個人會被彼此撞得頭破血流。」

「不要說虛的。你說，我們兩個，到底是誰的好？」

「梅子吧。這個時代，沒有人願意動腦子，這就需要你主動地將你的藝術理念送到別人的面前。強行介入這個社會。是的……是這樣的，我要向梅子看齊。」

過了一會，鬱又低聲地補充了一句：「我想，你們兩個人還是不見面的好……」由於底氣不足，他的聲音很小，芳鄰似乎沒有聽見。

鬱的變化及他的行為藝術：有一天梅子又來到了山坡上的小屋，她對芳鄰說：「我要出國了。」

鬱在一邊問：「去哪兒？」

梅子說：「威尼斯。今年的威尼斯藝術節雙年展邀請了我。」

梅子對鬱說：「藝術作品的價值是一個很模糊的概念。一個作品，當一部分人認可它的價值時，另一部分人也許對它不屑一顧。作者通過支持者來判斷作品的價值是不可靠的；作者自己來判斷則更不可靠，因為自己的孩子總是最可愛的。在創作時，作者無法確切地瞭解自己創作的價值，也不知道自己的作品最終會被埋沒還是不朽。我的看法也許很功利：我認為，作者個人的信念是毫無意義的。最終造就一個偉大的藝術家、使其作品不朽的，是那些有能力掏錢來買你的作品的人。不管這是一群什麼人、素質有多麼地低下，只要是一個群體就好。你要知道市場都是由金錢構成的，金錢越多市場越大，也就越能引起人們的關注。不管是評論界還是收藏家，他們都會對你感興趣，因為你會為他們帶來巨大的經濟效益。所以你必需要重視那些藝術市場的炒作者，讓他們感興趣，讓他們來看你的作品，並用最下里巴人的語言（鈔票）來衡量（污辱）你的作品。如果你能做到這一點，那麼就離成功不遠了。」

最後梅子說：「我就是這樣做的，你看我就比你成功。」

梅子出國了。她是以藝術家的身份去的。與國際上的藝術家一起交流藝術。這幾天，小屋裡陷入了深深的沉默之中。鬱不說一句話。芳鄰也不知道應該說些什麼來安慰他。於是這種沉默就一直埋藏著。像一座火山，不知道哪一天會爆發出來。

一直這樣持續了好幾天。這一天，鬱突然對芳鄰說：「我要出去幾天。」說著背起他放在牆角的一袋什麼東西就走了。

望著他遠去的背影，芳鄰猛然間很奇怪地想到了「烈士」這個詞。

鬱直接來到火車北站，買了一張到北京的火車票，直奔北京而去。到了北京，他又一刻不停地來到了天安門廣場。到廣場之後，他左右目測了一下，找了一個最好的位置，打開袋子，將裡面的東西倒出來。原來那裡面是一袋子的穀子。金燦燦的。

鬱要在天安門廣場上曬穀子。他的樣子很認真，也很專業。鬱熟練地將穀子在平整的廣場上攤開，剛剛完成五分之一，他便被一群便衣給圍住了。

鬱剛想對他們解釋自己的行為（藝術），但是他們根本就不會給他解釋的機會，一把就將他塞進了一輛恰到好處、應聲而來的麵包車裡。這一切就像是一次演習。

鬱只有跟他們到國安局去說了。下面就是在那裡面的對話：

問：「你想幹什麼？」

答：「我在做一個行為藝術，在天安門廣場上曬穀子。」

問：「為什麼選擇天安門廣場，穀子哪裡不可以曬？那麼老遠的跑來曬穀子，是不是想要破壞國家形象？」

答：「因為我認為我們是一個農業國家，有八億農民，而天安門廣場就象徵著祖國的心臟，所以我在天安門廣場上曬穀子就代表了八億農民的一種共同的行為——國家者我們的國家、廣場者我們的廣場……」

問：「你想過沒有，如果每個人都像你這樣來天安門廣場上曬穀子，那麼廣場上不就成了農村的院壩子了嗎？不就會骯髒不堪了麼？」

答：「我要糾正一下你剛才的說法，並不是人人都會像我這樣來曬穀子。因為並不是人人都可以成為藝術家，而我就是；另外穀子是乾淨之物，可以吃進肚子裡，怎麼會骯髒呢？」

才說完他就重重地挨了幾個耳光。接下來他的頭就是暈眩著的，只是隱隱地聽見有人議論著，說他是精神病。

十天後，鬱被放了出來。得感謝當時廣場上沒有外國記者在場，沒有將這一場面拍攝下來，刊登在國外的報紙上。所以沒有造成什麼「惡劣」的後果及影響，否則他一定要在裡面坐上幾年牢。

重新站在陽光下的鬱想：看來政治這東西是不能去碰的。尤其是天安門這個地方，就像是人身上的敏感點，很容易掀起什麼高潮，雖然人們都喜歡有高潮，但是這種高潮必須由掌權者自己來掀起，別人是不能夠隨意地去碰它的。

中國有一句古話：吃一塹、長一智。

鬱是中國人，所以這句話對他當然有效。從此，鬱決定徹底改變自己的藝術道路——由上半身的思想轉向下半身的欲望。

梅子給芳鄰介紹了一個工作：梅子從國外回來後，吃驚地看見鬱也開始搞起了下半身藝術。她的臉上露出了一絲不易察覺的憂慮。但這些都被芳鄰看見了，她找了一個機會偷偷地問梅子：「你怎麼啦？」

梅子說：「沒什麼，我好像隱隱地覺得有些不安，好像有一種不祥的預感。」

芳鄰說：「我也有這種感受。他從北京回來之後好像變了一個人，原來心裡想的嘴裡說的都是思想、藝術，而現在呢都是幹呀幹、操呀操的。」

梅子說：「你不要管他，由他去吧。現在關鍵是不能讓他受到刺激，撞到牆了，他自然會回頭。」

在她們說話的時間，鬱正在屋子裡面對著牆上的女明星手淫。他的這個行為藝術的名稱叫著「ＹＹ（意淫）的手到底有多長」，他要證明這個世界上沒有什麼具體的目標是不能到達的，只要大膽地去設想，而後就去做、去幹。他將每次射出的精液裝在一個個小瓶子裡，再在瓶子上貼上當時正意淫著明星的名字與照片。最後他要將它們製作成一個巨大的「心」形，這顆心叫「玻璃的心」。他說，你看這顆心是多麼地易碎呀。

聽著鬱在屋子裡傳出來的「咿咿呀呀」的呻吟聲音，梅子問芳鄰：「你們好久都沒有做過愛了吧？」

芳鄰答：「他哪裡還有精力對付我呀，你去看看，屋子裡的小瓶子都氾濫成災了。他的身體早被那些虛無的女明星給掏空了。」

梅子憐愛地擁著芳鄰說：「你這樣也不是辦法，我給你介紹一個工作吧。我有一個朋友開了一個廣告公司，你去他那打工吧，很輕鬆的，就是陪客人喝喝茶、吃吃酒。」說著就用手撫摸了一下芳鄰的雙乳。芳鄰渾身顫抖了一下。梅子笑著說：「看來你是很久沒有被碰過了，真是敏感。唉，不要再待在家裡了，出去上班吧。再這樣下去，會被憋壞的。」說著就將她摟在懷裡。

芳鄰點著頭笑了起來：「鬱前兩天也給我說過這個事。他說他朋友的朋友開了一個廣告公司，原來這個朋友就是你呀。」

「你打算去麼？」

「當然要去，不能讓鬱一個人在外面掙錢養家。他有自己的事業要幹。只是，我什麼也不會，怕幹不下來。」

「別怕。那個老闆如果敢欺負你，就告訴我……我會幫你擺平。」

芳鄰很認真地問：「怎樣才是被欺負了？」梅子沒想到芳鄰竟會提出這個問題，一時也不知道如何解釋。只好籠統地說：「就是你感覺到不舒服了。就來找我。」

「哦，就是病了呀！」芳鄰像是聽明白了。梅子沒有再說話，因為她覺得與芳鄰的思維不在一個頻道上。

到了那個公司，老闆讓她進去，裡面已經有兩個女人坐在那兒了。老闆看著她笑著說：「我們現在是『四人幫』了，但是我們與那個『四人幫』的內容正好相反：他們是三個男人一個女人、我們是三個女人一個男人；他們那邊女人是頭、我們這裡男人是頭。」

就這樣，芳鄰開始了她新的工作。

鬱的行為藝術由虛擬轉向現實：鬱剛參加完一次聚會，在聚會中有人提出男性搞下半身藝術其實是以短搏長，不切合社會的現實。因為女性搞下半身至少還可以美名曰女權主義，她們擁有一個光明的尾巴——她是英雄。而男人搞下半身別人則無法在現有的文化中給他找到什麼美妙的藉口，只能認為——他是變態。鬱聽得有些沮喪。於是提前就退出了。

從茶樓出來，手提著一瓶可樂滿頭大汗地走在街上，正午的太陽在天空中熾烈地燃燒。一陽光一瀉如注，灰塵、汗水使皮膚變得油膩骯髒，腋下和兩腿間的痱子在汗水的洗禮中炸開了一般的癢痛。棗紅色的汗衫背上已經濕了一大片。道路兩旁擠滿了從農村來到城市打工的人，一雙雙眼睛裡無所適從的茫然，可也有逍遙在外的自在。一切都和幾年前一樣。每天都有許多的人，他們離開家在外面奔走，流了汗受了累，也許也賺了錢，然而環境還是骯髒、生活也還是一樣的艱難。

他孤獨地走在烈日下，黝黑的皮膚上的汗水在閃光。影子強烈地投射在地下，他看見自己那黑白分明的影子，背已經習慣性地有些佝僂了。他免不了有些心酸。公交車載著滿滿的一車人緩緩地靠著路邊的站台停了下來，車窗裡黑壓壓的一片全是人。

「靠邊了，靠邊了……」售票員一邊把汽車嘣嘣地敲得山響，一邊直著脖子叫。車門咯吱一聲打開了，車上的人像擠牙膏似的被擠了出來，車下的人又把車門圍了個水泄不通，團團往上擠。

「擠什麼，擠什麼……下了再上嘛！」每到一站售票員都要這樣聲嘶力竭地叫罵。鬱跟著人群魚貫而上，車上的空氣臭烘烘的叫人喘不過氣來。到哪裡都是這樣。

汽車載著滿滿的一車人，像一顆隨時都可能被擠爆的炸彈，搖搖晃晃地在被曬得發亮的柏油路上向東開去。鬱一手抓著扶手，一手拿著可樂，然而他的胸前身後都擠著人，一股濃鬱的肉體的氣味包圍著他，讓他疲倦而麻木的血液裡漸漸有了一種衝動在甦醒。就在他的不遠處有個女學生，剛剛發育成熟的屁股被牛仔褲包得緊緊的，但青春的欲望和不諳世事的衝動卻是顯而易見。這正是他要尋找的目標，現在一股衝動已經不可遏制了。

他將可樂揣進褲子口袋，輕輕地向她擠了過去，車上的人誰也不會注意到他，他的眼睛望著窗外，眼裡是一種迷人的憂鬱。他的手已經放在了那個女學生的屁股上了，沒有人會看到，他確信，因為跨在肩上的包正好擋住了那只手。在這一方面他已經十分有經驗了，他是一個老手，一個在公交汽車上耍流氓的老手，這是他曾經給自己下的定義。他有女人，有過很多女人，然而他還是不滿足，他需要在這裡，空氣刺鼻的公共汽車上，滿足他的這種毫無意義的奇怪的欲望。另外他對自己說：「我這是在做行為藝術，在ＹＹ（意淫）中進行的行為藝術完成了，現在已經是進入現實的時間了。他想試一試能摸多少個少女，而後在第多少個會被別人給抓住，高聲地叫喊『抓流氓』。」在皮膚陌生的接觸中去細細體味自己原始的衝動。他能夠感覺到一種孤獨的愉悅，就像沉默地作畫時所產生的那種與世隔絕的孤獨感。這種感覺對他來講並不陌生，他總是伺機尋找著這種機會，猶如掉進一個沒有出路的黑洞一般旋暈。

對於他的動作，那個女生沒有反對，相反她的屁股高高地翹起正好迎合著他的手，這無疑鼓勵了他，於是他的動作更加地大膽，他的手一直滑向了牛仔褲的深處，他感到那身體有一陣微顫，想要躲閃開。她害怕了？這是個好奇而沒有經驗的女學生，然而也有欲望，也軟弱。是女人就必定會軟弱，他有些同情她，但又不想放過她，看到她越來越尷尬，看到她臉上紅一陣白一陣的，他感覺到，這就是女人，那種女人真正的內質，就是在這矛盾的半推半就之中——傳統與本能、道德與欲望，碰撞著、糾結著。他更興奮了。

等到站了，該下車了，就頭也不回地下車，讓她仍然站在那裡後悔去。她會後悔什麼呢？後悔沒有搧他一個耳光？後悔沒有抓住他的手拉著他一起去開房？

管她呢，每次都這樣——他跟著人流擠下車，下了車的人群就像是倒在街上的水，很快他就會融入進新的人群裡，隨之就各奔東西。即便是被侮辱的她，也會立即消失。這茫茫的人海裡可別指望誰留下來。

有時鬱也會覺得自己很無聊，他也很希望自己被抓住。一個耳光、一聲怒罵、一陣拳頭、扭送到派出所，新聞記者前來採訪，他對著鏡頭解釋自己的行為藝術：「汙辱與被汙辱者的相互漠視及縱容」。而後他的行為被人們到處傳播。於是他的這個行為藝術就算是完成了，否則就真是沒完沒了，沒有盡頭。

「為什麼她們全都不反抗？」

鬱想著想著就害怕起來，像是滑進了一個沒有盡頭的黑洞……

有一次芳鄰問鬱：「你這樣做，不會覺得羞愧嗎？」

鬱回答說：「心中默想著這是為藝術獻身就不會了。說真的，我還真得希望自己被抓住，扭送到公安局。警察刑訊逼供，各種酷刑、審訊筆錄、記者採訪、電視臺播出，引發全民大討論。我的目的就達到了。可是為什麼那些受害者不尖聲高叫，大喊抓流氓？或者有旁人跳出來阻止我。」鬱沉靜地想了一會，接著說，「唉，這個會社到底是怎麼啦？是病了麼？」

芳鄰覺得鬱像是瘋了。

聽到這裡，我第一次打斷了梅子：「我覺得鬱這是走上了歧途。如果他堅持他之前的藝術，最終也許能成功。聽你講到這裡我最不明白的是：鬱為什麼轉變了？而且是走到了自己的反面。他這麼急於成功，是因為芳鄰的出現麼？是不是他想要儘快地給芳鄰一個幸福的生活？」

梅子回答說：「唉，說起來我還真沒有想到這個原因。我一直以為是我的成功刺激到了他。卻沒有想到芳鄰出現了之後，他就背負了另外一個責任……他必須以最快的速度賺到錢。」

我問：「我想跟鬱談談。你能幫我聯繫到他麼？」

梅子說：「聯繫他很容易。可是怎樣跟他介紹你呢？說你是他老婆的客人？」

我想了一想說：「就說我是報社的記者吧。對……你就這樣說，有一個報社的記者想採訪他。」

梅子聽了之後高興的說：「好。這樣說，一定能約到鬱。他太想出名了，他創造了一個曲折的故事，卻苦於找不到一個可以發佈的平臺。」

幾天後我見到了鬱。他和梅子在芳草街的一個清吧等我。由於是下午兩點鐘，清吧裡只有梅子和鬱兩個人。在鬱的身邊，靠著牆放著一根拐杖。

梅子對鬱介紹我說：「這就是我對你說的那位記者，他對你的行為很感興趣。」鬱顯然沒有接受過記者的採訪，他略顯尷尬地問：「從哪兒說起呢？」我說：「你的行為藝術，梅子都給我說了。能說說你的家麼？也就是梅子不知道的事情。」說著我將已經寫好的關於鬱的那部分稿子遞到他的面前：「你看，那些已經寫了……」

鬱接過稿子翻看了一下說：「難怪梅子會欣賞你……」我擔心他將心思全都放在了稿子上面，說：「這份稿子你拿回去看吧。如果覺得有什麼要補充，我們約個時間下次見面再聊。」

以下就是鬱與梅子說的鬱的母親和芳鄰的故事——

鬱的母親以及一個被遺失的紅二代

回不去的「家」：芳鄰想起了在一個夜晚，天上沒有月亮，父親從大鐵門外進來，在她的眼睛上蒙了一條紅領巾，而後對她說：「我們來玩一個捉迷藏的遊戲，沒有我的指令你不能將眼睛上的紅領巾解開。」她覺得自己被帶上了一個小小的空間裡，然後空間晃動起來，隨之身體讓她覺得舒服地搖擺著。那樣的晃動使她像是回到了童年的搖籃裡、想睡。於是她感覺愈加的迷蒙起來……她猜測：那也許是她第一次坐汽車吧！後來她等不住了，將綁著的紅領巾解開，睜開眼睛時看到了一個她從來沒有看到的世界——大大的、空空的，望不到邊，沒有理由地浪費著空間。她不敢動，一動也不敢動，害怕玩捉迷藏的人找不到她。她就再也回不到那個環繞著高牆的大鐵門裡去了。又等了很久很久……後來她絕望了——想：是不是自己藏得太好了，別人找不到我？於是她開始尋找，沒有目標地亂走，可是走不了多遠就走不動了……就這樣走走停停、停停走走……直到遇到了鬱，她還以為自己是遇到了玩捉迷藏的人……

後來，她漸漸喜歡上了這種一眼看不到頭的日子。後來她猜出了真相，但她不敢對鬱說出自已經歷的一切。她害怕他又將她送回到過去——那個像井一樣的天地裡。

她記得有一次問家庭教師「井底之蛙」是什麼意思？老師支吾了許久後說：「這個就不深解了，

你按照字面理解就行了。」

「是一隻青蛙掉進了井裡？」

老師遲疑著回答說：「這樣理解也沒有錯。」

現在，她終於明白「井底之蛙」的意思了。

不能讓自己成為一隻在井底的青蛙。她就像一個逃犯，要將自己過去的一切都藏匿起來。

芳鄰究竟是怎樣出現的？

鬱說：他只知道她與家人在玩捉迷藏的遊戲……東躲西藏……後來就躲得別人找不到她了，而她也找不到回家的路。問她家附近有什麼特徵？可她只記得家裡面的陳設，對屋外的環境一無所知。為了這個答案，鬱心中還一直在竊喜，因為這樣她就再也回不去了。

於是鬱不再追問了。而且還努力著不讓芳鄰回憶起「過去」。

與鬱一起回家：夏秋之交，持續的高溫使一切都膨脹了，夏天還耍著賴，不想離開。畫家村像是一隻吹漲的氣球，隨時有可能炸掉。同時畫家村裡也在流傳著一句話：鬱病了。是抑鬱症。這種病從名字上看，就是專門為鬱準備的。

而記憶留給芳鄰的卻只有傍晚。傍晚，黯紅色的磚牆、朦朧的山坡，山坡上清淡的花香和淺淡的螢火蟲幽幽的光，隨著夜色越來越明晰。臺階一梯一梯的，拐了彎，總也走不完，彷彿會一直延伸到夢裡、延伸到生命的盡頭。

十二點以後，山坡上時常會起霧。這霧讓人憂鬱，芳鄰看到那潮濕的山風裡有一種旋律，在迷茫的夜裡慢慢地蕩漾開來，浸濕了小村底矮的平房，浸濕了院子裡的草地和樹葉，浸濕了她的夢鄉，讓她的靈魂在記憶與忘卻之間徒勞地掙扎。也許正是這潮濕的霧決定了憂鬱將成為芳鄰的永恆。她一天比一天感覺到自我的逃離，她知道那種純真已經走遠了，在她還沒有來得及去審視這段歷史對她的意義，她就匆匆地決定結束它──結束少女時代，成為一個完整的女人。

鬱拿到了回家的火車票。鬱說他前天晚上做了一個夢，夢見高大莊嚴的門在他的眼前開啟，瞬間陽光普照。一個聲音對他說，「你自由了」。他頓時覺得渾身沒有了阻絆，輕盈得很不自然。邁步朝前走去，有一種節奏，讓人無法停頓，於是他只能一直走下去，渴了、餓了、渾身是汗，但只能走下去，直到夢醒時，覺得全身酸痛。這夢真是有點奇怪，是預示著自己這一輩子都要奔波勞累？

芳鄰像往常一樣，默默地收拾著回家的行李，可這些事又和往常不一樣，因為對芳鄰來講，這一次像是最後一次。再也不會重複了。她小心地取下掛在牆上的梅子為她畫的油畫，畫中的那個灰色的沒有眼睛的女人已經薄薄的蒙了一層灰。在這層灰塵的後面，畫中的女人有沒有眼睛已經不是很重要了，因為透過這層灰塵畫中人看見的也只是濃濃的塵垢。芳鄰用黑色的絲巾仔細將畫包了起來，對她來講這幅畫不僅僅是一幅畫，它是對一個生命的見證，對一段歷史的見證。如果這幅畫有眼睛，她將見證自己由少女變為女人的過程。

催促的汽笛聲已經響了起來，站台上到處都是回家的人，沒有人發現芳鄰的眼神空蕩蕩地懸浮在站台潮濕的蒸汽裡。沒有人知道她努力地在心裡壓抑著第一次看見火車的好奇。就像她隨梅子第一次坐汽車遠行一樣將好奇埋藏在心裡，沒有讓梅子知道她的無知。

火車轟隆隆地向前開去，在一種節奏中無法停頓。車上的人隨著節奏搖晃著，像一個喝醉酒的漢子走在回家的路上。臥鋪車廂裡的人都睡下了，一點點昏黃的光灑在走廊上，擴音器裡的音樂也調到了最低，一切都像很久以前第一次與梅子坐在地上聽音樂時的情形一樣，磁帶緩緩地轉著，走完了一圈再又回來重走一遍。好像一個重複的故事，只是講故事的人已經不再興奮，沒有了嚮往，聽的人也就失去了興趣。想睡覺。

車窗外夜色如水，使火車就像是沉入水底的沉船，死寂死寂的，她感覺得到那些魚蝦在幽暗的船艙裡游來遊去的情景，好像一些蚊蟲在眼前晃動，令人煩躁難耐。

芳鄰看著身邊的鬱，他是平靜的，睡得好沉，隨著火車的節奏輕輕地晃動著像是搖籃裡的嬰兒。鐵軌上「咣當、咣當」的聲音從腳下傳來，不斷地彌漫著、重複著。就像是沒有目標的生活，傳遞著一種失重的情緒，車窗外的夜沉沉的，甚至連一顆星，一點光都沒有，夜的幽暗染黑了芳鄰的眼睛。

火車沿著山邊走，山腳下河水蜿蜒奔騰。奔流聲時而穿透車輪聲刺入車廂，時而又被車輪聲重重地擠出了窗外。車廂內微暗的燈光從玻璃窗裡透射出去，照得一切朦朦朧朧，偶爾有些低矮的植物伸出枝葉在車窗前拂動，跳躍一般地呈現出來，清晰得令人眼前一眩，使看到的人的目光彷彿受到了色彩濃烈地一擊。眼睛裡瞬間便充滿了那個顏色。

這是走在回鬱的家的路上，窗外的夜空黯藍黯藍的，然而夜空裡還有更藍的一塊色暈，芳鄰想也許那是她心裡的一滴淚，滴在夜空裡，於是沁濕了天空的一角。芳鄰彷彿看到梅子黑白分明的大眼睛和自己的眼神重合在一起（每當這時她們的嘴便也重合到了一起），那是一種無望的眼神，一曲聖歌，在夜空的最深遠處回蕩。

鬱睡著了，而芳鄰也迷離的在臥鋪上隨著火車的搖晃一左一右地晃動。鬱整個臉在昏暗的燈光下遙遠得就像一個嬰兒，她從來沒有過如此的感覺，她有一種想抱著他輕輕地搖晃的衝動。火車搖晃著，使她看見他的距離忽近忽遠，就像是現實或幻想、虛與實、真與假、時間或空間，交替著轉換。有時芳鄰覺得自己的懷裡真得抱著一個人，就是大海邊的那個小男孩，小小的，精製而迷人。他在她的懷裡睡著了，可愛極了。

芳鄰心裡暖烘烘的，幸福的迷霧從天上沉降下來，一隻羔羊，就這樣在愛的海洋裡迷途了……她滿眼的朦朧，鼻子咻咻，想哭。

只有自己生一個兒子，才能使這個願望成為現實。才能夠將那個小小的屬於自己的嬰兒緊緊地抱在懷裡。想到這裡芳鄰感覺到臉上有些微微地發燒，像是做了壞事而被人看到一樣。

猛地，火車一個急剎車，尖銳的剎車聲響成了長長的一條線──所有的人都醒了。火車在深深的夜暮中停下來。就像一個沒有講完的故事，芳鄰腦中的幻象戛然而止。

鬱從芳鄰的腿上抬起頭來問：「怎麼啦？」

「不知道。」芳鄰睜開眼睛，看著滿車箱被驚醒的人。

……

過了很久，聽到有人低聲的說：「前面壓死了一個人。」

「又是一個不想活了的人。」

「活夠了？」

「不，不是活夠了。是活不下去了。」

……

芳鄰和鬱沒有加入人們的議論，而是各自在想著自己說不清也道不明的心事。

十幾分鐘後，火車重新起動了，又回到一種持續運動的狀態。「空洞」、「空洞」、「空洞」……如果沒有意外，這種持續的運動狀態會一直保持到第二天凌晨。

芳鄰看見鬱點燃了一支煙，他蜷曲著身體把頭枕在手臂上，安安靜靜的。香煙的火光在黑暗裡忽閃忽閃，芳鄰可以想像出現在鬱臉上的表情，以及他嘴角的弧線。在她看來鬱的一切她都太熟悉了，她有時覺得她對他的瞭解勝過瞭解她自己。但有時又會覺得她對他一無所知，彷彿只是旅途上擦肩而過的陌生人，那麼遙遠。她甚至時常留意地去觀察他的某些細小的微不足道的姿勢，有時一些不經意的習慣性和姿勢會在她的面前重複，讓她感到熟悉，於是一種莫明的溫暖會牽扯她的心，讓她五臟六腑都為之感動。她喜歡那些微不足道的細節，因為越是微不足道越是能夠證明他們之間的親密。這樣她就滿足了。黑暗裡，她可以感受到他的呼吸慢條斯理的，所有的空氣都有著它們合適的路徑，來去自由。

「還不睡覺，在想什麼呢？」鬱突然打破了沉默。

「我想生個孩子。」芳鄰的聲音不大，但是堅定。

鬱沒有出聲，芳鄰看見香煙的火光漸漸淡漠了。快熄滅時，突然又亮起來，彤紅的一個小點。

「我想要個孩子。」

「為什麼？」

「不為什麼，我一時也無法說清楚。」

「凡事總要有理由。」

「不需要理由，我只要結果。」芳鄰轉身挽著鬱說。

「想好了？」

「想好了。」

「真的？」

「真的。」

「可是我們怎麼能養得起小孩呢？」

「不知道……可我什麼都願意做，只要是為了孩子，我可以犧牲一切。」芳鄰望著車窗外說：「一個女人只要放開了去做，就不會賺不到錢，況且我還算得上是一個漂亮的女人。」

鬱說：「你看著辦吧，反正我是拿不出錢來養孩子。」

「無論如何，我都想生一個。」芳鄰隱約地想起了那個似有似無的海邊，那個單純的小男孩。她又想當然地想：如果有了孩子，也許還可以讓自己回到那個虛構的世界之中……她說：「我已經有了。」頓了一會又再重複了一句，「已經有了。」

……

沉默，尷尬的沉默。彷彿一切都停止了，陷入黑暗中——時間、甚至呼吸。只有火車在持續的運動著，沒有生命……蒼白無聊地持續著。

過了一會兒，鬱說：「睡覺吧。」他掐滅了煙頭，眼前僅有的一點亮光也熄滅了，芳鄰爬上了臥鋪，「咣當，咣當」的聲音從鐵軌下面傳上來，車廂來回晃動著，就像回到了小時候母親的搖籃裡，她很快就睡著了。

四周靜靜的，可以聽到有人在翻身。火車沉重地爬過了一座大山，之後像是一頭紮入水裡。空氣明顯地涼了下來。

黑暗中，車窗外零星的燈光漸漸多起來……直到後來連成一片……火車進入市區了。

「到家了。」鬱搖晃著將剛睡著的芳鄰叫醒。

鬱的母親：清晨的月光下，小小的院子裡清冷得就像是一個久病人的臉，四處彌漫著一股草木腐爛的氣息。院子中間那棵苦蓮子樹迷迷糊糊的，像是剛睡醒時的目光。芳鄰抬頭看見懸在天空中間的那個原來就殘缺了的月亮被苦蓮子樹的枝梢刺破，好像流出了微白色的血——隱約地她感覺到起了霧，一切都顯得朦朦朧朧。

熟悉的苦蓮子的清香彷彿被這陣霧埋沒了，芳鄰除了覺得鼻子有些酸酸的之外，還能夠感覺到黑暗裡有渾沌的流水在門前的排水溝裡滯留。由於是夜裡，沒有人家用水，溝中的水極少，甚至還無法流動，幾片從苦蓮子樹上落下來的樹葉在潮濕的小溝中躺著，做著夢，相互猜測著明天的旅程，會被從各戶人家流出來的污水送到哪裡？在哪裡擱淺？

其實流向是註定，命運因此也是被註定的。所不同的是，走多遠？到哪裡？

「到家了，極近而又極遠。」遠時想近觀、近時想遠望，他忽然覺得無所適從。

鬱敲響了門，空空蕩蕩的聲音在空空蕩蕩的小屋裡迴響。聲音走得很慢，像是時光老人在最後的日子裡走過一片剛收割過的麥地，所有有用的果實都已被拿去了，剩下的只是一片無用的凌亂與荒蕪。

沒有人開門，甚至沒有一點聲音來回應這空洞的敲門聲。這聲音慢慢地走遠了，留下芳鄰與鬱孤獨地站在小小院子中間任憑月光細緻而輕柔地清洗著他們蒼白的面孔，使他們看上去更加地渺茫而迷離。

母親也許出門去了。

那是一個謎：每年麥子收割時母親總要整夜整夜地失蹤，直到第二天快中午時才回來。有一次鬱下決心要解開這個謎，他偷偷地跟在母親的後面，穿越了整個城市，來到郊外剛收割過的麥地上。那種荒蕪感他至今還記得，沒有風，沒有霧，沒有蟬鳴，有的只是徹骨的靜寂，有的只是腳踩在麥稈上「嘎嘎」的斷裂聲。像是撕碎了一個人的心。母親走到一個麥垛前，背靠著麥垛坐下，爾後一陣輕輕抽泣聲從麥垛的那邊傳來，像一雙圍攏過來的手，緊緊地擁著躲在麥垛另一頭的鬱。

鬱想逃走已經來不及了，他能夠感覺到，寂靜裡一個黑色的幽靈穿越過時間，穿越過空間，穿越過一切看得見和看不見的障礙緊緊地包裹住了他……

直到上午九點鐘，鬱的母親才回來。看到等在門口的芳鄰與鬱，母親什麼也沒有說，像是誰也不認識一般，徑直地穿過他們，開門進了屋子。

每年的這幾天母親總是這樣，好像這世界上沒有其他的東西，而只有她一個人。她就是這世界上的唯一。

曾經，鬱問過母親為什麼。母親說，只有這一天她才屬於自己，其他時候她就是兒子的媽媽。別的她就再也不願多說了，而鬱也沒有再追問。

芳鄰卻不想在糊塗之中生活，她接二連三地問：「為什麼？為什麼？為什麼……總有原因吧！」望著眼前這個漂亮的兒媳婦，鬱的母親對她說了一個故事。

鬱的母親的故事：母親從廂子裡拿出一張一九四九年以前照的已經泛黃了的老照片，照片的中央端坐著五個人，她指著中間的那個小姑娘說：「這就是我，那年才六歲，你看長得很乖吧。」她的臉上彷彿露出了笑容：那時的我很幸福，無憂無慮，左邊的那個穿西服的人是我的父親，他是胡開文文具店的高級職員。右邊那個穿旗袍的是我的母親，是一個大戶人家的千金小姐。其他的兩個，一個是我的哥哥，另一個是誰我記不清了，也許是我們家的一個世交朋友。現在一晃就過了五十年，你看這照片中的人物已經發黃得就要在這片老舊的背景中消失了。歷史的遺留就是這樣：深色的變淺，淺色的變深，最後會模糊成同一的蒼黃的顏色。也許這就是忘卻。

如今這照片中的人，除了我之外其他的人都死了。他們的生命已經被時間抹去，剩下的只有空間中的這張老照片。這就是他們的歷史，但是隨著深色與淺色的相互靠攏，他們最終將被一種蒼黃抹去，於是他們的歷史也就終結了。

有時我也想做反抗，用毛筆將那些退去的顏色再塗抹上新的顏色，讓他們再重新凸顯出來，可是我知道，那重新「顯現」的是不真實的。與其這樣還不如順從歷史，該忘卻的、該消失的，就讓他們悠然地來、淡漠地去。沒有任何人的任何一隻手可以留住他們。這就是我們這些小人物的歷史。

算了，就不說那些太遙遠的事了，還是從我十七歲之後開始講吧。

我和哥哥長大後，哥哥去當了兵。後來他又跟王震到新疆去平息判亂。據說哥哥殺了很多當地人。立了功。所以升官當上了連長。有一天，我收到了哥哥的一封來信，說是新疆真是一個好地方，他讓我也去那裡玩玩，我們兄妹倆也可以見上一面。信中還告訴我可以搭軍隊的便車去，並講明了什麼時間到哪裡坐車。

那一天我就去了，滿心歡喜地想：很快就可以見到哥哥了。上了軍車，我一看，車裡已經坐滿了年輕的姑娘。當時由於急著想見到哥哥，我也沒有多想，隨著軍車就出發了。

十多天以後汽車終於開進了一個軍營。一下車看到操場上已經站滿了軍人，我們擠著從他們的中間穿過操場。我感覺到他們的目光就像是火一樣在燒，像是要將我們身上的衣服燒掉。當時我心裡想，這些男人也許是很久沒有看到過女人了，所以目光才這樣的「狠毒」。

出了人群，我看到哥哥站在人群的外面，他對我抬手說：「小妹，我在這裡。」

我擠到了哥哥的身邊。我們沒有擁抱，因為周圍有眾多的男人的目光。我們只是默默地對望著。陽光很明亮，天空很乾淨。地上的沙像雪一樣白。

我說：「哥。」

他說：「妹。」

他問：「來啦？」

我答：「來了！」

我感覺到哥哥的目光不像往日那樣的明淨，卻多了一絲少見的模糊，像是有意要看不清什麼，同時也不要被別人看清。

由於當時我們兄妹倆才見面，我也沒有把他往壞處想。親哥哥總不會害親妹妹吧！

頭一天我是住在部隊的招待所。於其說是招待所，還不如說是一個大棚子。裡面擠了幾十個姐妹。我問睡在我旁邊的那個大姐姐模樣的人：「你也是來看哥哥的？」

她說：「我是來接受挑選，給他們當老婆的。」

我有些奇怪：「當老婆？」

她自豪地說：「解放軍在為國家、為人民打仗，沒有時間談情說愛，有些軍人因此耽誤了青春。我就是響應黨和國家的號召，來接受他們挑選的。」

接著她有些奇怪地問：「怎麼，你不是為了這才來的？」

我說：「不，我是來看我哥哥的。他是解放軍的連長。」

那個大姐姐模樣的女人就沒有多說什麼了，轉過身去就睡了。

第二天，哥哥來了，他把我帶到一個看起來要好得很多的房子裡，說：「這就是你的家了。」我問：「為什麼是我的家。」哥哥說，他們的師長看上我了。師長一生為了革命，而一直沒有回家，前些日子，終於有了空閒才想起了家人，於是就派了一個警衛員回去看看，卻發現家裡的人都死了。如今就只剩下他孤身一人。哥哥說，讓我也犧牲一下自己。他說，你看師長為了我們犧牲了那麼多，你就也為他做出一點點犧牲吧。

我說：「可是我並不熟悉他呀。」

哥哥說：「感情是可以陪養的嘛。」

我說：「可是，我已經有了愛人。」

哥哥說：「難道一個為革命而犧牲了自己的一切的人還不值得你愛嗎？你的政治覺悟都到哪裡去了。」停了一會，哥哥很嚴肅地用眼睛死死地盯住我說：這可是一個政治問題。

新疆太大了，憑我個人的能力是絕對回不去了。就這樣我成了師長的老婆。而我的哥哥也因此由連長晉升為副團長。本來，我也就認命了，因為這畢竟也是一種不愁吃穿的生活。

我慢慢地開始融入了那裡，有時也要出去串串門。有一次我到一個當地維族人的家裡，他們家裡有一個幾歲大的小男孩，不知為了什麼他正在哭著。也許是為了一個玩具，也許是為了一個糖果。

他正在哭著鬧著，我只聽到他母親低聲地說了一句：「再哭，王震就來了。」

奇蹟般地，小男孩就不哭了。眼睛裡立刻就流露出一種恐懼。那個眼神我一輩子都忘不了。「你看，」鬱的母親對芳鄰說：「現在已經四十多年了，只要一想起那個眼神，我就會流眼淚。」

鬱的母親擦了一把眼淚說：「回來後，我問軍長——也就是我的丈夫（那時他已經是軍長了）——這是為什麼。」

他很輕鬆地對我說：「他們被我們殺怕了。這些異族人，只有殺死他們，他們才會感到害怕。」說完後他的臉上流露著一種自豪感。那種不以為恥反以為榮的嘴臉真讓我噁心。

我問：「你殺了他們好多人呢？」

他說：「我也沒有統計過……這樣跟你說吧，如果我們有一個解放軍在一個村莊被他們的人殺死了。那麼我們的報復手段就是殺光他們整個村子裡的男人。那些剩下的女人們白天是不敢哭的，只有躲在夜晚裡獨自哭泣。」

「為什麼要留下女人？」

「是為了讓這些活著的女人，告訴其他地方的女人，管好自己的男人。不要讓自己也成了寡婦。」

我聽了之後感到渾身發冷。從此每到夜晚，我都感覺到自己像是睡在一個殺人犯的身邊。還有我每天都會聽到孩子們的哭聲，而這些哭泣的聲音在一聲低語下戛然而止。我知道那低沉的聲音說的是什麼——那就是「王震來了」。我再也忍受不下去了。於是便醞釀著一個計畫，決定找機會逃離那個地方。

後來我終於找了一個時機逃了回來。可是回來後發現戶口已經被注銷，我沒有資格在這個城市裡像其他人一樣生活了。沒有戶口就沒有各種票證——糧票、布票、油票、肉票、糖票……買什麼東西都要票證。我只有幫人洗衣服及縫補衣物來換取一些食物。即使是這樣，我還是不能正常地生活。沒有多久，他們就找回來了，我只有裝瘋賣傻。在他們剛找到我的那天晚上，我披頭散髮地穿過夜晚、穿過陷入在黑暗中的城市，走到郊外剛剛收割過的麥地，任憑刺足的秸杆割著我的腳。我的腳下流出了血，一個一個帶血的腳印一直伸向了一個剛堆起來的麥垛。我哭著、笑著、喊著，吃殘留在田裡的麥粒與昆蟲，踩著流血的雙足。後來實在是累了，我在那個麥垛下坐了下來。眼淚滴在地下，在麥地裡形成了兩個濕濕的眼睛。這兩雙眼睛就這樣默默地對望著，一雙朝著天、一雙向著地。

此時，我聽見麥垛的後面傳來了兩個人低聲的對話：

「她是真得瘋了。」

「是的，我看也是。」
「我們不能讓司令有一個瘋子老婆。」
「是的。堅決不能。」
「我們回去吧，就說她已經死了。」
「我同意。不能讓司令背上這個包袱。」
「對，為了司令好。」
「嗯，一切為了司令員。」
「這是我們兩個人的祕密。」
「是的。我們的祕密。」
……
「後來，每年這一天的晚上我都要穿過城市，走到這裡，」鬱的母親說，「在這堆麥垛下坐下，紀念自己。因為這是我死亡的日子，也是我重生的日子。」
沉默。
一直過了很久，他們都不說一句話。還是母親打破了這令人不安的靜默：「我再說一個祕密吧，反正我留在世上的日子也不多了。鬱，你知道嗎，你就是那個師長……軍長……哦，不……是司令員的兒子。逃回來七個月之後，我就生下了你。鬱，沒有成為紅二代、官二代，你恨媽媽麼？」

鬱沒有回答，他的臉陰鬱得就像是他的名字。讓人猜不透此時他在想些什麼。

而芳鄰覺得臉上濕濕的、冰冰的、冷冷的，兩行淚水早已經流淌了下來……

鬱對芳鄰說的故事：夜晚，城市裡的燈光把天上的星光遮蓋住了。鬱對芳鄰說：「原來是這樣，我就是那個師長的兒子。難怪有一次，母親想要把我丟到井裡。那時我大概只有四、五歲。在一個傍晚，天好像才黑下來，母親突然抱起我就衝出屋子，到了井邊就把我往下丟，出於本能，我用雙手緊緊地抓住井沿。母親使勁地丟了幾次，我都沒有鬆開手。後來母親又把我抱回了屋子，緊緊地抱著我大聲地哭了起來。」

「這事我一輩子也不會忘記。」鬱說：「一直以來，我都以為，那是母親犯病了。今天我才知道，那是母親積壓心中的恨終於爆發了。原來母親一直都是在恨著我的……」

「也許是那一天你母親從你的身上看到了師長的影子……」那天晚上，芳鄰緊緊地抱著鬱，就像是抱著自己的孩子一樣。彷彿她就是一個母親。

另一個山坡，另一座房子：第二天鬱對芳鄰說要帶她去看一樣東西，就在那裡，山坡上的那棟破舊的紅磚樓，鬱說那就是他當年的畫室。每天只要一有空閒他就要背著畫板到那兒，練習素描。

那裡原本是一個子弟學校，由於太舊已經閒置好多年了，成了一些閒散人的樂園。遠遠看過去那棟樓黑紅黑紅的，就像是掛在半天上的被弄髒了的彩虹。

鬱說，聽說在那個年代——文革武鬥的年代，學校已經停課，那棟樓成了井崗山派的根據地。後來，紅旗派攻陷了井崗山派的堡壘，一樓盡頭的教室就堆放著死去紅衛兵的屍體。

一具具屍體，帶著血污，身上的彈孔，蒼白的臉色……芳鄰想都不敢想。

那些屍體像是真實地躺在那裡，睜著無神的眼睛，穿透時間的障礙注視著她。

鬱的畫室在二樓，鬱說：「放心，二樓沒有屍體。屍體太沉重了，沒有人會將它搬上二樓的。」

「聽說鬼的膝蓋不會彎，它是上不了樓的。」芳鄰也為自己找了一個不怕的理由。

她緊緊地跟著他穿過幽暗的走廊，沿著梯子上二樓。樓梯是老式的木板梯，寬大、笨重、式樣極為簡樸，帶著那個年代的烙印。樓梯很陡，沒有拐彎，直接通向二樓的過道。當頭有扇窗，陽光從外面投射進來，在這裡留下一個梯形鮮明的陽光影子。這影子是存在好多年的，自從有了這棟樓便有了這影子，它是舊樓裡一抹溫柔的眼神，無論是經過了多麼無情的歲月，它仍然是溫暖的陽光的影子。

鬱的畫室在過道左邊，也是一間教室。房間盡頭正對著門的牆上有一面大大的黑板，旁邊的牆上還有標語——「千萬不要忘記階級鬥爭」，這些字被人用白色的塗料厚厚地掩蓋了，可是從它那凹凸的形狀仍可以看出那裡曾經是一面牆報。窗戶是高大寬敞的，是教室的那種窗戶，它是敞開的，不帶有任何的私密性。閉上眼睛，貼著窗玻璃，彷彿還能聽到當年學生朗朗的讀書聲。家具都是以前遺留下來的舊家具，寬大且笨重。屋子的中間有一張特別大的床，放在這間教室裡，就像是一張大大的講臺。這裡不像一個家，當然也不是一個家。鬱把它稱作他的畫室，過去他每天在裡面畫畫。

芳鄰則覺得它像是她的帳篷，因為那些高大的窗戶都安上了一副淡白色的窗簾，窗簾長長地垂下，鬆軟的、輕盈的，就像是沙灘上的帳篷。淡白色的、乾燥、悶熱、透明……屬於芳鄰幻想生活的流浪部分。

現在鬱與芳鄰就在這裡，鬱抱著她睡在那張大床的上面，空空蕩蕩的，只有灰塵四處飛舞著。芳鄰有一種不安的感覺。她彷彿十分唐突地闖進了別人神聖的殿堂，她總懷疑她的睡姿，她和鬱的那些私密的姿勢，會引來別人的竊竊私語，那些隱約的聲音，是歷史沉積下來的，就隱藏在牆壁裡面，那是白色牆壁上的灰色塵埃。也是白色塗料下面隱隱藏著的標語，那牆報上曾經出現過的文字。

於是，她不安地睡在上面，不安地和鬱做著愛，不安地呻吟，不安地等待高潮的到來，不安地墜入世界末日，像跳樓自殺那樣下墜。

在這裡做完愛之後，天竟然就黑了；一下子，讓她毫無準備地就黑了下來。黑沉沉的窗外讓她奇怪地聯想到了死、恐懼，所以芳鄰相信愛和死亡是連在一起的。

打傘與打散：芳鄰打開窗戶，雨並不很大，但地已經濕透了，看樣子是下了好一陣。地上東一灘西一灘的水窪，亮晶晶地映著天光。

她畫完了妝。鬱對著鏡子中的她說：「我們今天去辦結婚證吧。辦個證要安全一些，否則一旦得罪政府，他們會以各種罪名把我們抓進去——我有一個朋友就是因為沒有扯結婚證而被以流氓罪的名義抓進去了。關了好幾天呢。出來後他說，那兒真不是人呆的地方，人不人、鬼不鬼的。關一天就足以摧毀你的三觀。」

芳鄰沒有回答他，而是問：「我還是很乖吧。」

鬱說：「乖，乖得像是個小娃娃。」

芳鄰很認真地說：「我今天要跨越一道門檻，今天以後，我就是一個真正的妻子了。」

鬱沒有響應她的興奮，而是自誇地說：「我有個同學在民政局工作，你沒有戶口，辦不了結婚證。他答應幫我走個後門，給我們辦一張。」芳鄰羨慕地感嘆著：「有同學真好，什麼事都好辦。」

結婚證裡分別貼著他倆的兩寸黑白標準照，民政部門的鋼印，還有一個大紅的「喜」字。看著它，芳鄰就有一種奇怪的感覺。那圓圓且深深地嵌入紙內的鋼印像是一個巨大的句號。照片上的兩個人就這樣被定格了。還有一種天經地義的感覺，就像每個星球都有它運行的軌道，他們也是沿著軌道而運行的。

紅紅的塑料封面上赫然的印著三個金字「結婚證」。一種新鮮塑料的陌生氣味撲鼻而來。

出門前鬱說結婚時打傘不好，因為「打傘」與「打散」諧音。於是他們決定不打傘。他們是一路淋著細雨，嘻嘻哈哈地一陣風牽著手跑回家的，淅瀝呼啦地一路濺著水。

新婚的感覺，清涼的雨，奄奄的熱汗，與一路奔跑著的急喘，構成了新婚的過程。

消失的小孩及「肉芽」：剛領了結婚證的那年秋天，她與鬱揣著結婚證回到了畫家村。陰雨綿綿，雨一下就是一整天，世界像要黴爛了一般。

芳鄰最怕這種天氣，一連串的雨，她的精神就會極度地憂鬱，也許是間斷性的精神抑鬱症。雨夜裡的嘩嘩雨聲，她聽著像是大海在唱歌——是一首陳舊的童謠，只能在心中迴響，卻無法在現實中聽見。還有撥浪鼓空洞的聲音，一浪一浪地撞擊著她的世界。

「一閉上眼睛，蓋在身上的被子就開始延伸，像波浪般無限的起伏，而波浪中有一個孩子在不斷地縮小。」無限膨脹的被子與無限縮小的孩子，把芳鄰的神經扯向了兩個不同的方向。房間裡隱然充斥著童謠整齊青澀的聲音和泥土衰敗黴爛的氣息。

也有一種溫暖在芳鄰的心裡滋生著，每當鄰家的小孩撩開門簾用一雙單純的眼睛望著她時，她心裡便會伸出一隻無形的手，溫暖地撫摸那孩子的小臉。芳鄰也覺得奇怪，為什麼她一直害怕看見小孩子，可單單對這孩子有一種奇怪的憐愛。這孩子，瘦瘦的，小小的眼睛總是簡單而且執著地望著她。第一次看見，鬱就斷言說這小孩是一個啞巴，兩三歲了還沒有開口說話。是的，那小孩從來沒有開口說過一句話。他總是在芳鄰忘了關門的時候輕輕地撩開門簾，然後站在門口用木棒一樣的目光定定地看她，好像他們曾經認識、見過面一樣。

芳鄰說：「過來，到姐姐這裡來。」

那小孩仍然站在那裡。芳鄰想和他溝通，想送他東西，可沒有合適的。她找了半天，拿出自己的首飾盒，裡面有頭飾、胸花什麼的，她遞到他面前，她看見他笑了，她挑了一件別在他的衣服上。她感覺到他們像是在荒漠裡相遇的兩個孤單的靈魂。

漸漸地他們都習慣了這份沉默的友誼。彼此通過眼神傳遞著溫柔的迅息。

有時候看到這小孩稚嫩的臉，芳鄰會想到她那已經流產掉的孩子曾經在她腹部中的短暫生命。她會想到那遙遠的孕育，那種懷孕的溫柔還遺留在她的腹部，那是她的孩子留給她的一聲微弱的歎息。

後來那孩子奇怪地不見了。房東說，孩子被送到更遠、更偏僻的鄉下去了。而有一天鬱說：「那孩子也許是被人給拐走了，賣給乞丐組織，被弄成殘廢，在某個城市的街道上行乞。」

芳鄰聽後，臉色瞬間變得慘白。鬱並沒有發現她的這種變化，繼續說：「有一個人的弟弟失蹤了。多年以後她到廣東東莞出差，走在街上，覺得有人在叫自己的名字。她四下看看，沒有人。她以為自己聽錯了。可剛走了兩步，又聽見了叫聲。她仔細地向四周看了看，看見不遠處趴著一個乞丐。他的雙腿沒了，架在一個平板滑輪車上，雙手在地上爬著，抬著頭對著她喊，『姐姐，是我呀』……」聽到這裡，芳鄰就站不住了。癱倒在地上。

鬱背對著她，望著窗外，看著那一棵才種下去不久的小葉榕樹說：「聽說有些孩子被賣到乞丐組織後，被割掉舌頭、挖去眼睛、挑斷腳筋、撕爛皮膚，總之越慘越能換取人們的同情心……。據說行內人士管這種孩子叫：肉芽。你知道什麼是真正的肉芽麼？就是長在臘肉上的蛆蟲。所以，以後看到這種乞丐千萬不要給錢。給錢你就上圈套了，他們為此會製作更多的『肉芽』。」說著他回過頭來，看到倒在地上的芳鄰。鬱將她扶到床上，問：「你怎麼啦？」芳鄰答非所問地回答：「沒什麼、我沒有什麼……我很幸福。」像是正在接受中央電視臺記者的採訪。

「幸福？」鬱一臉困惑。

相比起「肉芽」，芳鄰感覺自己真算是一個幸運的人。她想起了自己童年……其他幾乎是忘記了……只有一件事情是無論如何也忘記不了的。只要一想起來，就有一種鑽心的痛從腳底傳來。那是父母給她裹腳——長長、寬寬、薄薄的白紗布像是沒有盡頭的蠶絲，一層一層地裹纏著她的雙足，擠壓著，骨頭像是要裂了、血管像是要炸了、皮肉像是要破了。她哭喊著。可是沒有人理會她的痛楚。她痛得沒有辦法走路，哪怕是半步，可是父母還是逼著她走，而且還要好好的像正常人一樣的走。她完全做不到。後來還是一位叔叔提醒她的父親：「你們把她的腳纏毀了，怎麼比得贏別人養的孩子？」就是因為這一句話，父親沒有再堅持給她裹腳。芳鄰一直到現在都沒有理解這句話的真實含義。比什麼？跟誰比？贏什麼？只要一想起這些，她就心慌得緊。

「沒……沒什麼，只是突然覺得心頭有個東西壓著，堵得慌。」她感覺到有些想吐。

此後，芳鄰心裡像是鬱結著一個瘤子。後來她又覺得那腫塊，慢慢下墜，在小腹中，變得真實起來，慢慢長大。

芳鄰又懷孕了。

芳鄰看見——結晶：第二年，芳鄰生了一個女孩。在那一陣陣死去活來的疼痛過去後，她聽見了幾聲細小的哭聲。芳鄰順著聲音看過去，看見醫生手裡抱著的嬰兒，覺得她與鬱長得一模一樣，簡直就是鬱的縮水版。

鬱也這樣認為，他說：「根本就不用擔心與其他的嬰兒弄混，在那一排嬰兒中，我一眼就能將她找出來。」他又補充說：「自己還能夠不認識自己？」

這個孩子確實很像鬱，將她抱在懷裡，芳鄰感覺到就像是將鬱抱在懷裡一樣，心裡甜甜的像蜜一樣。

可是也不知是什麼時候鬱發生了變化——也許是從鬱開始了下半身藝術之後——有一種危機就像是浴缸裡正在放著的水一樣慢慢地漫上來……

那一天鬱從外面回來，像是很累很累，一屁股就坐在屋外的石頭上。芳鄰問：「怎麼啦？」鬱沒有回答她，而是很小心地說：「這個孩子來的真不是時候。」芳鄰不知道鬱在想些什麼，沒有接話。

於是鬱接著說：「我打算冒一下險，去搞梅子那種藝術。」

「為什麼？」

「我發現他們搞下半身的，都發財了。唉，以前的路走錯了，不能再錯下去了……」芳鄰不知道是應該鼓勵他還是打擊他，還是沒有插話。鬱接著往下說：「如果，連這樣都還發不了財。我想、我想，就不送孩子去幼兒園了，我們自己在家裡教。好嗎？」說著指了一下正在酣睡的女兒：「現在幼兒園的學費高得嚇人。」

芳鄰聽到這，像是突然爆炸了一般叫喊起來：「我不要孩子一個人待在家裡，我要讓她與很多很多很多……小朋友們一起上學、一起玩耍。」芳鄰抱起被驚醒嚇的哭了起來的女兒說，「我可以去工作。為了她，我可以付出一切……為了她，我幹什麼都可以……」

鬱不明白芳鄰為什麼突然激動起來，不解地看著她。而芳鄰也像是意識到了什麼，猛地什麼也不說了。呆呆地坐著。

芳鄰看見——孤獨：鬱脫下半濕的汗衫扔進洗衣桶裡，一腳跨進了浴缸。浴缸裡沒有水，冰涼的陶瓷竟有些驚腳心。浴缸在房屋的中間，鬱說這是國外最流行的設計。三伏天這裡就像是蒸籠，四壁掛著水珠，悶濕悶濕的。鬱蹲在浴缸裡，腦門上豆大的汗往下淌。扭開水龍頭，水管呱呱地叫了幾聲，一小股黃水慢條斯理地從蓮蓬裡流了出來。水在他的腳趾縫間由黃轉清，水越積越多，慢慢地淹過了腳背，水中模模糊糊的陰影是他的影子，在房屋昏黃的燈光裡，在浴缸冰涼的水裡，瑟瑟地抖動著，用手一攬就沒了。瞬間，他的手臂和背上的皮膚開始戰慄，一種冷和熱極其尷尬的結合，他皺著眉頭躺進了水裡。冰涼的水像與世隔絕的孤獨包圍著他，有一種奇特而痛苦的快感，這正是他要尋找的東西。他感到靈魂終於暫時從為了生存而終日徒勞的肉體中昇華，完全屬於了自己。被拋棄的肉體在冰涼的水裡越發地顯得蒼白和孱弱。他彷彿明白靈魂棲身於肉體就是為了這種分離的孤獨到來。他恍惚地明白，他一直努力尋找的也許正是這種一不小心而在生命中失落的孤獨。絕緣體。就像與死亡一樣的隔絕……

芳鄰看見——暴力：風扇的葉子咻咻地轉著，房間的陳設很簡單，不過是半舊的家具半舊的沙發和床，把屋子塞得滿滿的。衣櫃上一個拳頭大小的洞，那是昨天鬱與她吵架時留下的。當時她在勸他說：不要搞那些行為藝術了，沒有用的，賺不到錢，而且還會使自己變為壞人。沒想到鬱當時提起拳頭就砸了過來，遭殃的還有一面梳粧檯上的大鏡子，拳頭砸下去全碎了，鬱的手上流了好多血，小孩的水杯也打翻在地。她驚慌失措的尖叫聲，滿臉的淚；他的血和地上的水；空氣裡彌漫著淡甜淡甜的腥味兒……

芳鄰看見——恐懼：傍晚的天邊，血沁的紅慢慢退去，黑雲吞噬了天的盡頭，只留下了一抹光的氣息。從北邊來的風一路南下，途經之處一片蒼茫。草也枯黃了，樹也頹萎了。那只春天系在樹上的紅手帕，還在風中晃晃悠悠的（只是變得有些發黑，就像是女人骯髒的經血），就像是半夜裡悽楚的風鈴聲（只是她卻一點聲音也聽不到，芳鄰只有在心默默地數著，一、二……一、二……後來她發現這些聲音竟是自己的心跳……）。一日一日，一夜一夜……她走過樹下，紅手帕從她的頭上拂過，帶著她的頭髮一起在風裡飄搖……褪了色、髒了、腐了……像靈魂逐漸淡去。

她屏住呼吸，沒命地想往高處跑，山坡上的小路拐了兩道彎，消失在灌木的夾道中。自從房東的小孩失蹤之後，再沒有小孩到過這裡，在門前探著頭向裡看，只有兩旁茂盛的野玫瑰，枯了還渾身帶著刺。這條小路彎彎地爬上一座簡簡單單的小院，像是一個走累的人站著休息時的喘息，有時隱沒在草叢裡，有時又從草叢裡鑽了出來。路兩旁擠滿了自古以來的亂墳，東一堆、西一堆……漫山遍野延伸到遙遠。每當走過這裡她都感到恐懼，鬱安慰她說：「這些墳並不是真的，不過是為五八年大饑荒時被餓死並被分來吃了的那些人而立的。裡面是空的，只有幾件舊衣服。」聽鬱這樣一說，芳鄰更加地恐懼起來，她開始害怕那些活著的人了——吃了人的人——每當看見那些上了年紀的人她都要去猜：他吃過人麼？

聽說吃過人的人眼睛是紅的，可是她又不敢去看被猜的人的眼睛。她害怕自己的猜測被證實。證實之後，想騙自己都無法了。

芳鄰看見——絕望：這年冬天又冷又濕，樹幹都光著枝叉，像一個一個的禿子。從窗子透進的風一進屋子就直往人領子裡鑽。芳鄰看看表走到女兒的床前，輕聲叫醒她，母女倆匆匆地吃完早餐出門了。通往幼兒園的路上堆放了一些從畫家村裡丟出來的廢舊雕塑，那些雕塑冷冷的笑容怪嚇人的。芳鄰和女兒每天都要走在這條路上。幼兒園的廣播裡放著音樂，小朋友們已經在老師的帶領下做早操了。

「媽媽，你早點來接我，最早——最早來接我。」女兒在後面喊……

「媽媽，你早點來接我，最早——最早來接我……」女兒的話像長了翅膀的鳥兒飛過了漫漫的艾草，漫天飄啊飄啊……

「我當然會最早最早來接你。」每次將女兒送到幼兒園，看到女兒小小的背影，她都會想起「肉芽」，她害怕女兒會被拐走，製作成「肉芽」。每次想到這，她的眼淚就會止不住地流下來。「為什麼母親的眼裡常含著淚水？因為她心裡放不下女兒」。自己已經夠不幸了，不能讓女兒比自己更不幸。眼淚如細雨，不停、不停……她的心潮濕得發黴了。

有一次芳鄰有意無意地對鬱說：「聽說有些錢多得不知道怎麼花的人買來嬰兒，讓他在封閉環境中按計畫教育。待養到十六、七歲有一定的獨立能力時，就將其帶到一個完全陌生的地方丟掉，讓其經歷各種意外及不適應——就如激流中的一片落葉，沉浮、掙扎；或被沖上岸、或漂流著永遠也找不到歸宿……」鬱聽了之後驚歎道：「高人！高人呀！這才是真正的行為藝術！做得太絕了。」說完鬱就陷入了沉思之中。

但有一點他想不明白：「為什麼要養到十七歲呢？早一點丟掉，人蟲的命運不是更不可控麼？哦……我明白了，丟得太早有可能被人撿去製成『肉芽』。等成人後，想要將其製成『肉芽』就不是那麼容易了。這是不想讓乞丐白撿了便宜。」鬱為自己解答了這個難題，興奮地在屋子裡來回走著。

芳鄰看了一眼睡得正香的女兒問：「你會將我們的女兒也那樣養麼？」鬱很認真地想了一下，說：「你說的這事不能成立，她是我親生的，不是買的。所以我即使想摹仿，也不行。」

「那麼，你會去買一個來飼養麼？」芳鄰怯懦地問。

「如果……是為了藝術……」鬱停頓了一會兒接著說，「也許，會吧……唉！別提了，我連自己都養不起，還飼養什麼『人蟲』……」鬱顯得有些失意，「搞藝術是要花錢的。像我這樣窮人，只有搞一些簡單粗暴的東西。」

「你……你不作惡，是因為沒有作惡的能力！」芳鄰不知道自己哪來的勇氣。是因為他不僅沒有大罵丟掉「人蟲」的人，反而還帶著讚賞與羨慕？

鬱回過頭來，緊緊地盯著芳鄰，像是想將她看透：「你是不是被丟掉的孩子？你的家在哪兒？你為什麼從來就沒有跟我提起過你的家人、朋友、同學？你什麼時候能帶我去看看你的父母？」

芳鄰緊咬著牙齒，不說話。像是一個女英雄。而鬱則像是一個軟弱的審判官。

雨下下停停、停停下下，此時又停了。地還是濕的，院落裡的路燈在地上拉著長長的影子，這冬雨洗禮後的草木裡，散發著清涼的氣味，像是水彩畫裡滲出來淡淡的淒美。芳鄰仔細聽著風裡好像夾雜著女兒娓娓的絮語，「媽媽，早點來接我，最早——最早……」這聲音來自空中飄忽不定，芳鄰仔細地聽著，她突然覺得這聲音與她緊密悠關，正是為了這細小的韻律，她才對生命久久地難以割捨。她恍惚看到了一個四肢扭曲、形容可怖的女孩在地上爬行著，對她喊著：「媽媽，媽媽……是我呀，是我呀……」。

芳鄰用鉛筆在一張「廣告報價單」的背面畫著古代的仕女圖，一個、二個、三個……她的心裡亂糟糟的。在那些線條的外面，是一大片的白色，彷彿只要輕輕一抹，她們便會消失。

昨夜她又在一個噩夢中驚醒：她夢見在一個陷阱裡望著天——井是方的、天是圓的。為什麼從方井裡看天是圓的？是這個世界變形了麼？井底有幾隻身上長滿瘡的青蛙，它們圍著她跳，就要跳到了身上。她驚醒了，扭開床頭的燈，渾身上下冒著冷汗，小腿肌肉一陣陣地痙攣。分明睡在自己家的床上，可靈魂卻總是想要回到那個更精緻、更偪仄的地方。她看了看表，已經是早晨五點，女兒微微地翹著嘴睡在她自己的小床上，熟睡的模樣看起來像還是嬰兒。

鬱又是一夜沒有回家，芳鄰伸手摸了摸平時鬱睡的地方是冰冷冰冷的，環顧四周屋裡顯得空空蕩蕩。她也記不清這是鬱第幾次徹夜不回家。天漸漸泛起了藍色，是那種能叫人的心莫明其妙悸動的藍。啪嗒啪嗒，天又在下雨，深冬了還這樣多雨水，這雨讓空氣也像生了鏽似的帶有一股黴爛味道。又是陰晦的一天。

芳鄰更加地沒有任何的興致了，她將「廣告報價單」揉成團丟進廢紙簍——這張單子如果不簽上名字、蓋上公章，就真的是一張廢紙——而後起身走到辦公室的窗臺邊，大大的窗戶，能夠看見人大的世界。她點了一支煙，輕輕地吸了一口又吐出來，重複著這一個毫無意義的動作。她把煙圈從嘴裡接二連三地吐出來，再看那些小小的煙圈在空中扭動的身體越來越大，越變越淡，然後慌慌張張地散了。就像那些曾經有過的理想和願望也都散了。

她心裡想著這些，臉上竟泛起了一絲笑容，那笑容在窗簾透出的灰冷的光線裡隱隱地顯得有些慘烈。她知道自己近來的精神狀態不好，甚至是已經近於瘋狂的地步，這怨誰？也許只是命運在捉弄人吧。

想到這裡，芳鄰拔響了鬱的手機。通了。鬱在電話裡措辭小心而緊張。有什麼工作需要他昨晚突然出差呢？其實他們都知道出差只是藉口罷了。他可能是到哪裡去做了些什麼不能公開的事。鬱已經肆無忌憚到了放肆的地步了，芳鄰忍不住地感到一陣陣的心寒。她想也許應該和鬱好好談談了。她和鬱約了見面的時間地點就匆匆地掛斷了電話。

傍晚的時候，芳鄰第一次沒有去接女兒，她拜託了鄰居把女兒暫時帶回去。她和鬱約好在城裡共進晚餐，於是她在東禦街的路口等他。剛升起的零零散散的月光撒落在人行道上，昏昏沉沉的。

霓虹燈在廢氣籠罩的夜空裡努力地炫耀著。街道上人流如夢，芳鄰坐在一個商店前的休息椅上，她覺得這椅子安放得很怪，就放在人行道與車道之間，而且是面向商店背對車道，讓坐上去的人極其的壓抑和缺乏安全感。然而芳鄰安然地坐在那裡，她十分自然地領略著那份壓抑和不安的感覺，就像是一種習慣。其間有一個中年男人走過來文質彬彬地與她搭話，她將頭扭向一邊沒有搭理他。這種人面獸心的人她見多了，目的僅是為了騙她上床。

沒等多久鬱來了，他高大的身影越來越近，越來越清晰，他在對她笑呢。他們走在一起，他輕輕地扶著她的腰好像很親密的樣子。可芳鄰卻無心感受這份柔情，她的心裡像打翻了五味瓶，酸的、甜的、苦的、辣的……什麼滋味都有。他們走進一間小餐廳，選了一個靠牆角的座位。此時她計算著怎樣向他興師問罪，但他小心地保護著自己，她聽見他的呼吸聲沙沙沙的特別響，像是昨夜也沒有睡好覺。

「老婆……」鬱的臉微微地泛紅，眼鏡後面的一對眼球顯得突出。他想把手輕輕地放在她的手上，但她刷地把手縮了回去，於是他的手尷尬地握成拳頭收到嘴巴邊上，他開始咳嗽，不是感冒的咳嗽，而是為了掩飾某種尷尬。

「你昨天晚上去了哪兒？」芳鄰聲音冷漠地連她自己也嚇了一跳。

「我……」鬱停頓了一下，嗓音沙沙的繼續說道：

「我去了金天馬娛樂城。」

「就你一個人？」芳鄰繼續問。

「還有小許——王總的秘書，你上次見過的。」鬱說著把頭轉向窗外，目光飄來飄去，他突然放鬆了臉上繃緊的肌肉，說道：

「小許那小子一定會染上病的，他居然連東西也不戴就『那個』。」

芳鄰翻來翻去地看著右手無名指上的倒剪皮：「你呢，你戴了嗎？」

「我是戴了的。」

芳鄰半張著嘴不再問了，她看見她的手指僵硬地彎曲著，就像幾節竹竿。她感覺到腦袋在嗡嗡作響，她原來準備要去拆穿所有謊言的力氣，都從她的肩膀上嘩嘩嘩地撒在腳下的地板上。她被他的誠實弄得措手不及。是的，對於她，他竟然連謊都懶得去撒。

「我們……」在一陣沉默之後，她吸了一口氣，用了很長時間才努力地說出話來：「看來我們真的該談談離婚的事了。」世界好像瞬間凝固了。芳鄰只感到兩股熱流從她的眼眶裡淌出來，她聽見自己的聲音像斷線的風箏帶著長長的尾巴飄了去，遠離她的身體，變成了一種與世隔絕的嗚咽。

鬱一句話也沒有說，他把頭擱在手裡，燈光在他褐色的眼鏡架上跳躍著閃亮。他沒有說一句話，沒有表示肯定還是否定，沒有哀求，甚至連聲對不起也沒有說。他的沉默讓芳鄰感到憤怒。可這憤怒竟然沒有發洩的對象。窗外的天空已經黑盡了，餐館的櫥窗變成了一面大鏡子，鏡子裡的人來往穿梭就是走不出去，像是在一座迷宮裡，又像是在一場夢裡。

芳鄰沒有和鬱一塊兒走，他們在路口分的手。各自陷入了黑暗裡。

芳鄰看見——悲劇：第二天早晨天剛剛亮起來，太陽才在對面的山頭上探出一點臉，溫暖到可以與它對視。今天是週末不用送女兒去幼兒園，鬱叫醒了芳鄰，他們一起站在院子中看著太陽，直到將冰冷的眼睛及目光溫暖。鬱說：「只有這樣我們才能改變冷酷的自己，讓自己變得溫暖。」

芳鄰問：「今天為什麼起得這麼早？打算今天就去辦離婚麼？」

鬱答非所問地說：「昨天我一夜沒睡。我覺得我們這種沒有編制的自由藝術家，就像是你上次說的那種被丟掉的人。我們生下來被關在一個封閉的國家，接受黨的教育，做共產主義接班人。到才華耗盡，沒有創造能力了，就會被黨丟掉，任你自生自滅——前提還是你不能反抗它。如果不在年輕時賺到足夠的錢財和名氣。等到老了，就會很悲慘。難怪中國人那麼愛錢，那是因為我們的政府靠不住，沒有安全感。在這個社會，錢越多，就越安全。唉！我要抓緊時間做事了。」

芳鄰不明白他要做什麼事，所以不知道應該說些什麼。她沉默著。

鬱說：「我要去做一個行為藝術。將自己套在一個麻袋裡面，裝在汽車上，在經過鬧市時被一掌推下去……我要證明海德格爾的理論：『人是被拋入這個世界的』——在這個被拋出的拋物線上，人的命運是被註定的——要經過哪裡、落到什麼地方？在這個拋物線中，最關鍵的是落到哪裡？落在民主的國家你就是有人權、有自由的『公民』，落在專制的國家你就是沒有選票、沒有自由，兩手空空的『人民』。」說到這裡，鬱吻了一下長久沒有吻過的芳鄰的臉蛋：「嗯，就像是被丟掉的人蟲一樣。在車來人往的街道中間……」說著他拿了一個大大的麻袋就要出門。

芳鄰對於這些似乎早已經麻木了，她站在門口說：「你不要命了麼？」鬱回答說：「我的這個行為藝術就是要測試人的良知，在一瞬間的反應。如果人是有良知的，我就能活下去，如果沒有，我們活著還有什麼意義？」芳鄰問：「用生命來測試？」鬱說：「為了藝術，冒點險也是值得的……風險越大、利益越大嘛。」說完鬱就遠去了，像是一個烈士。看著鬱的背影在山路上一轉就不見了，芳鄰竟猛然間產生了一種解脫的感覺。是否自己也變得冷血了？芳鄰抬頭望著太陽，太陽已經爬高了，陽光熾熱地燃燒，還沒等自己的目光溫暖，眼睛就被刺得生痛，她只好閉上了眼睛。

一直到下午，太陽快要落山時，從山頂的後面最後投射出一絲陽光，芳鄰站在院子中望著它，正在將目光溫暖，這時梅子從外面衝了進來，對她說：「鬱出事了。」藉著夕陽的溫暖，芳鄰流下了熱淚。她問梅子：「怎麼啦？」梅子說：「鬱在做行為藝術時，左腳被後面開上來的汽車壓斷了。」屋裡尚未滿四周歲的女兒應聲哭了起來，像是聽懂了一樣。梅子說：「你快去看看他吧。」芳鄰說：「不，我不能丟下孩子。」梅子說：「可是鬱現在需要你。」芳鄰說：「女兒更需要我。還是讓他自己回來吧，我在家裡等他。」

據在旁邊協助拍照、錄像的藝術家說：「鬱剛掉到路面時，一直在用力地掙扎著。可以看出來，袋子裡面明顯地有個活著的生命。可是後面的汽車根本就沒有踩剎車，直接就撞了上去。唉，他落在了一個麻木、無知、自私、沒有愛心，人與人相互傷害、相互貶低的社會裡……這就是命運啊！」他還說：「如果不是我們及時衝上去擋住後面的汽車，可以肯定還會有第二輛、第三輛……汽車從他的身上壓過去……」

鬱這個行為藝術驗證出了：中國人並不在乎別人的生命。在可以不負責任的前提下，人是不會選擇負責任的行為的……

得出這個答案的代價是：一條左腿。

鬱並沒有因為這個行為藝術而走紅，反而成了藝術圈子裡的一個笑話。藝術圈裡只流傳著鬱斷了一條腿這個結果，卻不講述他丟掉這一條腿的過程，更不分析為什麼會是這個結果。他這一條腿算是白丟了。

一個月後，鬱跛著一隻腳從醫院回來。進屋後，他第一句話就對芳鄰說：「我們離婚吧，你不是提出過嗎。」

芳鄰用力地將頭擰向另一邊，看也不看他：「你都這個樣子了，我怎麼還能跟你離婚？算了，將就著過吧。」

回到現在：尋找芳鄰

寫到這裡，我確定梅子是同時瞭解芳鄰與鬱的人。反過來梅子也是芳鄰唯一的一個可以傾訴的對象，有很多極個人的祕密芳鄰都是到了嘴邊的。那些祕密，她對梅子說出來了麼？也許是說出來了，但是梅子因為不知道「人蠱」的背景，而沒有領會到；也許芳鄰是為了保護自己而沒有將自己的過去說得太清楚，只是含含糊糊地表達了一點點。芳鄰為什麼不將她的過去全部隱藏在心底呢？這是因為一個人要完全地藏起自己是很難很難的，如果不伺機釋放一點點出來，或許就會憋出病來。對梅子的傾訴是芳鄰對自己的解放——讓封閉的空間開一扇小窗透一點氣。

我想，如果想要將故事再講下去，就必須將「人蠱」這件事給梅子說，這樣她或許可以由此聯想起新的線索。同時我又害怕追問下去會害了芳鄰，但是如果不將這個故事講完整也許會害了更多人。因為，據說「人蠱」養伺者不只是一個人，而是一個小群體。

我撥通了梅子的電話。心裡想，見到她再見機行事吧。先談點別的，談的合適了就說，不合適就不說。聽天由命吧。電話中梅子對我說她正在三聖鄉辦一個畫展，讓過去找她。順著她指的路線，我很容易就找到了梅子。她正在辦自己的第一個畫展。在一幅沒有眼睛的女人的油畫前，我找到了她。她正在對著幾個參觀者說：「沒有畫眼睛……這是因為女人是盲目的呀……你們不覺得女人在愛情的面前就像是瞎子一樣麼？」

等她對參觀者講完之後，我將她叫到了一邊。我問：「芳鄰認識鬱之前在哪裡？她以前的身世你知道麼？」

「我不知道。我只是覺得她像是一個沒有歷史的人。就像是《西遊記》裡的孫悟空是從石頭裡蹦出來的一樣。」

「對她，你沒有產生過好奇心？」我還是試圖引導梅子想起更多的什麼。

「好奇心是有的。但是沒有你這麼嚴重，哈哈。」梅子嘲笑起我來。看來她是認定我愛上芳鄰了。

我沒有理會梅子的嘲笑接著問：「你瞭解的芳鄰最後就是做了小姐？再沒有別的什麼？」

「是的，鬱的腿斷了之後芳鄰就開始做小姐了。為了孩子，為了能夠養活這個家。」說著梅子警告我：「喂，你不許看不起她啊。這是一個笑貧不笑娼的時代。你可要跟上時代的步伐呀。」

我問：「為什麼一定要做小姐？就不能做些別的什麼嗎？」

梅子說：「你也知道，芳鄰曾經在一個廣告公司打過工，不過那也是要出賣肉體的。這個時代，一個一無所有的美麗女人，除了肉體之外她還能有什麼？」停了一會，看到我沒有接話，梅子又說：「芳鄰選擇做小姐，是適合她的性格的，因為這要更純粹、簡單一些——只是出賣自己的肉體，而不用出賣靈魂。」

「我寫的那篇小說遇到了一個難題，如果不解決就寫不下去。」我央求著梅子，「我想找到她，你知道她現在哪裡嗎？能夠幫我聯繫上她麼？」

「我一直都是通過鬱聯繫芳鄰的。」

「我想單獨與她聊一聊。不要喊鬱，可以麼？」

「好吧，我幫你聯繫一下。」

「我等你的消息。謝謝。」我本打算將「人蟲」的故事此時就告訴她，但是話到嘴邊又收回去了。還是等見到芳鄰之後再說吧。不要節外生枝了。

沒過幾天，一個雨後的傍晚，梅子給我打來了電話。她在電話那頭說：「我找到她了，我們在都江堰中興鎮的春天茶鋪裡等你。」

我開著車子就往那裡趕。路上碰到一個車禍現場，於是只有調頭繞另外一條路，當我趕到時，已經是夜晚十點多了。進了春天茶鋪，我看見除了梅子芳鄰外，另一個角落還坐著兩個警察，他們一邊喝著茶，一邊有意無意地往我們這裡瞟著眼睛。我並沒有在意，因為眼前這兩個女人確實值得多看兩眼——一個外向明朗、一個內向澤潤——是兩個完全不同的極致標本。

梅子看到我說：「可把我們等苦了。」

我說：「路上車子太多，盡堵車。又碰到了一個車禍。追尾，一輛QQ汽車鑽進了一輛大貨車的肚子下面去了。整個都鑽進去了，被擠得扁扁的。」

坐在一邊的芳鄰問：「你沒事吧？」

我說：「不是我，是別的車。把路堵塞住了，只好繞了一個圈。」

我接著說：「芳鄰，你換個工作吧。」

芳鄰說：「怎麼，你瞧不起我？」

我說：「我不是這個意思，你誤會了。」

芳鄰說：「你不用解釋了。我知道幹我們這一行，是不會被人看得起的。」

我著急地說：「你真的誤會了，我不是那個意思。」

芳鄰說：「其實，到哪裡都是一樣的。有老闆、客戶，還有同事的性騷擾，一樣是變相地出賣肉體。還不如我現在這樣——直接、乾淨、純粹。再說，我也不想再改變自己了，誰知道又會碰到些別的什麼可怕的事情。」

梅子說：「芳鄰是被她自己的遭遇給嚇怕了。」

我說：「我看過一篇小說手稿，講的是在遙遠的海邊，一個少女和一個小男孩簡簡單單地生長著。那樣的生長真美好、真單純。」

芳鄰顯然是想將話題引開，她反問說：「美好能當飯吃麼？單純能當飯吃麼？」

我一時不知應該如何回答，便歎了一口氣說：「我只是不忍心看到你現在的樣子。」

芳鄰說：「看，你還是看不起我……」

梅子在邊上插嘴說：「小姐之所以成為小姐，是因為人們認為做小姐是不勞而獲——其實做小姐也是一種勞動。」

我說：「可是我不能理解你為什麼以前會那麼的美好，而現在卻完全地變了呢？」

芳鄰說：「那時不需要負責任。沒有責任，你知道嗎？自己想怎麼樣就怎麼樣，完全是我個人的事情。」

面對芳鄰的肩上的責任，我一時不知道應該說些什麼。

「沒有責任，不需要負責任多好呀！」她停了一下，端起茶喝了一口，接著說：「可現在不同了，我有老公——鬱，還有一個可愛美麗的女兒，我要讓他們活下去。」

我說：「生存……？」

她接著說：「是的，我的人生字典裡只有四個字：適應、生存。」

話題一說到現實，我們就掉入了無解的死結之中。沒有任何一個問題（哪怕是簡單到柴米油鹽）可以用其他的方式解決。

梅子突發奇想的對我說：「要不這樣，你把芳鄰收了吧。」她顯然為自己的這個設計而興奮，她拉了一下芳鄰，「你說，好不好？」

「別瘋了。我有老公，還有孩子。」

「你可以和鬱離婚，而後再帶著鬱和孩子嫁過去。我看過一個新聞：一個女人帶著她生病在床的前任老公，嫁給了現任的丈夫。」

芳鄰看了一眼不知所措的我回答說：「這不是害人麼？」

梅子也意識到自己說錯了話，慌忙打著圓場：「看，我真傻。現在這個時代，還結什麼婚？只要經常去照顧你的生意就行了嘛。」

我問：「芳鄰，你可以給我留個電話麼？」

芳鄰回答說：「你把你的電話給我吧。過些時間，我跟你聯繫吧。」

我找茶鋪老闆要了一張紙，將電話號碼抄給了她：「一定要與我聯繫啊。」留了電話之後，似乎我們都將目標放在了以後。於是沉默就降臨了。

很長一斷時間我們都沒有說話。還是梅子打破了沉默，說：「很晚了，」她指了一下茶鋪的老闆，「老闆還在等著我們關門呢。」老闆說：「沒事的，你們坐。我們開茶鋪的規矩是不趕茶客。」

我看了一下表，這時已經是深夜一點半了。

「謝謝老闆。是很晚了，我們也該走了。」

出了茶鋪，我對芳鄰說：「我送你回去吧。」

芳鄰說：「不，我要去鬱的母親家看女兒。我不想你們知道我女兒住在哪裡。」

梅子在旁邊笑著說：「我看你是被芳鄰給迷住了。你還是送我回成都吧。」

我說：「一個單身女性，很危險的。」

梅子說：「你就放心吧，哪個壞人瞎了眼才會來搶她的東西。」

芳鄰說：「梅子說的是。劫財，沒有！劫色，隨便拿去好了！」

出了茶鋪，芳鄰像是想起了什麼。她站住，貼著我的耳朵悄聲對我說：「我問過師父，為什麼那個教唆紅衛兵造反的人沒有受到懲罰？師父說他受到了懲罰。他死後被關進一個玻璃盒子裡，上不能步入天堂成仙，下不能進入地獄輪迴。只能做一個孤魂野鬼，在中陰界飄浮。這才是最嚴厲的懲罰……」說完話時，茶鋪老闆已一塊一塊地將長條門板安裝了一大半。

隨著門板的安裝，燈光成片成片地被收回了屋裡。街面上瞬間就黑暗起來。在從門板裡透出的燈光剛消失時，我緊趕了幾步拉住她，在黑暗裡問：「你恨養飼你的人麼？」她遲疑地反問：「你……知道……我？」我說：「嗯。只是猜到一點。」

「其實，我更恨生我的人。」

「為什麼？」

「他們生了我，為什麼不養我？」

「或許……你是被人販子拐賣的吧。或許……你的父母還在四處找你。」我試圖為她的父母辯解。

「如果是這樣，我就恨這個社會。」

我實在找不出為這個社會辯護的理由。正不知該說些什麼，這時梅子在一盞昏暗的路燈下催促著說：「快走吧。再聊下去，天就要亮了。」我最後對芳鄰說：「記住，一定要給我打電話啊。」她輕輕地「嗯」了一聲。

隨後我和梅子就往回走，僅走了十余步，我們便看不見她了。

在開車回成都的路上，我問梅子：「你知道芳鄰是一個『人蟲』麼？」我有意識地在說到「人蟲」兩個字時斷了一下句。梅子一下就聽出來了，她問：「人蟲？」

我簡略給梅子描述了一下什麼是「人蟲」。最後我說：「你說，這是不是比殺人還要狠毒？」

「難怪我一直覺得芳鄰沒有歷史。像是……從半空中掉下來的一樣。有一次我們經過一個池塘，她居然指著水面說：看，大海。我有些不相信自己的耳朵，反問她：你說什麼？她則裝作很調皮的樣子說：那麼，你說它是什麼？我回答說：就是一個水塘嘛。由此看來，她一直在偷偷地學習著。還有……就在我們等你來時，芳鄰還問我紅衛兵是什麼？毛主席是誰？毛主席死後怎麼啦？」

我問：「你回答她了麼？」

「當然。我告訴她，毛主席現在一個玻璃盒裡像物品一樣被人們參觀，可孤獨了……」說完她便望著車窗外飛速晃動著的暗影如山一樣壓過來又像煙一般消散，過了好一陣子她說，「不行。我要回去找芳鄰。我覺得……那兩個警察有問題。」

我說：「不會吧。你是不是想多了！太晚了，況且也不知道她住在哪兒，往哪個方向走了。等週末有時間再去梅花寨找她吧。」梅子不說話了，一直望著窗外，漸漸地臉色與夜色一樣黑了。

我有些擔心她回不過神來，問：「你在想什麼？」

她說：「我在想——其實我們每一個人都是『人蟲』——芳鄰、鬱、我……你，你呢？你也是麼？」

「我是……」我幾乎是脫口而出：「與芳鄰相比，我們都是在容器之中，所不同的是容器的大小。」

處於小容器裡的人嚮往著大的容器，以為那就是自由；位於大容器裡的人則瞧不起小容器裡的人，認為他們的格局太小。小容器裡的人向外看、大容器裡的人向裡看。他們逃不出這個封閉的大容器，這就是我們共同的悲哀。

與梅子道別後第二天，我看到西華都市報上的一條新聞〈弱女遭歹徒追殺求救：全街人坐視其橫屍街頭〉：

十一月五日，都江堰中與鎮老橋橋頭髮生了一起令人心寒的事件：一名弱女子深夜遭遇歹徒追殺，發出撕心裂肺的呼救，整條大街的居民聽到了呼救，卻無人開門制止；唯一還開著門的店主居然馬上拉下了捲簾門！這名女子最後在絕望中被暴徒毆打致死……

慘劇！弱女子深夜橫屍街頭

昨日下午，記者來到位於中興鎮一集市邊的老橋。老橋有個美麗的名字——青城景橋，橋邊一條街叫商業街，店鋪林立，還有一家農業銀行。慘案就發生在這條長約兩百米的街上。

說起五日深夜發生的那起慘案，這裡的人幾乎無人不知。一姓任的雜貨店店主介紹了當晚發生的事情。任說，五日深夜二時許，他正在樓下睡覺，約五十米外的橋頭突然傳來一個女子撕心裂肺的呼救：「救命呀！搶人啦！」任說，那呼救聲顯得異常恐怖，但他當時以為是瘋子在胡鬧，加之身體有點不舒服，所以就沒有起床去看看到底是咋個回事。凌晨六時過，對面一賣肉的敲門叫他：「任師傅，快報警，有個人死了！」他才趕緊開門出來，看到一名女子滿臉是血地躺在他店子斜對面一診所外，已經死了。那女子看樣子二十多歲，穿黃色夾克、牛仔褲，拳頭緊握、腳縮成一團，顯得痛苦萬分。

任說，當晚他有一個朋友住在他家樓上，起來看到了當時的情況，說歹徒最終將該女子的白色挎包搶走，歹徒一句話也沒有說，離開時顯得很從容。任某指著隔壁店鋪一男子說：「他當晚也看見了整個過程。」但這名男子拒絕採訪。

震驚！店主關門拒絕施救

在採訪中記者瞭解到，那名女子遇襲的深夜二時許，整條大街上一團漆黑，只有一家賣饅頭包子的小食店開了門，有燈光。但店主蕭志國不但沒有制止暴徒行兇，反而拉下捲簾門明哲保身，那名女子最後絕望地死在了他隔壁診所外。

在一個茶鋪內，蕭志國接受了採訪。據他介紹，當時剛準備熄火，就聽到橋頭傳來女子的「救命」聲。有兩個人在橋頭扭打一個女人，兇手似乎想把那女子拋下河去，但被女子掙脫了。「那女的就往我這邊跑，我害怕節外生枝，出於對自身安全的考慮，就把捲簾門拉下了。」蕭說，那女的見他把門拉下，估計很絕望，突然在他門外滑倒。他在捲簾門內就聽到外面傳來砰砰的毆打聲，那女的叫了三聲「救命」，然後傳來「哎喲」聲，十多分鐘後，呻吟聲漸漸停了，外面終於安靜了下來，他也不敢開門。

凌晨六時許，他聽到外面有人掃地，就趕緊讓掃地人報警。很快，中興鎮派出所民警趕到現場。

寒心！目擊人都明哲保身

對於拉下捲簾門的舉動，蕭志國似乎並不感到有什麼不安的。他說，現在社會比較亂，外面又沒有路燈，整個過程持續了二十分鐘，也沒有一個人喊一聲。「不是我不救她的命，我也要有自我保護意識！如果我把門打開，兇手把我殺了怎麼辦？」蕭志國還說，他當時也沒有電話，所以也報不成警。記者最後問，如果那個女的換作是你，你遇到這樣的情況該當何想時，蕭志國說：「現在都是各人自掃門前雪，如果我遇到，我活該！」

正在採訪中，任某的妻子趕來要求一定不要登他丈夫的全名以及門牌號，以免引起不必要的麻煩。當晚另一目擊者姓岳的老婆婆說，她由於失眠，也聽到了橋上的救命聲，她想起來看，結果被老伴罵了回去。給本報提供新聞線索的男子也說，當晚他們很多人在對面樓上目睹了整個過程。

離開中興鎮時，記者在大橋橋頭看到了警方的協查通報。死者的身分現在沒有確定，在通報上，張貼了兩張死者死時的照片，其狀慘不忍睹。而據當地群眾介紹，這名女子不是本地人。目前，公安局刑警大隊正在加緊偵破此案。

血色清晨一條街的良知凍死

黑夜，小街，暴行。呼救，冷漠，傷逝。一出令人心碎心寒的悲劇在都江堰的清晨上演。整整二十分鐘，孤身無助的外地女子在「集體無意識」的冷漠中被殘忍殺害了，一起死去的，還有整整一條街躲在門後的良知。

漆黑中的一盞燈光，一扇打開的門，曾給了死者多大的希冀？當這希望之門被砰地關死，門裡面那顆因恐懼而跳動的心，是否敢聽聽死者染血的哭泣？

天亮了，良知甦醒，光天化日下的人群開始遲到的懺悔。我們聽到的天下最寒心的一句話，不是「兇手把我殺了怎麼辦」，而是「各人自掃門前雪，如果我遇到，我活該！」自掃門前雪，卻寧願讓自己的良心在他的門前凍死。哀莫大於「心」死，這絕不是脫身事外的理由，而是對自己的一種莫大羞辱。

並不一定要你指責冷漠，其實給更多漆黑的小街安上路燈，讓更多人擁有報警的電話和報警的勇氣，也許比怒火三丈的譴責更有建設性。

並不一定要你一怒拔刀，其實一聲吶喊，一個報警電話，也許就能喚醒許多沉睡的良知，匯成千夫所指令歹徒膽寒的怒濤。從犯罪心理學來說，寂靜和黑暗能大大增強罪犯的能量，而環境的劇烈變動、強光巨響都有可能讓極度緊張敏感的罪犯中止暴行。其實很多時候，再多一點點的血性就能救人一命。

很可惜，在那個血色清晨，一條街的良知都凍死了。

這個在一天中最黑暗的時刻死去的女人是芳鄰麼？

鬱呢？

她的女兒呢？

沒有了芳鄰，他們依靠什麼生活？

「媽媽，最早最早來接我……」會變為「爸爸，最早最早來接我……」麼？

爸爸會拄著拐杖去接女兒麼？

這父女倆人腳下的路會有多麼艱辛啊！

我心裡猛然蹦出了一句口號：「有困難，找政府。」此刻我多麼希望這句口號是真實的，而不是一句空話。

我給梅子打電話：「梅子，你看了今天的報紙麼？」、「看了，你也有擔心那個死去的女人是……」說到這裡她的聲音竟帶著哭腔。我安慰她：「也許不會是她。你給她打個電話看看。」我說：「那天喝茶時，我問她要電話號碼，她沒有給我。」

「好，我馬上給她聯繫。」說著梅子就掛斷了電話。

過了一會梅子又打來了電話：「芳鄰的電話打不通。是關機了。」說著梅子就哭了起來，「都怪我，不應該約她喝茶。」

「不能怨你。要怪的話，只能怪我。是我想要找她，而我找她的目的是想要揭開一個謎。這個謎則是這個社會的痛症。」我還在給自己找著藉口，想使自己的負罪感輕一些。頓了一下，我接著說，「那個被殺死的女人，到底是不是芳鄰？我想去他家看一看。唉，芳鄰的一生不能就這樣消失了。」

「你要拿她的痛苦來賣錢？」

「不。我是想讓人們知道，這個世界上還有製造『人蟲』的這種惡人。」

「哦。經這樣解釋，你就變成一個有擔當的人了。」

由於要對上彼此的休息時間，過了一個星期我和梅子才一起去鬱的家。上了一個長長的坡，拐一個彎便看到了鬱的那個小院子。就在這時梅子停住了，躊躇著不往前走。我問：「怎麼啦？」

「我害怕看到他。那天你採訪完他之後，他總是打電話問我採訪他的稿子什麼時候見報？」梅子看了我一眼後又補充說，「嗯，或許……我是害怕他看到我吧。對比起來，我的成功、他的失敗……唉，我們現在相差得太遠啦。他不能再受刺激了。」

「你想得太多了。要怪，他也應該會怪我找芳鄰。沒有事的……走吧。」我央求著她。

可是梅子就是不再向前走一步。我盯著她的眼睛問：「你不想知道芳鄰的下落麼？」

「你是男人。你先去門口看一下嘛。看情況再見機行事。」

「那天我們和芳鄰喝茶，鬱知道這件事麼？」我問。

「他不知道。鬱自從腿斷了之後一直將自己鎖在房子裡，沒有特別的事情是不會出門的。」梅子推了一下我，「你自己去吧，先站在門口看一下芳鄰在不在家。如果在，就馬上給我打電話，我在山下的那個茶鋪等你。」說著她指著山角的一個若隱若現的紅色房子。

我只有一個人向小院子走去。小院的大門是開著的，剛走到門口就聽到一個很高的嗓門在說：

「你現在這個樣子怎麼能成為藝術家？你騙我說，用不了多久你就出名了，這個屋子也就跟著會值錢……你、你們這些藝術家，比我們這些大老粗還會騙人……」聽到聲音時，我便從敞開的大門看到了一個農民模樣的人站在半掩著的門外對屋裡罵著。

看到我進來，那人停住了叫罵。也許是我長得像是藝術家的樣子，那人憨憨地對著我笑了一嘴，丟下一句話：「不管怎樣，這塊地我馬上要收回來。」說著就匆匆地走了。

我站在門口探頭看進去，看到鬱低著頭坐在一個陰暗的角落裡。因為陰暗，我看不清他的樣子。是悲傷？是無助？還是一臉的賴皮相？

我貼著牆，不讓他看見我。伸手敲了敲門，小聲地問：「請問，芳鄰在家麼？」

也許是很久沒有人這麼客氣地對待他了。他在屋裡問：「你是……？」

我說：「我是芳鄰的表哥。」

「噢？我從來沒有聽到她說起有個什麼表哥。」

「芳鄰在麼？」

「她已經有一個多星期沒有來過這裡了。」

我正想接著問他一些關於芳鄰的事情。還沒有開口，他卻搶先問道：「喂，點點是你接走的麼？」

我吃了一驚：「你說什麼？」

「我女兒是你接走的麼？」

「沒有。我沒有。」我的聲音明顯地在顫抖。

「芳鄰不在的這些天，都是我在接送點點上幼兒園。可是就在兩天前，我到了幼兒園門口，卻沒有接到點點。老師說，點點被她媽媽的表哥接走了。唉！都怪我去晚了。唉，都怪我這條腿。」說著，鬱狠狠地敲著自己的腿。嘭、嘭、嘭地響。

「你……你，快把點點給我還回來。」

「不是我……」我在門外慌亂地說，「……我沒有接走你的女兒。」說著便逃跑般地離開了。鬱想要起身追趕，卻換來了重重的一跤。木質家具斷裂的聲音在身後轉來，我站住了，猶豫著要不要回去扶起他。卻又聽到了鬱的喊叫聲：「你去給芳鄰說，點點是我的女兒……她是我的女兒……」於是我便頭也不回地跑了，彷彿我就是那個冒領了點點的人。

凌亂的腳步，下山的路。上山容易、下山難。有幾次我差一點要摔倒。轉過那個彎，在可以看見那個紅色的建築時，我才大致理順了思路：

——芳鄰那天之後就沒有回家了；

——點點被芳鄰的表哥給接走了；

而芳鄰是一個「人蟲」，怎麼會有親戚呢？難道她的女兒也被人販子拐走了？如果是真的，我的罪過就太大了。這些都源於我的多事啊。

從母親被拐賣，到女兒被拐賣——歷史就是這樣輪迴著的？

到了山角的茶鋪裡，梅子看到我說：「這麼快？」我點點頭說：「走吧。」

「芳鄰在麼？」

「不在。」

「她去上班了？」

「那天之後，她就沒有回來過。」

梅子「嗚嗚」、「嗚嗚」……地哭了起來：「都怪我，是我害死了她。」

「不，怪我……」我沒有將這句到了嘴邊的話說出來。也沒有安慰她。更沒有將芳鄰女兒失蹤的事告訴她。這個事件不能再悲慘下去了，這個故事……就在我這裡停止吧。

梅子再也承受不起哪怕是一點點的不幸了。

到此為止。

後記：我們都是人蟲

要給自己的一部小說寫後記並不是什麼好事。這首先說明了一個問題：在這部小說中我並沒有將要寫的東西寫明白，於是便只有通過後記來彌補不足。我希望的小說是——通過情節將所有的內容都盡數表達，從而在小說之外無需再說些什麼，任由讀者自己解讀。然而《人蟲》這部小說完成之後，我卻總覺得還有話要說。說到底是我無法將這部小說寫清楚。

這就是小說的局限性。局限來源於許多方面，其中之一就有由於信息的封鎖，作者無法探入到事件的內部，瞭解事實真相。於是便只有通過想像將破碎的信息收集並整合起來，形成一個貌似完整的故事——

一次與幾個朋友一起喝茶，一個調查新聞的記者說起了一個名詞「人蟲」。大家問什麼是「人蟲」？回答說：是先富起來的人玩的新遊戲——買來嬰兒將其困在封閉的空間，以自己對文化的興趣，對其進行單一的特殊教育，待其有獨立生存能力之後再將其帶到一個完全陌生的環境中丟掉。而後再觀察其在社會中的生存、自救能力，以比較自己認同的文化對社會制度的適應程度，並由此判斷這種文化在此制度下的好壞。

有人問：「『人蟲』是怎麼被發現的？」他回答道：「是從一個家庭教師的死追查出來的。」再問下去，他說他只知道這麼多了。

朋友們都覺得這種行為太惡毒了。這等於是「慢性殺人」。

看到大家對這個話題如此感興趣，那位朋友補充說：「關於『人蟲』的起因有兩種說法：一種說法是，對某種文化極度迷戀的人做的一個實驗，想看一看按照自己愛好陪養出來的人，在這個社會中能否成為精英人士；另一種是幾個人打賭，有人認為儒家文化好、有人認為西方文化好，有人覺得還不如直接教一些謀生技能，比如武功、比如偷竊、比如工匠技藝……誰也說服不了誰。於是相約打賭，收買不足一歲的嬰兒，各自將其以自己認同的文化教育長大，之後丟棄到完全陌生的環境，看誰能生活得更好——前提是在任何情況下都不准幫助自己養飼的人——生活好的人獲勝。」

我問：「你為什麼不寫？」

回答說：「這在有關部門是絕密，根本採訪不到……況且，就是寫了也刊發不出來。」我聽得出來他在說「有關部門」時心裡頭隱藏著的幽暗之恐懼。恐懼使人失去了追問真相的勇氣。

有人問：「飼養『人蟲』的人被判刑了麼？」

回答說：「沒有。因為在現行的法律裡找不到相關的條款。」

——是的。將孩子養大了是應該放飛他們，讓他們過屬於自己生活。這沒有錯。相反的，如果一直將孩子關在家裡，那才是不對的。

——客觀上看，這種行為並沒有什麼罪惡。但是意識上卻是對人的極度不尊重，這是拿人來做試驗品，會出現不可預料的後果。養飼者對「人蟲」的教育不同，加上丟掉時環境的差異，所以「人蟲」在社會中的命運也各不相同。

——養飼「人蟲」的人，追求的就是這種感覺：不可知的結果會帶來前所未有的刺激。

在與朋友的交談中，有人認為伺養「人蟲」的最關鍵點是不能帶一丁點感情，以便到時能夠果斷地將「人蟲」丟掉而不留一絲牽掛。要做到這一點就必須沒有絲毫的人性。也有人認為，伺養「人蟲」者並非一點人性也沒有，因為他們沒有用自己親生的孩子來做「人蟲」試驗。

這是極其惡毒的行為，也是一個很好的小說題裁。在大家喝茶散去後，我藉故與那個記者同路：「我想將『人蟲』寫進小說裡，讓大家知道這個社會上還有如此壞人、做的如此惡事。你能將手上的資料給我複印一份麼？」

他為難地說：「我擔心、擔心，萬一……我說的是萬一，他們追究下來……我可能就會被戴上洩露國家機密罪的帽子。」

「不會這麼嚴重吧……」我安慰他說：「中國人很多事情都是自己嚇唬自己。」我對他保證，如果萬一出了什麼事，我絕對不會將他說出來。

「走，今晚我請你吃飯。」

我們找了一個小包間。邊吃邊聊。我極力勸說他：「我寫得是小說，小說是虛構的，不會有人當真。如果你不放心，我可以在扉頁上注明：『本書每一句話都是虛構的，與一切現實無關。』你難道不希望人們知道這個世界上還有『人蟲』這種可憐之人麼？」

也許是我說動了他，也許是記者職業性的想要揭露真相的本能。他有意喝醉了。我當然明白他的用意。我在他的包裡翻出了一疊資料：其中有一篇小說綱要、一只信封、幾個人物關係圖和幾個關鍵詞。我花了很長時間將它們一個片段一個片段地整理、歸類，並在它們之間填充上虛構的泥沙。漸漸地一個「人蟲」的輪廓呈現了出來……最後定格在材料耗盡的窘境之中。

在小說初步完成之後，我還是有些不死心，再次約那位朋友喝茶。我說：「小說寫完了。你要不要看一看？」

他有些不相信：「你寫完了？」

我苦笑著說：「其實是寫不下去。嗯……你有沒有什麼新的線索？」

「那個女孩消失之後，就像是一隻硬盤被突然格式化了一樣，只留下了拷貝在U盤上的那點內容。」他接著說，「其實，那天我讓你將資料拿去，就是想：這個故事在目前的情況下只有通過小說才能表達出來。」

「可是，我們面對的現實比想像力還要詭異百倍。很多人們想都不敢想的事，卻真實地發生著。」

「想像力還是有用的，它是連接現實與虛構的線索。」他邊看著小說邊說：「如果這些現實的碎片不用虛構將它們連接起來，我們連它大概的模樣都不會知道。」

確實，在接觸不到事實的真相時，虛構就是通往真相的唯一路徑。通過虛構可以讓封鎖消息的人知道：如果不告訴別人真相，別人就會自己去尋找真相。這種被挖掘出來的事件，或許會使曝露出來的真相肢體破碎、鮮血淋漓。更加的慘不忍睹。

「首富滅口家庭教師，是為了掩蓋他們的罪惡；有關部門滅口芳鄰，則是為了掩飾這個社會的惡症。」隨著寫作的深入，我發現自己陷入了一個更大的泥沼之中。直覺告訴我「人蟲」是一個絕佳的當代寓言故事，由一個人觀照一個群體——從那個「人蟲」的身上我看到了——我們都是人蟲。芳鄰在封閉的家庭之中，而我們是在封閉的社會中。區別在於容器的大小。表面看起來是：在更大的容器裡的人同情著（或瞧不起）更小的容器裡的人。然而，站在更高的角度上看到的悲劇則是：最小容器裡的不幸只是一個人，更大容器裡的人則是一群人或一國人。容器越大悲劇越大。

那就是更大的悲劇？不是，悲劇並沒有到此為止。更大的是悲劇中的悲哀：大容器裡的人因目光只朝裡看，而並未意識到自己所處環境的封閉。他們並不在乎自己的處境，卻成了另一個可憐的人的旁觀者。他們成了吃瓜群眾。他們得意洋洋地用低看別人來抬高自己。在這種環境下，他們吃的西瓜

——紅的是鮮血、白的是眼淚。

本書的最後，我要感謝趙文文女士幫助本書進行了校正，並為本書中因描寫過多過細而顯得雜糅、冗長的「小說手稿」部分提出了刪改意見，使讀者得以看到這個更簡潔結實的版本。解決了作者捨不得刪割自己作品的問題。

我以為文學寫作中存在有兩個極端：一是以最多的文字來描寫簡單的事情，一是以極少的文字來陳述複雜的故事。前者展現的是詞匯的豐富程度，後者展示的是思想的概括能力。趙文文女士的工作，使這部書往思想更靠近了一步。

釀小說100　PG2140

人蟲

作　　者	汪建輝
責任編輯	洪仕翰、劉亦宸、石書豪
圖文排版	林宛榆
封面設計	蔡瑋筠
出版策劃	釀出版
製作發行	秀威資訊科技股份有限公司 114 台北市內湖區瑞光路76巷65號1樓 電話：+886-2-2796-3638　傳真：+886-2-2796-1377 服務信箱：service@showwe.com.tw http://www.showwe.com.tw
郵政劃撥	19563868　戶名：秀威資訊科技股份有限公司
展售門市	國家書店【松江門市】 104 台北市中山區松江路209號1樓 電話：+886-2-2518-0207　傳真：+886-2-2518-0778
網路訂購	秀威網路書店：https://store.showwe.tw 國家網路書店：https://www.govbooks.com.tw
法律顧問	毛國樑　律師
總 經 銷	聯合發行股份有限公司 231新北市新店區寶橋路235巷6弄6號4F 電話：+886-2-2917-8022　傳真：+886-2-2915-6275
出版日期	2019年5月　BOD一版
定　　價	370元

國家圖書館出版品預行編目

人蟲 / 汪建輝作. -- 一版. -- 臺北市 : 釀出版,
2019.05
面 ; 公分. -- (釀小說 ; 100)
BOD版
ISBN 978-986-445-306-1(平裝)

857.7 107021924

讀者回函卡

感謝您購買本書，為提升服務品質，請填妥以下資料，將讀者回函卡直接寄回或傳真本公司，收到您的寶貴意見後，我們會收藏記錄及檢討，謝謝！

如您需要了解本公司最新出版書目、購書優惠或企劃活動，歡迎您上網查詢或下載相關資料：http:// www.showwe.com.tw

您購買的書名：________________________________

出生日期：________年________月________日

學歷：□高中（含）以下　□大專　□研究所（含）以上

職業：□製造業　□金融業　□資訊業　□軍警　□傳播業　□自由業

□服務業　□公務員　□教職　□學生　□家管　□其它____

購書地點：□網路書店　□實體書店　□書展　□郵購　□贈閱　□其他

您從何得知本書的消息？

□網路書店　□實體書店　□網路搜尋　□電子報　□書訊　□雜誌

□傳播媒體　□親友推薦　□網站推薦　□部落格　□其他________

您對本書的評價：（請填代號　1.非常滿意　2.滿意　3.尚可　4.再改進）

封面設計____　版面編排____　內容____　文／譯筆____　價格____

讀完書後您覺得：

□很有收穫　□有收穫　□收穫不多　□沒收穫

對我們的建議：________________________________

____

____

____

請貼
郵票

11466
台北市内湖區瑞光路 76 巷 65 號 1 樓
秀威資訊科技股份有限公司 收
BOD 數位出版事業部

（請沿線對折寄回，謝謝！）

姓　　名：__________　年齡：______　性別：□女　□男

郵遞區號：□□□□□

地　　址：____________________

聯絡電話：(日)__________ (夜)__________

E-mail：____________________